Lilly Lindner
**BEVOR
ICH FALLE**

Lilly Lindner

BEVOR ICH FALLE

Roman

Droemer

Besuchen Sie uns im Internet:
www.droemer.de

© 2012 Droemer Paperback
Ein Unternehmen der Droemerschen Verlagsanstalt
Th. Knaur Nachf. GmbH & Co. KG, München
Alle Rechte vorbehalten. Das Werk darf – auch teilweise –
nur mit Genehmigung des Verlags wiedergegeben werden.
Umschlaggestaltung: ZERO Werbeagentur, München
Umschlagabbildung: plainpicture / PhotoAlto
Satz: Adobe InDesign im Verlag
Druck und Bindung: C. H. Beck, Nördlingen
Printed in Germany
ISBN 978-3-426-22622-3

2 4 5 3 1

*Für Hans-Peter
und seine Verlagswesen*

Prolog

Sieh nur. Da vorne wartet ein Wort.
Auf deinen Einsatz.

Und wenn du lieber schweigen willst?
Dann nimm deine Worte und lauf davon.
Aber vergiss nicht: Irgendwann.
Kommst auch du zum Stillstand.
Das ist der Lauf der Welt.

Und wenn sie dich gefunden haben.
Die anderen. Am Ende vom letzten Raum.
Dann erzähl ihnen deine Geschichte.
Mit jedem Wort. Das du kennst.

Und wenn du anschließend keine Freunde mehr hast.
Dann hattest du auch vorher keine.
Und wenn du von hier an alleine dastehst.
Dann gehört der Boden unter deinen Füßen.
Immer noch dir.

Also versteck dich nicht hinter deinem Spiegelbild.
Und verhüll dich nicht in fremder Befindlichkeit.
Denn irgendwer. Sieht dich doch.

1

Ich war neun Jahre alt, als meine Mutter beschlossen hat, dass sie das Leben nicht mehr mag. Sie hat mich hochgehoben und ganz fest in ihre Arme geschlossen, dann hat sie mir einen Gutenachtkuss gegeben und mich in mein Bett gelegt. Meine gelbe Giraffe lag neben mir und die bunte Kuscheldecke auch. Ich weiß das noch so genau, als wäre es heute gewesen. Dabei sind Jahre vergangen, seit diesem letzten Tag in meinem Leben. Und um ehrlich zu sein, hatte ich einen Haufen anderer letzter Tage. Aber zum Glück hatte ich auch immer wieder ein paar geflickte Stunden, mit denen ich nicht gerechnet hatte. Die löchrigen Minuten haben sich gegenseitig abgedichtet, und irgendwie bin ich durch den Wirrwarr an Sekunden geschlüpft, ohne mich dabei an einem besonders wagemutigen Drahtseilakt zu erhängen.

Ich habe mich großzügig über die Zeit verteilt.

Jeden Tag ein paar Atemzüge.

So schwer ist das gar nicht.

Doch früher oder später landen meine Gedanken immer wieder an diesem Abend im Frühling, als meine Mutter genug vom Leben hatte. Sie war erst zweiunddreißig. Ich denke, das ist ein Alter, in dem man über ein zweites Kind nachdenken sollte oder über einen neuen Ehemann oder über die Mitgliedschaft in einem Buchclub.

Aber nicht über den freien Willen im willenlosen Fall.

Meine Mutter war eine kluge Frau. Sie hat das bestimmt auch gewusst. Und wahrscheinlich wäre sie noch am Leben, wenn sie sich einen neuen Ehemann, ein neues Kind und ein paar gute Bücher zugelegt hätte. Aber das hat sie nicht getan. Sie ist bei uns geblieben, bei meinem unausstehlichen Vater und mir, in dieser wortlosen Neuneinhalb-Zimmer-Wohnung, in der ich mich ständig zwischen den endlos langen Fluren und meinen drei Spielzimmern verlaufen habe.

Doch ganz egal, in welchem Spalt ich verschollen war, meine Mutter hat mich immer wieder gefunden. Sie hat mich unter Betten, hinter Schränken, zwischen Kisten, neben Schreibtischen und auf Regalbrettern ausfindig gemacht und zurück auf den Boden der Tatsachen geholt. Ja. Ich war ein merkwürdiges Kind. In den ersten Jahren war ich regenbogenfarbenbunt und voller Glückseligkeit, aber dann habe ich angefangen, Gespräche mit meinem Vater zu führen, und ohne es zu bemerken, habe ich mich verändert. Wahrscheinlich hätte ich Katzen angezündet, Autoreifen zerschlitzt und hilflose Rentner ausgeraubt, wenn meine Mutter nicht da gewesen wäre und mir jeden Tag aufs Neue gesagt hätte: »Cherry, du bist ein wundervolles Mädchen. Hör auf, die Welt zu hassen. So bist du nicht.«

Aber so war ich.

Irgendwie.

Der letzte Abend mit meiner Mutter war viel zu kurz. Sie hat mir sanft über meine Wangen gestrichen und geflüstert: »Schlaf gut, meine Kleine, ich wünsche dir schöne Träume und dass du an jedem Morgen mit einem Lächeln erwachst.«

Dann hat sie die Decke um meine Schultern gelegt und meine Giraffe am rechten Hörnchen gezupft, als wäre sie echt und als wäre es mir von Bedeutung. Ich habe mein Gesicht im Kopfkissen vergraben und gespürt, wie meine Mutter ganz leicht über meine langen schwarzen Haare gestrichen hat. Sie hat mir zugezwinkert, aus ihren katzengrünen Augen.

»Schlaf gut«, hat sie ein weiteres Mal gesagt.

Normalerweise sagte sie das nur einmal, aber ich habe mir nichts dabei gedacht; ich habe generell sehr wenig gedacht, damals, als Kind.

»Schlaf gut«, hat meine Mutter schließlich ein drittes Mal gesagt.

Und spätestens in diesem Augenblick hätte ich irgendetwas ahnen müssen oder zumindest meinen dusseligen Kopf aus dem rosafarbenen Prinzessinnen-Kissen heben können, um ihr auch eine gute Nacht zu wünschen. Aber ich habe mich nicht gerührt und einfach so getan, als wäre sie unsichtbar.

Meine Mutter hat geseufzt. So leise, dass ich es nicht hätte hören dürfen. Aber ich habe es doch gehört. Und trotzdem war ich ein regungsloses Unwesen ohne Verstand und Verständnis.

»Ach, Cherry«, hat meine Mutter leise gesagt.

Ihre Stimme war nicht vorwurfsvoll.

Nur müde und traurig.

»Cherry«, hat sie erneut geflüstert.

Doch ich habe mich noch immer nicht gerührt; und da hat meine Mutter ein letztes Mal über meinen trotzigen Kopf gestrichen. Sie hat ein letztes Mal meine Decke zurechtgezupft, ein letztes Mal die Kuschelgiraffe berührt, ein letztes Mal ihren Blick durch mein viel zu großes Schlafzimmer schweifen lassen, ein letztes Mal die Vorhänge zugezogen, ein letztes Mal tief Luft geholt – und dann.

Dann ist sie hinüber ins Wohnzimmer gegangen.

Und ohne zu zögern aus dem Fenster gesprungen.

Wir haben damals im elften Stock gewohnt.

So weit oben.

War ich danach nie wieder.

2

Erinnerst du dich an die handgemalte Stille? Erinnerst du dich daran, wie schön es war, dort zu verweilen und unbedacht und sorglos von einem Gedankenlabyrinth ins nächste zu stolpern?
Und hier, in dieser ausgewachsenen Ruhelosigkeit, die beharrlich deine Lebensmuster durchschaut, was sollst du hier? Ist dies ein Ort, an dem du bleiben kannst? Ist dies ein Ort, den du besiegen wirst, wenn er sich vor dir auftürmt und droht, deinen Verstand zu verschlucken?
Du weißt es nicht.
Du hast schon lange keine Antworten mehr.
Und dein Warten, es ist müde geworden, es liegt mit weit geöffneten Augen auf dem Fußboden deines Wohnzimmers und betrachtet das waagerechte Streifenmuster der Jalousien.
Parallel zur Zimmerdecke.
Parallel zu dir.
Lichtstreifen aus der Ferne.
Ja. Sieh ganz genau hin.
Irgendwo da draußen. Dreht sich die Welt.

Mein Vater fand es nicht so toll, dass meine Mutter tot war. Denn er hatte sich nie zuvor damit beschäftigen müssen, mir etwas zu essen zu kochen oder mich in die Schule zu bringen. Er wusste nicht, wie man Lebensmittel einkauft, er hatte keine Ahnung von meiner Kleidergröße, er empfand Gesellschaftsspiele als reine Zeitverschwendung, und wie man eine Krawatte bindet, wusste er auch nicht. Er war so wütend auf den Tod, dass er wahrscheinlich am liebsten für immer leben wollte.

Er stand vier Stunden lang regungslos am blumenüberlagerten Grab meiner Mutter, während ich danebensaß, auf dem eiskalten Boden, und einen Maikäfer auf meiner Hand hin und her krabbeln ließ, bis ich ihn schließlich aus Versehen zerquetscht habe.

Irgendwann hat mein Vater gesagt: »Steh auf, Cherry. Du machst dich schmutzig. Und ich weiß nicht, wie man diese blöde Waschmaschine bedient. Wir brauchen eine Haushälterin.«

Also bin ich aufgestanden.

Und habe meine Hand ausgestreckt. Weil ich dachte, mein Vater würde sie vielleicht halten, damit es nicht so schwer ist, ohne meine Mutter vom Friedhof zu gehen. Aber mein Vater hat nur geschnaubt und ist davongestapft. Ich habe regungslos dagestanden und ihm hinterhergestarrt, bis er sich schließlich umgedreht hat, um mich unwirsch zu fragen, ob ich vorhätte, den Rest meines Lebens auf dem Friedhof herumzulungern, oder ob mein Verständnis für die natürliche Selektion der weniger begabten Lebewesen groß genug sei, um noch ein Weilchen zu überleben.

Ich habe nicht geweint, als er das gesagt hat. Obwohl seine Stimme so klang, als könnte er jeden Fehler dieser

Zeit mit meinem Namen unterschreiben. Und ich habe auch nicht geweint, als er kurz darauf angefangen hat, mich so heftig zu schütteln, dass die Trauer in mir sich in einen Strudel aus Gleichgültigkeit verwandelt hat und schließlich in einem Meer voll schwarzgrauer Farben ertrunken ist.

Kurz darauf sind wir umgezogen, aus der riesigen Luxus-Wohnung in ein Haus im Grunewald. Ich habe meinen Vater gefragt, ob ich einen Hund haben dürfte, aber er hat so laut NEIN! gebrüllt, dass ich mich eine Woche lang nicht mehr getraut habe, meinen Mund aufzumachen. Mein Vater fand das ziemlich gut. Denn wenn es eines gibt, auf dieser sprachumwobenen Welt, das mein Vater umstandslos aus seinem Leben streichen würde – dann sind das Worte.

Und wenn ich nicht so fasziniert gewesen wäre von dem Ende der Ausgangssituation und der angrenzenden Abfolge der erfolglosen Zeitumkehrungsversuche, dann hätte ich meinen Verstand vielleicht doch nicht gegen das große hässliche Schweigen eingetauscht.

Aber es war zu spät.

Und erst nach dem Tod meiner Mutter habe ich gemerkt, wie viele schöne Sätze sie zu mir gesagt hatte. Denn nachdem sie weg war, hat mich nie wieder jemand gefragt, wie es in der Schule gewesen sei, was meine aktuelle Lieblingsfarbe wäre und was ich gerne am Wochenende unternehmen würde. Ich habe keinen Gutenmorgengruß mehr bekommen und auch keinen Gutenachtgedanken. Mein Vater hat entweder gebrüllt oder noch mehr gebrüllt. Das war alles, was er konnte. Also habe ich mich selbst beschäftigt, obwohl ich nichts mit mir anzufangen wusste. Ich habe Waschmittelperlen in eine Cornflakesschüssel geschüttet und angefangen, die blauen Kügelchen auszusortieren. Dann habe ich mit den weißen Perlen ein Waschmittelmosaik auf dem Küchenfußboden ausgelegt, die blauen Kugeln als Verzierung drumherum gestreut und am Ende alles mit einem Föhn unter den Kühlschrank geweht. Anschließend habe ich sämtliche Fensterbretter an der Unterseite mit wasserfestem Filzstift bemalt, die Enden aller Vorhänge rund geschnitten, drei Bogen Klebe-Tattoos auf meinem Körper verewigt und eine ganze Badewanne voll mit Papierfröschen gebastelt, nur um sie kurz darauf alle zu ertränken.

Gelangweilt von zu viel Lebensraum bin ich schließlich in eines meiner Spielzimmer getrottet und habe mich darangemacht, meine unzähligen Legosteine aufzutürmen bis hinauf zur Zimmerdecke. Aber als ich mein Ziel wenig später erreicht hatte, fand ich es plötzlich sinnlos; außerdem saß ich auf meinem Kleiderschrank fest und konnte nicht mehr alleine runter, weil ich plötzlich Höhenangst hatte. Also musste ich meinen Vater rufen, und der bekam einen halben Herzinfarkt, weil ihm natürlich der gesamte Legoturm entgegenstürzte, als er meine Zimmertür aufriss, um herauszufinden, warum ich nun schon wieder nach ihm rief.

»Was machst du auf dem Schrank!?«, hat er gewettert.

»Ich baue einen Turm«, habe ich erklärt.

»Auf dem Schrank!?«, hat mein Vater gebrüllt.

»Nein«, habe ich erwidert. »Vom Schrank aus.«

»WARUM!?«, hat mein Vater gebrüllt.

»Weil ich noch klein bin und nicht so hoch reiche«, habe ich erklärt.

»Und warum fliegen hier überall diese Plastikdinger rum?«, hat mein Vater weiter geschimpft.

»Das war mein Turm«, habe ich gesagt.

»RÄUM DAS SOFORT AUF!«, hat mein Vater gebrüllt.

»Das geht nicht«, habe ich geantwortet.

»Wie bitte!?«, hat mein Vater gewütet, und sein hohler Kopf lief vor Entrüstung knallrot an. »Hast du mir gerade widersprochen!?«

»Nein«, habe ich gesagt. »Aber ich sitze auf dem Schrank fest.«

Mein Vater hat stirnrunzelnd zu mir hinaufgeguckt und überlegt, ob es in irgendeiner Form gewinnbringend für sein Dasein wäre, wenn er mich einfach für immer auf dem Schrank verrotten lassen würde.

Schließlich hat er gesagt: »Du bist alleine da hochgekommen, also kommst du auch alleine wieder runter! Das ist ein physikalisches Grundgesetz – da kannst selbst du nichts falsch machen!«

Zwei Sekunden später war mein Vater weg.

Und fünf Sekunden später bin ich vom Schrank gefallen.

Weil ich so überwältigt war, von der leise flüsternden Erdanziehungskraft.

Und von dem nebeligen Rauschen in meinen auswärtigen Gedanken.

Keiner hat gesehen, wie ich davongerutscht bin, aus dem Leben, über das Glatteis bis hinein in eine einsame Schlucht. Unsere neuen Nachbarn waren zu sehr damit beschäftigt, ihre Autos und Vorgartenbepflanzung miteinander zu vergleichen, als dass sie hätten merken können, dass ich jeden Tag verloren auf den Treppenstufen vor unserem Haus saß. Der Einzige, der mich ein paarmal gefragt hat, ob alles okay sei, war der Postbote. Aber dann ist er versetzt worden, und der neue Postbote hatte immer seine Kopfhörer auf und keine Zeit, sich mit mir zu unterhalten.

Meinem Vater war all das vollkommen egal; solange ich ihn nicht aufgehalten habe, durfte ich mich aufhalten, wo ich wollte. Ungehalten und verhaltensgestört, wie ich war, habe ich manchmal mein Zimmerfenster sperrangelweit aufgerissen und mich auf das schmale Fensterbrett gesetzt. Dort habe ich dann darauf gewartet, dass mein Vater von der Arbeit kommt und mich rettet, bevor ich abstürze.

Doch er hat nie ein Wort gesagt.

Er hat mich nie gehalten.

Er ist jedes Mal einfach ins Haus gestapft und hat die Tür hinter sich zugeknallt. So laut, dass ich vor Stille beinahe gefallen wäre.

An meinem elften Geburtstag hat er schließlich Jessica geheiratet. Eine Frau mit langen blonden Haaren und riesengroßen Brüsten, die jeden Tag ein farbenfrohes Sommerkleid trug, auch mitten im tiefsten Winter. Jessica war immer lieb zu mir, vom ersten Augenblick an. Sie hat mich Cherrygirl genannt und mir jeden Morgen einen Pancake mit frischem Obst zum Frühstück gemacht. Sie hat alles getan, um mich wieder zum Lachen zu bringen, aber ich habe Lachen gehasst, weil meine Lachgrübchen genauso aussahen wie die meiner Mutter. Und wenn es eines gab, dem ich nicht entgegenblicken wollte, dann war das die Vergangenheit.

Jessica hat trotzdem immer wieder über meine Haare gestrichen und mir versprochen, dass die Regenschauer der Zeit sich irgendwann in Regenbogen verwandeln würden. Sie hat in die Ferne gedeutet und mit ihrer Zuckerwatte-Stimme gesagt: »Sieh nur, Cherrygirl, wie schön es dort am Horizont aussieht.«

Aber ich konnte nichts sehen.
Und ich wollte auch gar nichts sehen.
Denn Einsicht macht jedes Gewissen haftbar.

Und wenn man es nicht schafft, sich ein Mindestmaß an Verantwortungsbewusstsein an seine Gehirnwände zu heften, dann braucht man sich nicht zu wundern, wenn das Gewissen lose herumhängt.

Ich wusste, dass Jessica nur mit meinem Vater zusammen war, weil der mehr Geld besaß, als man in einem ganzen Leben ausgeben konnte, und ich wusste auch, dass mein Vater nur mit Jessica zusammen war, weil sie noch längere Beine hatte als Cindy Crawford und Adriana Lima zusammen. Außerdem war sie körperlich sehr flexibel, offen für Neues und niemals eifersüchtig; selbst dann nicht, wenn mein Vater sie dreimal die Woche mit irgendeinem Callgirl oder seinem Flirt der Woche betrog. Jessica blinzelte daraufhin immer nur wie die orangefarbene Maus aus dem Fernsehen, und schon verwandelte sich ihr trauriger Gesichtsausdruck in ein seltsam verschobenes Lächeln. Dann hat sie sich ein paar neue Kleider gekauft und anschließend fröhlich summend bunte Bänder und Schleifen in meine langen schwarzen Haare geflochten, als wäre ich eine Zauberprinzessin und sie eine gute Fee. Ich fand das schrecklich. Aber da ich nichts Besseres mit meiner Zeit anzufangen wusste, habe ich meistens stillgehalten und so getan, als wären die Gedanken in meinem Kopf genauso farbenfroh und miteinander verschlungen wie die beschissenen Haarbänder und Zopfgummis.

In Wirklichkeit waren meine Gedanken nachtschwarz. Und ich war damit beschäftigt herauszufinden, in welche Richtung die Welt sich dreht und wie schnell man laufen muss, um nicht als Letzter den nächsten Tag zu erreichen. Ich habe mich von Jessica durch die Gegend schleifen lassen, vom Feuerwerk am Tag der Deutschen Einheit bis hin zum Zuckerwattestand am Weihnachtsmarkt; und weiter, über den verregneten Frühlingsrummel bis auf den Teufelsberg zu den bunten Drachen mit ihren flatternden Schleifen. Und da habe ich dann gestanden, ganz oben, unter dem Himmel. Und es war kein Geheimnis, dass wir alle ein Zeitlos ziehen wollen.

Aber keiner von uns ist zeitlos.

Wir sind alle gebunden.

An den Lauf der Welt, an den Ablauf der einschlagenden Stunden und an das Ende von jedem Augenblick.

Das sind die Gezeiten.

Sie kommen und gehen.

Genau wie wir.

Jessica hat geweint, an jedem Todestag meiner Mutter, obwohl ich immer so getan habe, als wüsste ich weder, wie man Schweigeminute buchstabiert, noch, wofür man eine einlegt. Ich hing währenddessen einfach nur regungslos in der Zeit fest oder habe die Handtücher im Bad nach Farben und Mustern sortiert. Aber Jessica hat unbeirrt weiter geschnieft, und dann hat sie mich im Arm gehalten und mir erzählt, von dem Glück, das längst uns gehört, und von der Schönheit, die wir bestätigen, mit jedem Atemzug, zu dem wir uns bekennen. Sie hat mir alles das gesagt, was ihre Mutter ihr einmal mit auf den Weg gegeben hatte, obwohl sie vieles davon nicht immer verstand, und sie hat sich auch nicht davon abhalten lassen, dass ich mir die Ohren zugehalten habe. Sie hat einfach weitergeredet. Sie hat geredet und geredet, und die Tränen, die über ihre hübschen Wangen gerollt sind, haben sich angefühlt, als wären es meine.

Dabei stand ich einfach nur da und habe die Orte in meinem Kopf betrachtet, an denen ich noch nie gewesen bin. Und kurz vor Mitternacht, am helllichten Tag, irgendwann in den frühen Morgenstunden, kurz vor der Abenddämmerung, habe ich mich schließlich endgültig verloren; hinter dem Bild, neben dem Rahmen jenseits der Wand – irgendwo dort, wo niemand sein sollte.

Aber die Zeit ist trotzdem nicht abgesprungen. Sie hat sich an den Uhrzeigersinn gehalten wie ich mich an die Sinnlosigkeit der Uhr. Jede Woche die gleichen sieben Tage. Nachtschattenversprechungen und Lichtlügen. Tagein, tagaus. Wochenendanfänge und Wochenanfangsendlosschleifen.

Es war zum Durchdrehen.

Ich bin elfeinhalb geworden. Und schließlich elfdreiviertel. Und dann fast zwölf. Dabei wollte ich nichts weiter, als einfach wieder neun Jahre alt sein, damit meine Mutter wieder zurück ins Leben kommen kann.

Aber so sehr ich auch gehofft und gewartet habe – sie ist nie wieder auferstanden. Und neben sie legen konnte ich mich auch nicht.

Das ist die Differenz.

Zwischen Leben.

Und Tod.

Doch wenigstens konnte ich tun und lassen, was ich wollte. Mein Vater war den ganzen Tag über arbeiten, und seit ich alt genug war, um auf mich selbst aufzupassen, war Jessica entweder mit ihren Freundinnen shoppen oder hat im Garten am Pool gelegen und Modezeitschriften durchgeblättert. Nur am Abend haben wir alle zusammen an dem riesigen ebenholzschwarzen Esszimmertisch gesessen und uns schweigend die Schüsseln über den gedeckten Tisch gereicht, während die kühlen weißen Wände uns ebenso stilllebend umrandet haben. Ich habe nicht erzählt, wie es in der Schule war; mein Vater hat nicht erzählt, wie es in der Arbeit war und wen er diesmal gefeuert hatte, und Jessica hat sich auch nicht getraut, von einer ihrer aufregenden Maniküren zu erzählen, obwohl ich ganz genau wusste, dass sie den mit Leichtigkeit benetzten Klang von oberflächlichen Gesprächen liebte.

Nach dem Essen haben mein Vater und Jessica sich meistens in ihr Schlafzimmer verzogen und ihr gegenseitiges Eheversprechen eingelöst. Keine Ahnung, ob es Liebe war oder Verlangen oder einfach nur das menschliche Bedürfnis nach Zweisamkeit. Vielleicht lagen sie ja auch nur stumm nebeneinander auf dem viel zu großen leeren Bett und haben die Zimmerdecke angestarrt, bis sie sich in die Nacht verwandelt hat. Wer weiß. Ich saß währenddessen immer im Keller, neben den verschlossenen Kisten mit dem Nachlass meiner Mutter, und habe daran zurückgedacht, wie schön es gewesen war, geliebt zu werden.

Denn mein Vater hat mich gehasst.

Vom ersten Tag an.

Wahrscheinlich ist er fluchtartig aus dem Krankenhaus gestürzt, als er mich zum ersten Mal gesehen hat. Oder vielleicht ist er auch gar nicht erst ins Krankenhaus gekommen und hat es so lange wie möglich hinausgezögert, mich ansehen zu müssen. Als Kind wusste ich nicht, warum er mich nicht leiden konnte, und ich schätze, das werde ich auch niemals so genau wissen; aber dafür wusste ich ein paar andere Dinge über meinen Vater, zum Beispiel, dass er nichts mehr verabscheut als Bücher. Das liegt daran, dass er eigentlich seinen Vater gehasst hat, aber der ist ziemlich früh gestorben, und ungefähr ein halbes Jahr nach seinem Tod hat mein Vater geschnallt, dass es komplett destruktiv ist, jemanden zu hassen, der längst tot ist. Und da sein Vater ihn vor seinem Tod auch noch dazu gezwungen hatte, den Familienverlag zu übernehmen, hat mein Vater die Wut auf seinen Erzeuger einfach auf jedes einzelne Buch der Welt übertragen; und weil man Bücher nicht anschreien, erniedrigen und feuern kann, hat mein Vater seinen Hass gegen Bücher kurzerhand auf sämtliche Lektoren, Schriftsteller und Buchhändler ausgeweitet. Am meisten betrifft das natürlich die Verlagswesen, die unter seinem Kommando durch das riesige Verlagsgebäude wuseln und jedes Mal anfangen zu zittern, sobald mein Vater mit seinem aufgemotzten Lexus aufkreuzt und anschließend türeneintretend seine Gehässigkeit verbreitet.

Das Traurige an der ganzen Sache ist, dass mein Vater sein hässliches Herz unter einer ziemlich ansehnlichen Hülle versteckt. Und wenn er es darauf anlegt, dann schafft er es scheinbar mühelos, der charmanteste Mann in jedem noch so gut besetzten Raum zu sein. Ich habe oft genug miterlebt, wie die Menschen um ihn herum ihn fasziniert anstarren, wenn er durch die Gegend stürmt, in seinen maßgeschneiderten Anzügen, mit diesem selbstgefälligen Grinsen in seinem Gesicht, weil er ganz genau weiß, dass er alles und jeden haben kann. Er hat kurze hellbraune Haare, gewittergraue Augen und eine sportliche Figur. Keine Ahnung, was sich die höhere Macht dabei gedacht hat, als sie meinen Vater konzipiert hat. Wahrscheinlich hat sie gar nicht gedacht oder erst damit angefangen, als es schon zu spät war.

Immerhin hat mein Vater einen Namen, der zu ihm passt, er heißt nämlich Thomas Norbert Tiefeis – und deshalb nennen ihn alle TNT. Sobald die Geländesicherungskameras sein Auto beim Passieren der Einfahrt erfassen, geht eine Rundmail mit der Botschaft »TNT Warnung!« an alle im Verlag befindlichen Mitarbeiter. Mein Vater ist nämlich nicht nur Verlagsleiter der größten Buchstabenfabrik in ganz Deutschland, er ist auch noch der arroganteste Mistkerl, den man sich vorstellen kann. Er feuert jeden, der mehr als zwei Tage im Jahr krank ist, er verklagt die Kinder vom Hausmeister wegen Ruhestörung, er kriegt Wutanfälle, weil sein Kaffee entweder zu heiß oder zu kalt oder zu schwarz oder zu weiß ist. Und wenn er nicht gerade dabei ist, irgendwen am Telefon fertigzumachen, dann verbringt er seine Zeit am liebsten damit, irgendwelche Mitarbeiter durch die langen Gänge der Satzgestaltung zu scheuchen oder seine unterbesetzten Grafiker anzubrüllen, bis sie es schaffen, Cover zu entwerfen, die Menschen dazu bringen, Bücher zu kaufen, die sie eigentlich gar nicht lesen wollen, aber unbedingt haben müssen, weil sie von der grellen Farbe des Umschlags verblendet sind.

In irgendeiner Zeitung hatte irgendein Journalist, der mittlerweile aus irgendeinem Grund keinen Job mehr hat, die Vermutung aufgestellt, dass mein Vater schon mit Marketinggedanken auf die Welt gekommen sein muss und dass das erste Wort, das er je gesagt hat, mit großer Wahrscheinlichkeit *Ruhm* lautete, dicht gefolgt von *Macht* und *Gewinnmaximierung*.

Ich war da voll und ganz seiner Meinung. Obwohl ich weiß: Kein Mensch ist so facettenlos und oberflächlich begrenzt wie die oben beschriebene Person. Aber da mein Vater mir noch nie etwas von sich erzählt hat und ich selten zugehört habe, wenn meine Mutter mir etwas über seine guten Eigenschaften verraten wollte, habe ich nicht die geringste Ahnung davon, wie er früher einmal gewesen ist und ob er mich tatsächlich von Anfang an gehasst hat. Vielleicht hat er mich sogar einmal geliebt. Wer weiß. Vielleicht lieben alle Eltern ihre Kinder in den ersten zehn Sekunden. Und in den nächsten zwanzig auch. Und dann entscheiden sie sich aus einer Laune heraus dagegen oder dafür.

So entsteht dann die familiäre Zukunft.

Oder eben nicht.

Und vielleicht ist sogar das Gerücht wahr, dass mein Vater Worte geschätzt hat, bis zu dem Tag, an dem er auf einmal Verleger geworden ist und abschätzen musste, wie die unberechenbare Buchstabenfluktuationsrate sich auf seinen Kontostand auswirkt. Ja. Vielleicht ist er einfach nur verbittert, weil die Kunst, die er zwischen den Sätzen gesehen hat, auf einmal wie weggewischt ist. Oder vielleicht hat er auch eine unheilbare Krankheit namens Weltdrehwurm: Da werden die ungefestigten Gehirnzellen aufgrund der Erdumdrehung durcheinandergewirbelt und verlieren ihren Zusammenhang.

Wer weiß.
Vielleicht gibt es irgendeine gute Erklärung.
Oder einen wunderbaren Grund.
Mit weitläufigem Boden.

Mein Vater. Er tut so, als würde er Worte hassen. Dabei erwischt man ihn manchmal dabei, wie er viel zu viele von ihnen auf einmal benutzt oder merkwürdige Satzverbindungen zustande bringt, die seine Autoren nicht besser hinkriegen könnten. Er behauptet, er würde Gehirntumore von Fortsetzungsbänden und Blutgerinnsel von hochgestochener Literatur bekommen, aber dennoch wählt er aus den Manuskripten, die seine Lektoren ihm vorlegen, immer die besten aus und macht sie anschließend zu erfolgreichen Bestsellern. Es ist unmöglich, dass er seine Auswahl wahllos trifft. Er muss sie gelesen haben, die schönen Texte, die traurigen Worte, die lustigen Sätze, die anmutigen Buchstaben und all die fremden Geschichten.

Und zumindest eine davon wird er für immer behalten. Tragen. In seiner Verfassung.

So muss es doch sein. Nicht wahr?

Kein Mensch ist unberührbar.

Aber was auch immer mein Vater tagsüber tut, seine Nächte verbringt er damit, leere E-Mails an Autoren zu verschicken, nur um ihnen klarzumachen, dass er sogar noch wortlos die Macht über jeden einzelnen Buchstaben besitzt. Und wenn dann noch ein bisschen Zeit bleibt, bis hin zum nächsten Morgengrauen, dann schickt er ein paar von seinen wortlosen Weltbesitzansprüchen an alle Buchhändler, die nicht genug seiner Bücher vertreiben, nur um sie ganz dezent darauf hinzuweisen, dass er alleine der Inhaber und Verwalter des Alphabets und jedes einzelnen Satzzeichens ist. Es gibt kein Verlagswesen, das keine Alpträume wegen ihm hat. Und es gibt auch ganz bestimmt keinen einzigen Schriftsteller, der meinen Vater freiwillig in seiner Danksagung erwähnt hat.

Okay. Ich gebe zu: Das war jetzt wahrscheinlich etwas übertrieben. Aber scheiß drauf, das hier ist schließlich keine Autobiographie, sondern einfach nur ein wahres Märchen. Und wenn ihr meinen Vater kennen würdet, wenn ihr wüsstet, mit wie viel eiskalter Berechnung und gnadenloser Hinterhältigkeit er einen Raum betritt, wenn sich darin irgendetwas befindet, das er haben oder zerstören will, dann würdet ihr verstehen, warum es keine realistischere Art gibt, ihn zu beschreiben, als maßlose Übertreibung.

Meine Mutter war die Einzige, die ihn trotz seiner offensichtlichen Einsichtslosigkeit ab und zu verteidigt hat. Ich erinnere mich entfernt daran, wie sie einmal zu mir gesagt hat: »Cherry, dein Vater ist kein schlechter Mensch. Er hat auch viele gute Seiten. Hörst du denn gar nicht, dass er manchmal auch schöne Dinge zu dir sagt? Er spielt mit den Worten, genau wie du. Und damals, als er in deinem Alter war, da hat er Bücher geliebt. Seine Mutter hat ihm jeden Abend eine Geschichte vorgelesen, und ich bin mir sicher, er hat keine einzige davon vergessen.«

»Woher willst du das wissen?«, habe ich gefragt.

»Ich habe deinen Vater aus einem Grund geheiratet«, hat meine Mutter erwidert.

»Der war bestimmt nicht sehr tief«, habe ich schlecht gelaunt gesagt.

»Doch, Cherry«, hat meine Mutter entgegnet und ihre kühlen Hände an mein erhitztes Gemüt gelegt. »Dein Vater hat die seltene Gabe, jeden Augenblick zu durchschauen. Wenn er es darauf anlegt, dann kann er das Glück dieser Zeit in Worte fassen. Und wenn dein Großvater ihm nicht jeden Tag aufs Neue erzählt hätte, dass Schriftsteller nichts weiter seien als närrische Wortspieler; und wenn er ihn nicht dazu gebracht hätte, diesen riesigen Verlag zu übernehmen, mit dem er eigentlich nie etwas zu tun haben wollte, dann würde dein Vater vielleicht noch heute Geschichten für dich erzählen.«

»Er hat mir nie Geschichten erzählt!«, habe ich wütend erwidert.

»Ach, Cherry«, hat meine Mutter geseufzt. »Natürlich hat er das. Als du noch ganz klein warst, hat er sehr oft an deiner Wiege gesessen und dir Märchen zugeflüstert.«

»So ein Quatsch!«, habe ich gebrüllt, weil ich mir nicht im Geringsten vorstellen konnte, dass mein ewig schlechtgelaunter Vater sich jemals freiwillig zu mir herabgelassen hatte. »Du lügst! Denn wenn du die Wahrheit sagen würdest, dann wäre er jetzt hier bei uns und würde mit mir spielen! Aber er ist immer nur in dem blöden Verlag!«

»Nein, ich lüge nicht«, hat meine Mutter geduldig erwidert und zum hundertsten Mal über meinen trotzigen Kopf gestrichen. »Dein Vater hat sich einfach sehr verändert in den letzten Jahren.«

»Ach, ja?«, habe ich gefragt und dabei unwirsch ihre warmen Hände von mir weggeschoben, weil ich kein Wort glauben wollte. »Warum wird man so, wenn man auch anders sein kann!?«

Daraufhin habe ich meine Mutter zum ersten Mal in meinem Leben vollkommen lautlos gesehen. Sie hat mir keine Antwort gegeben, sondern nur kaum merklich mit ihren Schultern gezuckt, dann hat sie geweint und ihren Kopf in meinen zerwühlten Haaren vergraben. Da habe ich gewusst, dass die Welt komische Dinge mit den Menschen macht. Und ich habe auch gewusst, dass ich meinem Vater niemals verzeihen würde, dass er sich verändert hatte, bevor ich ihn richtig kennenlernen konnte.

Mittlerweile ist all das sowieso egal. Denn meine Mutter ist längst tot und mit ihr all die Erinnerungen an die schöne Zeit. Mein Vater ist dafür so lebendig und zynisch wie eh und je und natürlich immer noch dabei, sein Gewissen seitenweise mit Leere zu bedrucken, nur um die breite Masse zu willigen Käufern zu machen.

Ich weiß nicht, ob er in den letzten Jahren jemals gut gelaunt oder wenigstens halbwegs neutral gestimmt nach Hause gekommen ist; ich weiß nur, dass Jessica es irgendwann aufgegeben hat, ihn mit wortreichen Sätzen oder rationalen Gedankengängen zu besänftigen.

Am Anfang hatte sie es hin und wieder versucht, sie hatte ihm lächelnd das Abendessen auf den Tisch gestellt und gesagt: »Ach, Thomas, so schlimm kann es doch gar nicht sein. Wenn deine Autoren wirklich alle so furchtbar dumm wären, wie du immer sagst, dann könnten sie keine Bücher schreiben. Und ich glaube auch nicht, dass alle deine Lektoren getarnte Analphabeten sind. Also, jetzt beruhige dich bitte und hör auf zu fluchen, deine Tochter ist schon ganz blass im Gesicht.«

Aber wann immer sie so etwas gesagt hatte, war mein Vater nur noch wütender geworden und hatte gebrüllt: »Wie bitte!? ICH SOLL MICH BERUHIGEN!? Du hast leicht reden, dich rufen keine Literaturagenten an und fordern *emotionale Intelligenz und rücksichtsvolles Verhalten* gegenüber ihren ohnehin schon geschädigten Autoren! Und was geht mich die Gesichtsfarbe von diesem blöden Kind an? Wenn es blass ist, dann soll es halt mehr essen oder raus an die frische Luft gehen!«

Also hat Jessica von Tag zu Tag weniger gesagt.

Und ich habe dabei zugehört.

Mit zwölf Jahren kannte ich mehr Schimpfwörter als alle meine Mitschüler und die Drogenverkäufer aus dem Park zusammen. Ich war so verletzt, dass ich angefangen habe, mich selbst zu verletzen – dabei wollte ich beim ersten Mal eigentlich nur austesten, ob ich ein Mensch bin und ob ich blute, wenn ich den schmalen Grat zwischen Verstand und Verfall zerschneide.

Ich habe geblutet.

Wie verrückt. Und dann ist die Wand verrückt.

Weg von mir in den ohnmächtigen Raum. Irgendwann ist sie zurückgekommen. Zu mir. Aber es hat nichts gebracht. Denn nachdem ich mich mit Hilfe von ein paar Klebestreifen und massenhaft lieblos angelegten Verbänden wieder halbwegs zusammengeflickt hatte, war ich jedes Mal genauso gefühlstot wie vorher; und außerdem war ich entsetzt über die Kälte, in die ich mich gehüllt hatte. Es war ein ungewisses Zittern. Aber ich mochte das Geräusch meiner hastigen Atemzüge mehr als die Regelmäßigkeit der Stille, und so habe ich die Rasierklingen immer tiefer in meine Haut gebohrt. So tief, bis ich jedes noch so ruhelose Empfinden in einen unabhängigen Teilstrang zerlegt hatte. So tief, bis ich mir sicher sein konnte, dass ich es nicht wert war, um mich zu weinen, weil das Loch in mir sowieso jede Träne verschluckt hätte.

Ich war ein Fremdkörper.

Nahtlos vernarbt und gezeichnet.

Meine Arme waren so hässlich wie die Schatten meiner Gedanken, und ich hätte so gerne eine neue Chance bekommen, um mich wieder mit Achtsamkeit behandeln zu können. Aber ich war süchtig nach Abgrenzung und gefangen in der Todesstille in meinem zersplitterten Kopf. Es war, als ob ich mir beweisen müsste, dass kein Schmerz der Welt mich berühren kann; als ob ich jedes gemeine Wort meines Vaters einfach so aus mir herausschneiden könnte.

Meine Fähigkeit zu existieren.

Hat mit Abwesenheit geglänzt.

Und als wäre das nicht genug, habe ich angefangen, mich noch schlimmer zu verhalten als je zuvor. Ich habe Sätze gesagt, für die ich ein Sprachverbot verdient hätte, und ich habe jeden, der sich mit mir anfreunden wollte, so lange von mir weggestoßen, bis er freiwillig das Weite gesucht hat. Meine Mutter hätte sich wahrscheinlich gleich ein zweites Mal umgebracht, wenn sie miterlebt hätte, wie rapide meine Gefühllosigkeit ein untragbares Ausmaß angenommen hat.

Aber sie hat es nicht miterlebt.

Sie hat es verpasst.

Genau wie ihr schönes Leben.

3

Weißt du noch, wie lautlos du einmal warst? Ganz am Anfang. Damals, als du noch nicht verstanden hast, was hier passiert.
Damals, als du noch versucht hast, die Zeit zurückzudrehen, um sie zurückzuholen.
Weißt du noch?
Die langen Tage.
Die abgefertigten Nächte.
Bis du irgendwann begriffen hast.
Zwischen dir und dem Leben.
Schließt sich ein Kreis.
Ohne dich.

Kannst du mich bitte lieben?«, habe ich meinen Vater eines Tages in einem Anfall von hirnloser Sehnsüchtigkeit gefragt. Denn es war Weihnachten, und die fluffigen Schneeflocken sind am Fenster vorbei bis in mein stilles Herz getanzt.

»Du bist vierzehn!«, hat mein Vater, ohne aufzublicken, entgegnet und einfach weiter seine neu erworbenen Bundesschatzbriefe und Aktienpapiere neben dem riesengroßen mit dunkelblauen Kugeln behangenen Tannenbaum aufgestapelt.

»Was hat das damit zu tun?«, habe ich gefragt.

»Du bist zu alt, um geliebt zu werden«, hat mein Vater erwidert.

»Das verstehe ich nicht«, habe ich gesagt.

»Kleine Kinder muss man lieben«, hat mein Vater ungeduldig erklärt. »Damit sie einen Ansporn haben, um groß und arbeitsfähig zu werden, aber bei dir ist der Zug schon abgefahren.«

»Wie meinst du das?«, wollte ich wissen.

»Sieh dich an, Cherry«, hat mein Vater gebrummt. »Was soll aus dir werden? Sogar deine Mutter hat dich verlassen!«

»Sie hat auch dich verlassen!«, habe ich daraufhin wütend entgegnet.

»Nein!«, hat mein Vater gebrüllt. »Wenn du nicht so ein anstrengendes Kind gewesen wärst, dann wäre deine Mutter jetzt noch hier! DU hast sie dazu gebracht, aus dem Fenster zu springen! DU! Kein Mensch hält es länger als zehn Minuten gemeinsam mit dir in einem Raum aus! Du bist egoistisch, gehässig und charakterlos!«

»Was glaubst du wohl, von wem ich das gelernt habe?«, habe ich zurückgebrüllt.

»Werde jetzt ja nicht frech!«, hat mein Vater gedroht.

»Ich habe nichts falsch gemacht, ich bin ein großartiger Mensch – im Gegensatz zu dir!«

»Ach, wer erpresst denn jeden Tag zehn Autoren und treibt fünf Buchhändler in den Ruin?«, habe ich gebrüllt. »Wer setzt Privatdetektive auf Literaturagenten an und schläft jede Woche mit irgendeiner seiner Lektorinnen!?«

Das hätte ich lieber nicht sagen sollen.

Auch wenn es nur die leicht überzogene Wahrheit war.

Denn mein Vater hasst die Wahrheit. Er würde aus jeder Autobiographie ein Märchen machen, wenn man Märchen nur halb so gut vermarkten könnte wie mit Ecstasy-Pillen bedruckte Cover von dopingsüchtigen Radrennfahrern. Und er hätte auch keinerlei Bedenken, ein Buch zum Thema Weltfrieden mit einstürzenden Hochhäusern, brennenden Flugzeugen und Atombomben zu bedrucken, nur um mehr potenzielle Käufer anzusprechen. Ja, ich hätte ganz offensichtlich meinen Mund halten sollen. Denn Familienkrieg an Weihnachten ist niemals eine gute Idee; und Krieg mit meinem Vater ist immer ein aussichtsloses Gefecht, so gut gerüstet wie er ist noch kein Tyrann durch die geschriebene Geschichte marschiert. Er verarbeitet Worte zu Buchstabenfetzen und zerlegt Menschen in Knochensplitter, ohne mit der Wimper zu zucken.

Und ich kannte ihn gut genug.

Um das große Schweigen zu lernen.

Aber trotzdem konnte ich meinen Mund nicht halten.

»Du bist kein großartiger Mensch«, habe ich stattdessen wütend hinzugefügt. »Und die Tatsache, dass du behauptest, du seist einer – verrät mehr über dich, als irgendwer wissen will!«

Jessica hat nervös zwischen meinem Vater und mir hin und her geblickt und schließlich Schritt für Schritt den lautlosen Rückzug in Richtung Küche angetreten.

»Was hast du gerade gesagt!?«, hat mein Vater währenddessen so laut gebrüllt, dass der Weihnachtsbaum vor Schreck ein paar Nadeln verloren hat.

»Bist du taub!?«, habe ich zurückgebrüllt. »Hast du dir zu viele wortverseuchte Hörbücher reingezogen, oder was!?«

Das war ziemlich dumm.

Aber es war sowieso schon zu spät.

Das Jahr war so gut wie gelaufen, und mein Leben auch. Ich habe es verabscheut, um ehrlich zu sein. Nicht das Jahr – das ganze Leben. Von dem Tag an, an dem meine Mutter den Absprung gemacht hatte. Ich weiß, sie hat es nicht böse gemeint, sie wollte mich nicht im Stich lassen, sie hat es einfach nicht mehr ausgehalten, mit meinem Vater zusammen zu sein. Aber er hätte sie niemals freiwillig gehen lassen, und er wusste schon immer ganz genau, wie man Menschen manipuliert und so lange bedroht, bis sie alles tun, was man von ihnen verlangt. Und wenn man mit jemandem wie meinem Vater zusammenleben muss, dann verliert man wahrscheinlich mit der Zeit den Blick für die Weitsicht.

Über die Sichtweite, die Menschlichkeit ihren Namen zuspricht.

Über die Weite, die wir sichten müssen, um uns selbst im Zusammenhang zu erkennen.

Und über die Sicht, die wir ausweiten müssen, um auf dem Laufenden zu bleiben.

Denn wenn wir unseren Verstand an die bodenlose Oberfläche des belanglosen Daseins heften und mit geschlossenen Augen hinauf zu dem mit Straßenlaternen beleuchteten Himmel starren, dann wird früher oder später alles schieflaufen. Und wenn wir Pech haben, dann bringen wir uns aus Versehen um.

Das ist die Tragweite.

Eines geöffneten Fensters.

»Wie redest du mit mir!?«, hat mein Vater weiter gebrüllt.

»Ach, fick dich, Dad!«, habe ich zurückgebrüllt. »Es interessiert dich doch auch sonst nicht, wenn ich mit dir rede! Du hörst niemandem zu! Niemandem, außer dir selbst! Du weißt wahrscheinlich nicht einmal, in welche Klasse ich gehe!«

»Natürlich weiß ich, in welche Klasse du gehst!«, hat mein Vater gebrüllt. »In die achte!«

»Das war vor zwei Jahren!«, habe ich zurückgefaucht. »Und falls du es immer noch nicht gemerkt hast: Ich habe ein Schuljahr übersprungen, ganz so dumm und hoffnungslos kann ich also gar nicht sein.«

»Du bist dümmer als alle meine Autoren zusammen!«, hat mein Vater gewettert.

»Du bist dümmer, als es alle deine Autoren gemeinsam in Worte fassen könnten!«, habe ich lautstark gekontert.

Daraufhin haben wir uns fünf Minuten lang wütende Blicke zugeworfen, und schließlich hat mein Vater gemotzt: »Pack deine verdammten Geschenke aus! Jessica war einen ganzen Tag lang unterwegs, um sie für dich auszusuchen!«

»Was bedeutet dir ein *ganzer Tag?*«, habe ich vorlaut gefragt. »Du rechnest doch eh nicht in Minuten oder Stunden. Du kennst nur die Transformation von Wortstapeln in Geldberge.«

»Cherry!«, hat mein Vater gedroht. »CHERRY!«

Ich habe ihn verdutzt angesehen. Denn ich hätte nicht gedacht, dass er noch weiß, wie ich heiße, nachdem er meinen Namen seit ungefähr fünf Jahren nicht mehr in den Mund genommen hatte.

»WAS!?«, habe ich zurückgeschnauzt. »Was ist dein Problem!?«

»Pack einfach deine Geschenke aus!«, hat mein Vater gebrüllt und ist anschließend wieder dazu übergegangen, seine Aktienpapiere nach Profiterwartung zu sortieren.

»Nein!«, habe ich gebrüllt. »Mir reicht's! Ich ziehe aus. Keinen Tag länger wohne ich mit dir in einem Haus!«

Mein Vater hat für einen Moment sein Papiergeld sinken lassen und mich schweigend angestarrt. Jessica hatte sich zu diesem Zeitpunkt schon längst in die Küche verzogen und eine ihrer *Sex and the City*-Freundinnen angerufen; das hat sie meistens getan, wenn mein Vater angefangen hat herumzubrüllen. Ihr unruhiges Kichern hat die heilig klingende Weihnachtsnacht untermauert, und zwei Minuten lang konnte ich die Engel vor der Fensterscheibe tanzen sehen.

Vielleicht, dachte ich, *ganz vielleicht, bringen sie mir meine Mutter zurück.*

Aber die Engel waren nur ein Traum.

Denn natürlich ist die Welt.

Kein Märchenbuch.

Mein Vater hat seinen Blick kurz darauf wieder von meinem aufgebrachten Gesicht abgewandt und sich einfach weiter mit seinen Papieren beschäftigt.

»Du bist wie deine Mutter«, hat er achtlos gesagt. »Die konnte auch nichts, abgesehen von Wegrennen. Also, von mir aus – pack deine verdammten Sachen und verschwinde aus meinem Haus. Ich wollte sowieso nie ein Kind haben. Und erst recht keine Tochter wie dich.«

»Bist du dir sicher?«, habe ich wütend gefragt. »Bist du dir wirklich sicher? Denn wenn ich gehe, komme ich nicht wieder zurück. Nie wieder!«

»Bitte schön!«, hat mein Vater erwidert. »Da ist die Tür. Aber solltest du jemals auf die Idee kommen, ein Buch zu schreiben – dann glaub ja nicht, dass irgendein Verlag es veröffentlichen wird.«

»Warum sollte ich ein Buch schreiben?«, wollte ich gereizt wissen.

»Weil du wie all die dummen und hirnlosen Schriftsteller bist«, hat mein Vater von oben herab gesagt. »Du bist voll mit Wortmüll und sehnsüchtigen Absätzen, auf denen du durch die Welt stakst, als wüsstest du, wohin du willst.«

Das war einer dieser Sätze, für die ich ihn gehasst habe. Weil ich gemerkt habe, dass er manchmal mit genau den gleichen Worten spricht wie ich. Es war schon schlimm genug, dass wir uns in der gleichen Lautstärke angebrüllt haben, da wollte ich nicht auch noch buchstabenverwandt mit ihm sein.

»Ich habe keine Ahnung, wo ich hin will!«, habe ich deshalb gefaucht. »Ich weiß nur eins: Ich will weg von dir!«

»Dann wollen wir ja genau dasselbe!«, hat mein Vater geschnauzt.

»Ach, du willst auch weg von dir?«, habe ich gebrüllt. »Das wäre ja die Einsicht deines Lebens! Aber aus deiner widerlichen Haut kommst du ganz bestimmt nicht mehr raus; die klebt so fest an deinem boshaften Dasein, dass es gar keinen Unterschied mehr macht, was du sagst oder was du nicht sagst – deine Inhaltslosigkeit hast du längst bestätigt.«

»RAUS!«, hat mein Vater gebrüllt. »Verschwinde aus meinem Haus! Und wage es ja nicht, wieder zurückzukommen!«

Da bin ich aufgestanden und habe meine wichtigsten Sachen zusammengesucht. Es hat keine fünf Minuten gedauert, denn eigentlich war mir gar nichts mehr wichtig.

Schon längst nicht mehr.

Irgendwo auf dem hässlichen Abweg der Ausweglosigkeit hatte ich meine Gefühle verloren und außerdem meine Gehirnfähigkeit und mein Lebensbewusstsein. Seit meine Mutter tot war, hatte ich keinen Grund mehr, mich zu bemühen – weder um mich noch um mein Leben. Gleichgültigkeit war die einzige gültige Bezeichnung für meine verschwendete Existenz, und ich habe mich schulterzuckend damit zufriedengegeben, obwohl ich wusste, dass ich mehr sein könnte. Aber das Leben ist so viel einfacher, wenn man in einer Traumwelt verschwindet.

Ich wollte ohnmächtig jeden Tag bestreiten.

Ich wollte nichts mehr. Gar nichts.

Aber wenn wir wissen, dass wir nichts mehr wollen, dann wollen wir wahrscheinlich doch etwas, sonst würden wir nicht darüber nachdenken, dass wir nichts wollen. Denn erst wenn wir nicht mehr darüber nachdenken, wie egal uns alles ist, erst dann wird uns wirklich alles egal sein, und erst dann sind wir nichts weiter als unwissende Abseitsgestalten im überbrückten Zeitgeschehen.

Also wollte ich wahrscheinlich alles.

Alles oder nichts.

Ich habe mich nicht von meinem Vater verabschiedet. Er war zu sehr damit beschäftigt, durch seine Wertpapiersammlung zu blättern, und ich war zu trotzig, um ihm noch irgendeine letzte Beleidigung an den Kopf zu werfen. Also bin ich einfach hoch erhobenen Hauptes an unserem unpersönlichen Designer-Wohnzimmer vorbeigelaufen und habe beiläufig gedacht, dass es cool gewesen wäre, wenn Jessica anstelle der Christbaumkugeln ein paar Geldscheine und Schecks an die Tanne gehängt hätte. Es wäre ein passendes Abschiedsbild gewesen, denn mein Vater hat dort neben dem Weihnachtsbaum gesessen und so angestrengt mit seinen Aktien herumgeraschelt, als würde er versuchen, den beschissenen Augenblick zu übertönen.

Aber er hatte keine Chance.

Und er wusste, er würde keine zweite bekommen.

Ein letztes Mal habe ich darüber nachgedacht, warum meine Mutter sich wohl in ihn verliebt hatte und ob er wirklich einmal den Wert des Lebens gekannt hatte, bevor er angefangen hatte, alles und jeden zu berechnen und eine Rechnung nach der anderen auszustellen. Aber letztendlich war es mir egal. Denn meine Gedanken kannten nur eine Richtung: abwärts. Und ich wäre nie auf die Idee gekommen, sie zu hinterfragen. Ich wollte nicht differenzieren zwischen mir und der Wahrheit.

Aber ich wusste: Voreingenommenheit.

Ist ein besetzter Raum.

Kurz darauf habe ich das einstürzende Haus verlassen und bin durch den sterilen Vorgarten bis hin zu dem eisernen Gartentor gestürmt. Die weißgrauen Marmorpflastersteine haben sich holprig angefühlt unter meinen Füßen, obwohl sie so glatt und ebenmäßig waren wie an jedem anderen Tag auch. Vielleicht lag es an den

Schneeresten, die der Gärtner nicht zur Seite gekehrt hatte, oder vielleicht war es der kalte Wind im Hintergrund des Geschehens.

Vielleicht war es einfach nur die Zeit.

Die kommt und geht.

Und niemals bleibt.

Was auch immer es war, ich wollte es nicht begreifen, ich habe nicht versucht zu bleiben, ich wollte nie wieder zurücksehen, ich wollte nur noch eines: verschwinden. So weit weg wie möglich, immer weiter – nichts weiter als das. So weit, so gut. Aber dann bin ich gestolpert, über den unsichtbaren Schatten einer viel zu entfernten Erinnerung, und während ich mich aufgerappelt habe, konnte ich gar nicht anders, als mich doch noch einmal umzudrehen.

Jessica stand am Küchenfenster und hat mir traurig zugewunken. Sie sah klein aus, trotz der ewig langen Beine. Und mit einem Mal hat sie mir schrecklich leidgetan; jetzt war sie alleine mit dem Wortvermarktungsungeheuer. Wie lange sie es wohl aushalten würde? Oder ob mein Vater irgendetwas gegen sie in der Hand hatte, aufgrund dessen sie bei ihm bleiben musste, bis zum Schluss? War er noch schlimmer, als ich immer gedacht hatte? Wahrscheinlich nicht. Wahrscheinlich war ihre Beziehung einfach eine verbogene Form von Liebe oder das natürliche Fehlverhalten von einsamen Menschen im allumfassenden facebook-Zeitalter.

Einen Moment lang konnte ich mich nicht lösen von Jessicas Anblick. Auf einmal wusste ich, dass ich sie vermissen würde. Irgendwie. Und dass sie mir viel gegeben hatte, obwohl ich schlecht darin war, anzunehmen und hinzunehmen und mich zu benehmen.

Jessicas Augen waren grasgrün.

Wie der Frühling. Sanft und liebevoll.

Sie war zwar leicht mit Geld zu beeindrucken, aber ich wusste, dass sie trotz all der Gucci-Kleider die Fähigkeit hatte, Zahlen mit anderen Werten zu verrechnen, um am Ende das unbezahlbare Leben in ihren unsicheren Händen zu halten. Sie hatte mich kein einziges Mal belogen, auch wenn ihre Wahrheiten nicht immer schön waren und sie manchmal zu Boden geblickt hat, mitten im Gespräch. Sie war keine Mutter gewesen, keine erwachsene Frau. Sie war ein großes Mädchen in zu grellen Kleidern, mit zu viel Make-up und zu wenig Selbstbewusstsein. Wir hätten Freundinnen werden können, wenn sie nicht in mein Leben getreten wäre, um meine tote Mutter zu ersetzen.

Jessica. Ich würde sie wirklich vermissen. Obwohl ihr Lachen drei Oktaven zu hoch für meinen sang- und klanglosen Verstand war. Aber es gibt Menschen, die brauchen keine Ahnung von irgendetwas zu haben, die dürfen einen Wasserrohrbruch mit einem Rasensprenger verwechseln oder Shakespeare für einen Mode-Cocktail halten; wenn sie nur die Gefühlsgrundlage besitzen, die man braucht, um die allumfassende Bedeutung von gegenseitiger Achtung zu begreifen.

Intelligenz hingegen ist keine Garantie für das Vorhandensein eines Herzens. Aber da Fremdintelligenz mittlerweile eine weitverbreitete Folgeerscheinung der passiven Wissensaneignung ist, weiß sowieso keiner mehr, was er wirklich weiß oder was lediglich mit *copy and paste* in die offenkundigen Gedankenlücken eingefügt wurde, ohne dabei ausreichend extrahiert zu werden.

Das ist traurig.

Aber okay.

Denn das, woran wir uns halten, müssen wir früher oder später begreifen, sonst lässt es uns fallen, und schon greifen wir ins Leere. Dann verpassen wir Augenblicke wie diesen, in denen Jessicas Lippen lautlos »Leb wohl, Cherrygirl« geformt haben. Und ich hätte es bereut, wenn ich diesen Blick zurück nicht geworfen hätte. Ihre winkende Hand sah aus, als wollte sie über mein Haar streichen und mich freisprechen von dem totgesagten, von Lichterketten umrandeten Haus.

Ich habe zurückgewunken.

Für einen nahtlos zerreißenden Augenblick.

Aber dann habe ich mich umgedreht und bin losgerannt; so schnell ich nur konnte, durch die Heilige Nacht, der Dunkelheit trotzend, an den beleuchteten Fenstern vorbei.

Kopflos und ungehalten.

Einfach so. Drauflos. Ohne Ziel.

Abgeschiedenheit ist der beste Ort für einen Abschied.

4

Du musst nicht traurig sein. Hör einfach nicht mehr hin. Du kannst alles ausblenden, was du willst – alles. Sieh nur, wie die Welt verschwimmt. Da vorne waren all die anderen, aber jetzt sind sie weg. Und du, du kannst lächeln. Ja! Setz dein schönstes Lächeln auf und verzeichne die Zeit.
Es ist nur eine Lüge. Natürlich.
Aber die Wahrheit ist sowieso kaputt.
Und die Stille?
Sie verschluckt dich. Und dann, nach dem rauschenden Chaos von Klängen, löst sich alles in Luft auf, und auf einmal ist da eine Stärke, die niemand verstehen kann, am wenigsten du selbst.
Vielleicht ist es einfach die glasklare Luft.
Dort in dem abgeschotteten Raum ohne Fenster.
Oder vielleicht. Bist es du.

Ich bin dem Mondschein hinterhergerannt, vorbei an Zimtsternwolken und Lebkuchenhäusern. Im Hintergrund hat eine Kirchturmuhr geschlagen, und wenn ich angefangen hätte zu zählen, dann hätte ich vielleicht die Zeit erkannt. Aber wenn man vergisst, dass auch die Augenblicke, die man nicht benennen kann, für irgendwen einen Namen tragen, dann wird man niemals verstehen, wie diese Welt funktioniert. Und wenn man versucht, sich farbenblind durch den Facettenreichtum des Lebens zu schummeln, dann wird man eines Tages feststellen, dass man gar nicht anders kann, als an sich selbst zu scheitern.

Das war keine Erkenntnis, die ich schon in diesem Moment hatte.

Ich habe nur den Pulverschnee zertrampelt und gewusst, dass es egal war, weil es am nächsten Tag sowieso wieder schneien würde. Das hatte einer dieser ewig lächelnden Nachrichtensprecher verkündet. Und wenn man an irgendetwas glauben sollte, auf dieser großen, großen Welt, dann am besten an alles das, was in irgendeiner Form in den Fernseher passt. Kein Medium bietet mehr eingeschränkten Denkraum. Aber solange wir uns auch anderweitig digitalisieren, eine tiefgründige Bindung zu unserem iPad aufbauen, uns über unseren aktuellen Bildschirmschoner definieren und in Form von SMS-Codes miteinander philosophieren, ist alles okay. Denn dass wir alle sterben müssen, wissen wir spätestens, seit Steve Jobs tot ist. Und dass wir alle leben, jetzt, hier, in diesem Moment – das wissen wir hoffentlich auch.

Die Kirchturmuhr hat aufgehört zu schlagen, oder vielleicht war ich einfach schon außerhalb ihrer Reichweite. Dafür war da auf einmal ein Wind, und dann war er wieder woanders; aber ich habe ihm sowieso nicht zugehört, denn ich war zu sehr damit beschäftigt, vorbeizurauschen, an jedem Geräusch.

Sieben Straßenecken, zehn Selbstmordgedanken und

zwölf Milliarden Schneeflocken später bin ich mit jemandem zusammengestoßen. Er kam aus dem Nichts oder aus einer Seitenstraße. Aber das war mir scheißegal. Von mir aus hätte er der meistgesuchte Serienmörder aller Zeiten sein können – ich hätte mich nicht beschwert oder versucht, um mein Leben zu verhandeln.

»Au, verdammt!«, hat dieser Jemand gesagt, während wir beide über den Bürgersteig gekugelt sind. »Autsch, mein Kopf! Hey – ach, du bist das? Cherry? Cherry, was machst du denn hier!?«

Im ersten Moment war ich zu bodennah, um irgendetwas verstehen oder sehen zu können, aber dann habe ich schließlich meinen ehemaligen Schwimmtrainer Landon erkannt.

»Cherry?«, hat Landon ein weiteres Mal verwirrt gefragt.

So oft wie an diesem Tag hatte ich meinen Namen in den letzten versammelten Jahren nicht gehört. Und nachdem Landon sich halbwegs aufgerappelt und uns beide aus dem Schneehaufen befreit hatte, hat er hinzugefügt: »Cherry, warum zum Teufel rennst du wie eine Wahnsinnige durch die Straßen? Es ist Weihnachten, solltest du nicht zu Hause bei deiner Familie sein?«

»Ich habe keine Familie mehr«, habe ich schulterzuckend geantwortet.

»So ein Schwachsinn«, hat Landon erwidert. »Neulich erst habe ich deinen Vater an der Straße des 17. Juni stehen gesehen.«

»Da siehst du auch jeden Abend eine ganze Horde Prostituierte herumstehen – glaubst du deswegen etwa an den körperlichen Bereitschaftsdienst der Herzensgüte?«, habe ich pampig entgegnet. »Mach die Augen auf, Landon! Es ist nicht alles wie es scheint – nur weil wir die Elektrizität erfunden haben.«

»Was?«, hat Landon verdutzt gefragt. »Was sollte das denn für ein Satz sein? Ist alles okay mit dir, Cherry? Seit wann redest du denn so?«

»Schon immer«, habe ich gebrummt.

»Nein, das stimmt nicht«, hat Landon kopfschüttelnd entgegnet.

Mir ist auf der Stelle schlecht geworden. Denn ich kann es nicht leiden, wenn Menschen *nein* sagen und gleichzeitig den Kopf schütteln, als wäre ihr Gegenüber bescheuert. Dabei mache ich das auch ständig.

»Ich habe dich als liebes kleines Mädchen in Erinnerung«, hat Landon währenddessen freundlich weitergeredet. »Du warst die Einzige, die immer pünktlich beim Training aufgetaucht und bis zum Schluss geblieben ist, egal, was für ein langweiliges Ausdauerprogramm ich mit euch durchgezogen habe. Und ich war wirklich traurig, als du, zwei Jahre nachdem deine Mutter ihren Unfall hatte, einfach aufgehört hast.«

»Das war kein Unfall!«, habe ich erklärt. »Unfälle passieren aus Versehen. Aber wenn man mit Anlauf aus einem Fenster im elften Stock flüchtet, dann ist das ja wohl eher ein Sprung als ein Un-Fall.«

»Das hast du mir nie gesagt«, hat Landon erschrocken erwidert. »Und dein Vater hat mir damals, bei deiner Abmeldung aus dem Verein, irgendetwas von einem Fensterputzunfall erzählt.«

»Ja, klar«, habe ich geschnaubt. »Man putzt ja auch mitten in der Nacht die Fenster! Glaubst du eigentlich alles, was man dir erzählt?«

»Nein«, hat Landon stirnrunzelnd erwidert. »Nein, das tue ich nicht.«

»Jaja«, habe ich gebrummt. »Ist doch alles scheißegal. Meine Mutter hat sich jedenfalls umgebracht, weil mein Vater ein herrschsüchtiger Betrüger ohne Gewissen ist. Okay, vielleicht lag es auch ein winzig kleines bisschen an mir, aber daran will ich im Moment nicht glauben. Denn wenn man schon einen Vollidioten als Vater hat, dann sollte man ihn auch für alles verantwortlich machen. Wofür sonst verliert man seinen Verstand? Also, falls du irgendjemanden kennst, den du gerne loswerden möchtest, schicke ihn doch einfach zu meinem Vater; mit etwas Glück segelt er kurz darauf aus dem Fenster! Und genau aus dem gleichen Grund haue ich jetzt auch ab! Ich bin nämlich noch ein paar Jahre zu jung, um so tief zu fallen, also suche ich mir jetzt eine gemütliche Parkbank, auf der ich in Ruhe alt und weise werden kann.«

Einen Augenblick lang.

War es weihnachtsmärchenstill.

Ich habe den Schneeboden betrachtet und den Himmel gezählt.

»Cherry«, hat Landon schließlich erwidert und dabei unbewusst die schlafenden Schneeflocken vertont. »So schlimm ist dein Vater doch gar nicht. Du bist jetzt nur aufgebracht, weil ihr euch wahrscheinlich gerade gestritten habt. Aber morgen sieht die Welt schon wieder ganz anders aus.«

»Was weißt du von meinem Vater?«, habe ich gefaucht. »Und woher willst du wissen, wie die Welt aussieht? Du bist Schwimmlehrer, kein Philosoph oder Umweltaktivist! Und Gott bist du auch nicht!«

Landon hat mich erst verwirrt und dann nachdenklich angesehen. Es war ziemlich offensichtlich, dass ihm bewusst war, dass er nicht Gott war. Und Goethe war er auch nicht. Sonst hätte er bessere Sätze hingekriegt als die mit den abgenutzten Standardworten und dem Komma genau in der Mitte.

»Wahrscheinlich hast du recht«, hat er nach einer Weile gesagt. »Ich habe keine Ahnung von dem, was dich bewegt, und nach außen hin sehen die meisten Familien ziemlich in Ordnung aus. Also sollte ich dir vielleicht lieber nichts von der Weltaussicht der nächsten Tage erzählen. Aber was auch immer in deinem Leben passiert ist, Cherry, du kannst nicht einfach so abhauen! Du hast dir nicht einmal eine Jacke angezogen, bei der Kälte. Deine Lippen sind dunkelblau, und du zitterst wie Espenlaub.«

Wie Espenlaub.

Was sollte das denn werden? Ein literarischer Tumor im Lehrplan des Wortaltertums? Ich hatte keine Möglichkeit, Landon nach dem Sinn und Zweck von Espenlaubmetaphern zu fragen, in Anbetracht der Tatsache, dass heute sowieso kein Mensch mehr weiß, wie eine Espe aussieht, falls es überhaupt noch welche gibt und mein Vater nicht alle hat abholzen und zu gebundenen Papierstapeln verarbeiten lassen. Ich konnte Landon nicht einmal widersprechen, denn er hat einfach weitergequatscht.

»Wo willst du denn schlafen?«, hat er im verantwortungsfordernden Erwachsenen-Ton gefragt und mich dabei angesehen, als wäre ich der Erfinder von Dragonball Z oder ein Mitglied der Pokèmon Crew. »Willst du dich einfach unter die nächstbeste Brücke legen und abwarten, was passiert? Und wovon willst du denn leben? Du bist doch noch viel zu jung, um einen vernünftigen Job zu finden, und du bist definitiv noch nicht eigenständig genug, um die richtigen Entscheidungen für deine Zukunft alleine zu treffen. Außerdem musst du zur Schule gehen, oder hast du etwa vor, die einfach zu schmeißen? Du wolltest doch früher immer Medizin studieren? Was ist daraus geworden? Und was würde deine Mutter sagen, wenn sie dich jetzt so sehen würde?«

Erwachsene. Die stellen immer Fragen, die niemand beantworten kann oder will. Und meistens beantworten sie sich ihre Fragen sowieso selbst, und zwar mit den falschen Antworten. Und dann meckern sie. Über ihre eigene Dummheit, die sie für das Unvermögen ihrer Mitmenschen halten. Und weil sie den Denkfehler darin nicht erkennen, brüllen sie andere an. Und dann wage es ja nicht, sie darauf aufmerksam zu machen, denn Erwachsene hassen Kritik in jeder Form und Förmlichkeit, die meisten von ihnen würden lieber an einer EHEC-Sprosse ersticken, als zuzugeben, dass sie keine Ahnung von irgendwas haben. Aber Erwachsene rennen ja auch alle vier Jahre los, um ihre Stimme abzugeben. Bildlich gesehen ist das ein Stillleben. Aber genau genommen ist es einfach nur Politik.

»Ist mir egal«, habe ich schließlich erwidert, weil Landon so aussah, als würde er eine Antwort von mir erwarten, und außerdem war Weihnachten, und an Weihnachten sollte man Güte und Kommunikationsbereitschaft zeigen.

»Es ist dir egal?«, hat Landon zweifelnd nachgehakt.
»Ja!«, habe ich zickig erwidert. »Mir ist alles egal.

Vielleicht erfriere ich. Als ob das jetzt noch einen großen Unterschied machen würde. Der Winter ist sowieso viel zu kalt für das bisschen Schnee und die tropfenden Kerzen. Wer weiß, vielleicht werde ich auch direkt von der Parkbank entführt und von einem Psychopathen im Wald abgeschlachtet. Wen interessiert das schon?«

»Mich interessiert es«, hat Landon erwidert. »Ich möchte weder, dass du erfrierst, noch, dass du entführt wirst, und dein Vater möchte das bestimmt auch nicht.«

»Pff!«, habe ich erwidert. »Mein Vater würde sich freuen, wenn ich erfriere! Höchstwahrscheinlich würde er sogar jemanden engagieren, der mich entführt und zu Hundefutter verarbeitet, nur damit er anschließend einen seiner Autoren damit beauftragen kann, meine tragische Biographie niederzuschreiben. Dann würde er mich vermarkten, bis ich mich im Grab umdrehe. Und *du*, was interessiert es *dich*, wie es mir geht!? Du warst fünf Jahre lang mein Schwimmtrainer, na und!? Das macht uns weder zu Freunden noch zu Verwandten! Höchstens zu Chlorwassergefährten. Also, seien wir doch mal ehrlich: Wenn ich heute Nacht erfriere, dann hast du das wahrscheinlich bis spätestens Silvester wieder vergessen. Oder gehörst du auch schon zur Breitbandantibiotika-schluckenden Partydrogengeneration? Dann hast du es mit Sicherheit schon morgen beim nachweihnachtlichen Komasaufen verdrängt.«

Landon hat mich angestarrt, als wäre ich von einem aufsässigen Teenagerdämon besessen. Und natürlich wäre das ein guter Zeitpunkt gewesen, meinen Mund wieder zuzuklappen und Vernunft anzunehmen, aber weil ich gerade so schön in Fahrt war, habe ich einfach weitergemacht. »Hey, weißt du was«, habe ich im krassen Badass-Ton verkündet, »wir könnten auch zusammen losziehen und ordentlich einen draufmachen! Was sagst du: Nur wir zwei, jetzt gleich, heute Abend! Du bist schließlich nicht mehr mein Trainer, schwimmen *sucks anyway*, also, wollen wir wetten, dass ich mehr vertrage als du? Und stehst du eigentlich auf Mädchen, die zehn Jahre jünger sind als du? Wir würden ein geiles Paar abgeben. Ich kann übrigens ziemlich gut küssen; den anderen Scheiß habe ich noch nicht ausprobiert, aber bei all dem Sex im Fernsehen bin ich eh schon passiv entjungfert, also kriege ich das sicher lässig auf die Reihe. Und ich heul auch nicht rum, wenn es weh tut, ich bin nämlich nicht so empfindlich wie die durchschnittliche Prada-Tussi. Also, wollen wir loslegen? Oder hast du schon eine Freundin? Wahrscheinlich. Du siehst ja aus wie einer dieser Karl-Lagerfeld-Boys. Das ist mir früher gar nicht aufgefallen, aber damals war ich ja auch noch klein und dumm. Also, was machen wir? Brauchst du Alkohol, um warm zu werden, oder können wir auch so Spaß haben?«

Landon hat seinen Mund auf- und wieder zugeklappt. Ich schätze, es war traurig anzusehen, dass ich ganz offensichtlich ein Mitglied der »Bloß-keine-Bildung-wozu-gibt-es-Fernsehserien-Gesellschaft« bin und niemals nachdenken würde, bevor ich handle oder anfange, sinnlose Sätze aneinanderzureihen. Und ja, natürlich demonstriere ich genau wie meine betrunkenen Artgenossen gegen alles, was gerade auf ein Protestschild passt, nur um in einer Herde mitlatschen zu können und einen Grund zum Aufbegehren zu haben. Ich zappe mich in den Schlaf oder shoppe mich per Internetversand durch die halbe Nacht, dann träume ich von Castingshowteilnehmern und wache morgens mit den von Neonfarben überlagerten Zeichentricksendungen für hyperaktive Scheidungskinder auf.

Das war natürlich nicht ernst gemeint. Meine Realität ist leicht entschärft, denn ich weiß zwar, wie ein Fernseher funktioniert, und selbstverständlich kann ich alle Sender vorwärts, rückwärts und sortiert nach dem grammatikalischen Fehlerquotienten der Nachrichtensprecher aufsagen, aber ganz so dumm wie Spongebob bin ich dann doch wieder nicht. Außerdem halte ich nichts von Zufallsintelligenz oder den mit Hochglanzlack polierten Interpretationsgitterstäben im Deutschunterricht. Denn ich weiß noch genau, wie damals, in der siebten Klasse, unsere mittlerweile pensionierte Lehrerin ständig mit ihrem besten Freund, dem Duden, vor uns herumgefuchtelt hat, um uns die Intention des bestrebenden Satzmerkmales zu predigen. Ich glaube, sie hat es nicht böse gemeint, sie hatte wahrscheinlich einfach keine Ahnung von der Weite der Absicht – der Sicht, fernab der vorgedruckten Offensichtlichkeiten. Denn Intention ist ein Wort, das Raum verdient hat, keine buchstabenverqueren Sätze.

Sogar mein Vater hat das geschnallt.

Er hat seiner jüngsten Autorin den Titel »Love Intention Girl« aufgedrückt, obwohl sie in ihrem Buch weder liebt noch irgendwelche Intentionen an den Tag legt. Um genau zu sein, ist das Einzige, was sie macht, über die Vorzüge von Schönheits-OPs und die Nachteile vom Hässlichsein zu schreiben. Und das Beste daran ist, dass sie selbst so wunderschön ist, dass kein Chirurg es wagen würde, an ihr herumzuschnippeln. Welche Teile ihrer Schönheit echt oder künstlich sind, hat sie nicht verraten, weder in ihrem Buch noch in irgendeinem Interview. Aber dass sie mit Abstand das schönste schreibende Mädchen der Welt ist, ist keine Übertreibung. Wahrscheinlich haben die meisten Menschen das Buch nur gekauft, weil ein riesiges Foto von Love Intention Girl das Cover ziert. Sogar mein herzloser Vater hat seufzend das anmutigste Lächeln aller Zeiten in seinen buchergreifenden Händen gehalten und mit begierigen Fingern über ihre langen, goldbraun gelockten Wunderhaare gestrichen. Und das war nicht das Werk von Photoshop, denn Love Intention Girl sah auch in Wirklichkeit so hübsch aus. Ich bin mir sogar sicher, dass sie in jedem Satz zehn Sprachfehler hätte einbauen können, kein Mensch hätte es gemerkt. Ihre Lippen waren viel zu himbeerrosa, als dass irgendwer ihr nicht verfallen wäre. Ja. Ich darf so etwas behaupten.

Denn ich bin ein Mädchen.

Und Mädchen wissen alles über andere Mädchen.

Wir sehen viel zu genau hin, um die Flüchtigkeitsfehler in der Komplett-Retuschierung unserer hungersüchtigen, fitnessbegeisterten Artgenossinnen zu übersehen. Deshalb haben wir mehr Angst vor jeder anderen Frau als vor irgendeinem Mann. Denn Männer können vielleicht den größeren Gesamtschaden verursachen, aber es sind die Frauen, die diesen Schaden im Nachhinein an uns entdecken, und wenn wir aus Versehen oder mit Absicht ein fremdes Revier bedrohen, dann reicht ein gestochen scharfer Satz unserer Konkurrentin, und schon definieren wir unseren Lebenswert über die Minderwertigkeit unserer Selbstsicherheit. Ja: Wir Mädchen laufen Händchen haltend durch die Straßen, wir teilen uns Lollis, Erdbeermilch und Wimperntusche;

wir sind seelenverwandt, *best friends forever* und emanzipiert bis zum Abwinken, aber wenn wir aufhören zu lächeln, sind wir nur halb so schön, wie alle denken. Unsere zuckersüßen Lippen können so spitz zulaufen, dass jedes berechnete Wort, das wir von uns geben, so haargenau und zielsicher am Ort des leitenden Nervenstrangs einschneidet, dass alles kreischend zusammenbricht.

Dann nennen wir uns unabhängig und hängen alleine ab. Weil wir nichts und niemanden brauchen.

Um in Ruhe alleine zu sein.

Frauen an die Macht! Wir wissen immer, wo es langgeht. Und wenn nicht, dann schlafen wir mit dem Typen, der den Stadtplan in den Händen hält, oder wir küssen den Kerl, der weiß, wie man eine neue Straße baut. Wir latschen mitten über ein mit Minen bedecktes Feld, nur damit wir sagen können, dass uns alles und jeder zu Füßen liegt. Wir setzen Kinder in die Welt und passen am nächsten Tag wieder in Kleidergröße 32. Wir tragen BHs mit Push-up-Kissen und machen jeden Mann zur Schnecke, der uns auf die Brüste glotzt, anstatt in unsere schönen Augen. Wir fahren die coolsten Autos, obwohl wir ein Stoppschild nicht von einem Tankwart unterscheiden können und uns jedes Mal einen Fingernagel abbrechen, wenn wir versuchen, den beschissenen Kofferraumdeckel aufzukriegen. Wir kauen Kaugummi wie Kühe Gras. Wir trinken Campari Orange und Sex on the Beach, weil das Zeug aussieht wie ein Glas voll Morgenröte. Wir ficken Politiker, um unsere Rechte einzufordern, wir verlassen den Mann, den wir lieben, für einen reicheren. Wir kaufen unsere Kleider bei Pussy Deluxe und behaupten, wir wären Jungfrau seit der letzten Scheidung.

Jetzt fragt ihr euch, woher ich all das weiß? Mal ehrlich, in welchem Jahrhundert lebt ihr? Die Antwort ganz einfach: Ich habe einen Fernseher, unbegrenzten Internetzugang, 365 beste Freunde, und außerdem lese ich einmal im Monat die *Gala* und sämtliche Todesanzeigen.

Das nennt man Selbstverfehlungsintelligenz.

So etwas braucht eigentlich kein Mensch, aber alle wollen ein Stück davon haben; sogar Mädchen wie Love Intention Girl. Dabei war die so *tough*, sie hätte in einem komplett leeren Raum eine Rede gehalten, nur um sich selbst zu verstehen.

Ohne Publikum und Zuhörer.

Aber es standen immer mindestens zwanzig Menschen um sie herum, nur um ihrer betörenden Stimme zu lauschen. Und Love Intention Girl wusste natürlich ganz genau, wie man Worte benutzt. Sie hat ihre Lesereise *I road a book. Words on tour!* genannt. Das war so scheiße, dass es schon wieder cool war. Die Menschen sind zu Tausenden in die Lesungshallen gestürmt, und Love Intention Girl hat freudestrahlend ihre *Autor*gramme verteilt.

Ich habe sie schließlich kennengelernt.

Weil sie mit meinem Vater geschlafen hat.

Im Wortrausch. Oder in einem Anflug von Satzekstase. Keine Ahnung, wie man den Übergang von schriftlichem Verkehr zu Oralverkehr und die Steigerung von Wortaustausch zu Stellungswechsel zwischen Schriftstellern und Verlegern nennt.

Wahrscheinlich fiktives Sachbuch.

Oder Poesie.

Normalerweise legt mein Vater sowieso nur Lektorinnen und Buchhändlerinnen flach. Keine Autorinnen. Denn es gehört sich schließlich nicht, mit dem Feind zu vögeln. Aber für Love Intention Girl hat er eine Ausnahme gemacht. Mehr als einmal. Und weil sie beim zehnten oder hundertsten Mal ihren Slip bei uns unterm Küchentisch vergessen hatte, stand sie am nächsten Tag ganz schüchtern vor der Tür und hat gefragt, ob sie ihn zurückhaben könnte, weil es nämlich ihr Lieblingsslip sei, der mit den hübschen Schleifchen dran.

»Klar«, habe ich gesagt und ihr den Slip in die Hand gedrückt. »Willst du noch kurz reinkommen?«

»Ist dein Dad da?«, wollte Love Intention Girl wissen und hat an mir vorbei in den langen Hausflur geschielt.

»Nee«, habe ich gesagt. »Der ist tagsüber immer unterwegs, um irgendwelche Leute anzubrüllen oder um Autoren zu verklagen, weil sie nicht schnell genug schreiben und zu viele Kommafehler machen.«

»Dein Vater ist ein ziemlicher Arsch!«, hat Love Intention Girl geradeheraus zu mir gesagt.

Das fand ich super.

Und wenn sie etwas älter gewesen wäre, dann hätte ich sie auf der Stelle gefragt, ob sie meine neue Mutter werden will (damals gab es noch keine Jessica, die hat mein Vater erst ein paar Wochen später in einer Bar aufgerissen).

»Warum schläfst du mit meinem Dad, wenn du ihn nicht magst?«, habe ich neugierig gefragt, während wir uns kurz darauf zusammen an den Küchentisch gesetzt haben.

»Ach, nur so«, hat Love Intention Girl erwidert. »Mächtige Männer muss man bei der Stange halten. Und außerdem sieht er hammergeil aus.«

»War das zweideutig?«, wollte ich unsicher wissen. »Das mit der Stange?«

Denn damals war ich noch jung und frei von anzüglichen Wortergüssen.

»Klar!«, hat Love Intention Girl fröhlich geantwortet. »Hast du auch schon gefickt?«

»Nein«, habe ich gesagt. »Ich bin erst zehn.«

»Ach, so«, hat Love Intention Girl gesagt. »Dann hast du ja noch zwei, drei Jahre Zeit.«

»Wow«, habe ich trocken erwidert, »so viel.«

Denn ich wusste anscheinend schon als Kind, wie Sarkasmus funktioniert, dabei sind Kinder in der Regel die einzigen Menschen, die auch über so triviale Dinge wie Glück lachen können, nicht nur über das Unglück von anderen Menschen, den dauersterbenden Typen aus der South-Park-Crew und die Nippel-Witze von Mario Barth.

Wie auch immer, Love Intention Girl hat den Tonabfall sowieso ignoriert und stattdessen ihre schneeweiß lackierten Fingernägel begutachtet.

»Ja«, hat sie anschließend gesagt. »Man sollte es nicht übereilen. Ich finde es gut, dass es immer noch ein paar Mädchen gibt, die bis dreizehn oder vierzehn warten. Obwohl es ja irgendwie cool ist, wenn man Sex hat, bevor man seine Periode bekommt – da kann man nicht schwanger werden.«

»Sind das wirklich deine Gedanken?«, wollte ich wissen.

»Nö, die sind voll geklaut«, hat Love Intention Girl

freimütig erklärt. »Die habe ich von meiner Mutter übernommen.«

»Deine Mutter ist nicht sehr klug, oder?«, habe ich gefragt.

»Kein bisschen!«, hat Love Intention Girl grinsend geantwortet. »Sie ist eine dauerrauchende Crack-Hure. Aber sie hat ein großes Herz und schöne Titten. Darüber habe ich auch in meinem Buch geschrieben. Hast du das gelesen? Es ist ein Bestseller geworden, dank deinem Dad. Der ist zwar ein Vollarsch, aber wenn es darum geht, Buchhändler klarzumachen, dann weiß er total, was Sache ist. Dein Dad kann sogar einen Raum voller Analphabeten dazu bringen, sämtliche seiner Neuerscheinungen an einem Tag zu kaufen. Keine Ahnung, wie er das anstellt, wahrscheinlich setzt er sein krasses Playboyface auf und sagt einen seiner komischen Sätze. Ist dir das auch schon aufgefallen? Manchmal redet er wie 'ne ausgeflippte Version von Hamlet. Kennst du Hamlet? Den haben wir in der Schule durchgenommen, aber ich glaube, ich hätte es auch in echt mit ihm getrieben. Na ja, egal. Dein Dad ist jedenfalls der Herrscher der Worte! Und sollte es jemals einen Weltkrieg geben, den man nur in Sätzen gewinnen kann, dann wird er über Nacht allmächtig. Findest du das nicht auch krass geil?«

»Ich glaube, es gibt wichtigere Dinge als Macht und reiche Männer«, habe ich schulterzuckend erwidert. »Und außerdem mag ich keinen Krieg. Der entsteht aus Verhaltensunweisheiten von gelangweilten Erwachsenen, die zu viele Waffen und zu wenig Kommunikationsfähigkeiten besitzen. Und dann sterben meistens die, die gar nichts zu sagen haben, und die, die immer alles sagen dürfen, sagen nur blöde Sachen, und dann gibt es einen Folgekrieg. Und dann einen Nachfolgekrieg. Und am Ende sind alle tot, und nur die, wegen denen der Krieg eigentlich angefangen hat, sind noch übrig. Und wenn denen dann wieder langweilig wird, dann fangen die auch noch an, sich gegenseitig totzumachen, dabei hätten die das auch einfach am Anfang machen können, dann wäre das Ausmaß den Umständen entsprechend gewesen und nicht größer. Aber die Umstände schweigen meistens. Da ist nicht viel mit sprechen.«

»Bist du wirklich erst zehn?«, wolle Love Intention Girl daraufhin neugierig wissen.

»Fragst du das wegen dem Sex oder dem Krieg?«, wollte ich wissen.

»Wegen deiner Satzstruktur«, hat Love Intention Girl erklärt.

»Ist die zu fragil?«, habe ich gefragt.

»Woher weißt du, was fragil bedeutet?«, hat Love Intention Girl zurückgefragt.

»Das kommt in meinem Wortschatz vor«, habe ich erklärt.

»Und woher hast du deinen Wortschatz?«, wollte Love Intention Girl wissen.

»Keine Ahnung«, habe ich gesagt. »Wahrscheinlich von meinem Umfeld. Aus der Schule jedenfalls nicht. Da mache ich nur Rückschritte. Meine Deutschlehrerin fängt nämlich jeden Satz mit einem Fragezeichen an, und mein Musiklehrer kann nur Noten schreiben, keine berechtigten Sätze.«

»Was sind berechtigte Sätze?«, wollte Love Intention Girl sofort wissen.

»Sätze mit Papierhaftung«, habe ich erklärt.

»Ach, so«, hat Love Intention Girl gesagt und gelacht.

Dann ist sie aufgestanden und hat uns beiden einen Joghurt aus dem Kühlschrank geholt, als wäre es *ihr* Kühlschrank und *ihre* Küche und *ihr* Haus. Ich fand das sehr weiblich. Genauso hatte ich mir immer eine Frauenbewegung vorgestellt. Und in diesem Moment wusste ich plötzlich ganz genau, dass Mädchen die Tiefen der Welt regieren. Wozu es überhaupt noch Männer gab, wusste ich dafür nicht mehr. Denn das mit der Fortpflanzung müsste man doch mittlerweile auch anders regeln können. Wozu gab es denn all diese großen geheimen Versuchs-Bunker, in denen die hübschen Frauen in ihren sexy weißen Kitteln Reagenzgläser hin und her schüttelten und fleißig Werte in irgendwelche Tabellen kritzelten? So war das jedenfalls im Fernsehen. Aber im Fernsehen war auch Dr. House. Und den fand ich lustig, weil er immer gemein zu allen war. Und wenn es keine Männer mehr gäbe, dann gäbe es auch keinen Dr. House mehr. Also vielleicht hatten die mächtigen Frauen die Männer deshalb am Leben gelassen: wegen der Unterhaltung.

Und wegen der Einschaltquoten.

»Du bist sehr hübsch«, habe ich nachdenklich zu Love Intention Girl gesagt, während sie ihren Maracujajoghurt gelöffelt hat und ich in meinem schlumpfblauen Piratenknusperjoghurt mit den schwarzen Glitzerperlen herumgestochert habe.

»Das sagen alle«, hat Love Intention Girl erwidert.

»Aber ich meine es wirklich«, habe ich erklärt. »Ich bin nämlich noch zu jung, um Komplimente in Erwartung einer Gegenleistung zu machen.«

Da hat Love Intention Girl angefangen zu lachen, und schließlich hat sie ihren Joghurtlöffel aus der Hand und einen Arm um mich gelegt. Dann hat sie mich so fest an sich gedrückt, dass mir schwindlig von ihrer Parfumwolke geworden ist.

»Ach, du«, hat sie lächelnd gesagt und dabei ihren Kopf geschüttelt. »Du bist ganz schön süß, weißt du das? Bist du vielleicht adoptiert? Oder haben die Gene von deinem Dad eine Generation übersprungen? Wenn das Zweite der Fall ist, dann musst du aufpassen, sonst werden deine Kinder ignorante Vollwichser.«

»Ich bin nicht adoptiert«, habe ich gesagt. »Ich bin ein Paarungsunfall mit Totalschaden.«

»So ein Quatsch!«, hat Love Intention Girl erwidert. »Du bist der Herbst in den Bergen, an einem sonnigen Tag.«

»Wie ist der Herbst in den Bergen?«, wollte ich wissen.

»So wie der Winter«, hat Love Intention Girl gesagt. »Nur nicht ganz so kalt und ohne Schnee, dafür mit mehr Blättern.«

»Aha«, habe ich gesagt, obwohl ich die Antwort etwas seltsam fand.

»Ach, weißt du«, hat Love Intention Girl daraufhin ergänzt. »Eigentlich kenne ich nur den Teufelsberg und den Sandberg und den Kreuzberg.«

»Die sind aber alle nicht sehr hoch«, habe ich erwidert.

»Aber ich«, hat Love Intention Girl gesagt, »ich bin ganz oben!«

Und dann hat sie ihr T-Shirt ausgezogen und mir die beiden winzigen Narben von ihrer Brust-OP gezeigt.

Und dann die am Bauch, wo sie sich Fett hat absaugen lassen. Und dann die am Rücken und die an ihren Beinen und die am Hals und die an ihren dünnen Armen. Alle so winzig, dass man sie kaum sehen konnte. Aber sie waren dort.

Weiß und farblos.

Verzerrt und zeichnend.

Love Intention Girl hat ihr T-Shirt wieder angezogen und ihren kurzen Rock ein kleines Stückchen tiefer gerückt. Dann hat sie sich lächelnd mit ihren zierlichen Fingern durch ihre Frühlingswindhaare gestrichen und ganz nebenbei etwas Puder auf ihre winzige Nasenspitze getupft.

Ihr Lächeln war perfekt. Genau wie ihre funkelnden Augen.

Ich habe sie angestarrt. In der Sekundenstille.

Und dann habe ich angefangen zu weinen.

»Warum weinst du denn?«, hat Love Intention Girl erschrocken gefragt.

»Weil du so hübsch bist, dass man gar nicht sieht, wie viel Schmerz du in dir hast«, habe ich schluchzend geantwortet. »Aber der Schmerz muss sehr groß sein, sonst hättest du dich nicht zerschneiden lassen!«

Love Intention Girl hat mich stumm angesehen. Ihr Lächeln ist so langsam aus ihrem Gesicht verschwunden, dass es schwer war, den Übergang wahrzunehmen. Aber vielleicht war es auch eher ein Untergang. Denn abwärtsführende Gänge befinden sich selten über der Oberfläche. Sie liegen so tief, dass jeder einzelne Schritt, den man auf ihnen geht, bedrohlich genug widerhallt, um für immer im Gedächtnis haften zu bleiben.

Love Intention Girl.
Sie hat ihre Puderdose beiseitegelegt.
Und dann hat sie auch angefangen zu weinen.
Fünf Minuten lang war sie ein Mädchen ohne Maske. Fünf Minuten lang waren wir Freundinnen. Fünf Minuten lang waren alle ihre Gesten echt. Aber in der sechsten Minute hat sie sich die Tränen aus dem Gesicht gewischt. In der siebten Minute hat sie die roten Flecken überpudert. Und in der achten Minute war ihr Lächeln beinahe wieder perfekt.
Sie hat mich zum Abschied auf die Stirn geküsst.
»Die Schnitte haben nicht weh getan«, hat sie mit fester Stimme gesagt. »Ich war betäubt, meine Süße. Verstehst du?«
Ich habe genickt, und Love Intention Girl hat sanft über mein Gesicht gestrichen, so wie meine Mutter es manchmal getan hatte.
Damals.
Bevor sie aus dem Fenster gesprungen war.
»Vergiss mein Buch«, hat Love Intention Girl noch hinzugefügt. »Denn die Wahrheit mit gekünstelter Schönheit zu überblenden ist niemals eine Intention, die etwas mit Liebe zu tun hat; vor allem nicht mit Liebens- und Würdigkeit zu sich selbst. Dein Dad hat den Titel ausgesucht. Er hat gesagt: *Ein Mädchen wie du muss nicht schreiben können, dich kaufen sowieso nur Typen, die eigentlich den* Playboy *lesen. Also stell dich nicht so an wegen des unpassenden Titels. Kein Mensch erinnert sich an deine Worte. Hauptsache, du setzt jeden Tag ein hübsches Lächeln auf und bewegst deinen Luxuskörper in sämtliche Talkshows!* Das hat er zu mir gesagt. Und das Schlimmste daran ist: Ich glaube ihm.

Jedes erniedrigende Wort. Als ob ich keine eigene Stimme hätte.«

Dann ist Love Intention Girl aus der Küche gerannt. Und durch den Flur, am Wohnzimmer vorbei, am Gästebad entlang, aus dem Haus hinaus und mitten durch den Vorgarten.

Sie ist, ohne zu gucken, über die Straße gestürmt.

Sie ist gerannt und gerannt.

Und zwei Wochen später ist sie in Amerika angekommen, auf dem Runway von Victoria's Secret Fashion Show. Sie war mit Abstand der schönste Engel von allen, obwohl die riesigen Flügel viel zu schwer für sie waren.

Aber so etwas sieht man nicht.

Wenn man aus anderen Gründen hinguckt.

5

Deine Stimme. Im unendlichen Windspiel.
Leise verklingend. Ausgeblichen.
Wankelmütig im Segel, hoch über dem Meer.
Und alles, was diese Stille spricht: Dein Dasein.
Niemand. Ist leichter als du.
Zu überhören.

Wie die Zeit vergeht. War ich nicht gerade eben noch mit Landon im weihnachtlichen Pulverschnee? Ja. Genau dort, an der hässlichen Kreuzung. Und ich war nach wie vor dabei, Satzverfehlungen und Unverschämtheiten von mir zu geben, als hätte ich meine gesamte Erziehung zusammen mit meiner Mutter beerdigt. Dass ich nebenbei mit meinen Gedanken bei Love Intention Girl gelandet war, hatte wahrscheinlich in erster Linie etwas mit ihrer großen Klappe zu tun – mittlerweile war ich noch viel schlimmer als sie –, aber abgesehen davon, lag es wohl auch an der Tatsache, dass mein Arm sich seltsam kribblig angefühlt hat, weil, unsichtbar für Landons Augen, direkt unter der dünnen Stoffschicht meines viel zu großen Pullovers, langgezogene Schnitte in meinen Unterarm geritzt waren. Parallel zum Lebenslauf der Blutkörperchenwanderung, tief genug, um ein bedrohliches Dauerpochen zu verursachen, aber nicht tief genug, um alles zu beenden.

So lernt man den Tiefsinn kennen.

Und die Aussetzer der Hirnsicherungssynapsen.

Ja, ich hatte längst begriffen, dass die Geschichte mit der Betäubung und dem Zerschneiden auch auf diese Art und Weise funktioniert. Love Intention Girl hatte sich zerschnippeln lassen, aber ich habe mir den Gang zum Chirurgen gespart und einfach selbst Hand angelegt.

Und dort, mitten im Winter, unten am Straßenrand, zwischen den Schneehaufen, umgeben von funkelnden Weihnachtselch-Lichterketten, neben der weiß gepelzten Mülltonne und dem verlassenen Fahrradständer der HypoVereinsbank, dort standen Landon und ich.

»Also, was ist nun?«, habe ich aufmüpfig gefaucht, während mein Kopf noch voll von all den Ratgebersprüchen von Love Intention Girl war und mein Herz sich zu einem steinharten Kirschkern zusammengezogen hat. »Willst du ein Date oder nicht? Und bevor wir miteinander ausgehen, kannst du mir vielleicht mal erklären, warum du mir Lebensvorträge hältst, als wäre ich dein Privateigentum oder irgendein dressiertes Haustier? Wenn du an meiner Stelle wärst, dann würdest du doch genauso von zu Hause weglaufen, also lass mich bloß mit deinen beschissenen Moralpredigten in Ruhe! Außerdem interessiert es dich doch sowieso nicht, wie es mir geht! Du bist wie all die anderen Typen auch: Du willst 'nen Weihnachtsfick. Und von mir aus kannst du den auch haben, mir ist eh gerade langweilig und außerdem ...«

»Cherry!«, hat Landon laut dazwischengerufen.

»Hör sofort auf, so zu reden! Erstens: Du bist mir wesentlich zu jung für ein Date, und zweitens: Natürlich interessiert es mich, wie es dir geht. Deswegen habe ich auch immer wieder bei euch angerufen, nachdem du von einem Tag auf den anderen mit dem Training aufgehört hattest. Aber du hast mich ja jedes Mal abgewimmelt und ganz schnell wieder aufgelegt. Dabei kennen wir uns seit deinem sechsten Geburtstag, du warst in meiner ersten Trainingsgruppe, du bist fünfmal die Woche in der Schwimmhalle aufgekreuzt, und du hast es geliebt, die Bahnen entlangzutauchen, bis du plötzlich verkündet hast, du würdest Wasser hassen und vom Chlorgeruch würde dir schlecht werden. Ich habe nie aufgehört, dich danach zu fragen, was der wahre Grund für deinen abrupten Ausstieg war, aber du hast dich immer geweigert, mit mir zu reden.«

»Na super, dann wird es dich sicherlich nicht stören, wenn ich mich auch weiterhin weigere, mit dir zu reden«, habe ich schlecht gelaunt gebrummt und etwas Schnee von meinem Ärmel geklopft.

»Cherry, du kannst nicht ...«, hat Landon angefangen, aber weiter ist er nicht gekommen, denn unhöflich, wie ich nun einmal bin, habe ich ihn einfach unterbrochen. »Frohe Weihnachten«, habe ich ungnädig gemurmelt, und anschließend habe ich mich schwungvoll auf dem Absatz umgedreht und wollte davonstapfen, weiter in Richtung Nichts, aber Landon hat eine Hand nach mir ausgestreckt und mich am Ärmel festgehalten.

»Hey!«, hat er gesagt. »Was soll das werden? Meinst du, ich lasse dich jetzt einfach so alleine durch die Nacht rennen, nachdem du mir gerade erzählt hast, du wärst drauf und dran abzuhauen? Man braucht kein sonderlich großes Gehirn, um dir anzusehen, dass du dich selbst in Schwierigkeiten bringen wirst, wenn du weiterhin mit dieser Einstellung durch dein Leben stürmst.«

»Lass mich los, Landon!«, habe ich geschnauzt und ungeduldig an meinem Ärmel gezerrt.

»Ich lasse dich nur los, wenn du mir versprichst, nicht wegzulaufen«, hat Landon gesagt, als hätte er 'ne Tüte Verantwortung zu viel gefressen.

»Kümmer dich um deinen eigenen Kram!«, habe ich erwidert und weiter an meinem Ärmel gezogen. »Oder kauf dir 'nen Hund oder 'n Meerschwein! Ich bin alt genug, um selbst auf mich aufzupassen.«

»Davon bin ich voll und ganz überzeugt«, hat Landon sarkastisch erwidert und mich kopfschüttelnd von oben bis unten gemustert. »Du blutest«, hat er schließlich besorgt gesagt und auf meine rechte Hand gedeutet. »Tut es sehr weh? Zeig mal her.«

Ich habe einen Blick auf meine blutenden Knöchel geworfen und darüber nachgedacht, wie rissig die menschliche Oberflächenstruktur ist. Ein winziger Zusammenstoß, ein zu hart gepflasterter Boden, und schon sind wir verunstaltet.

Aber es hat nicht weh getan.

Denn Schmerzen sind ein Fremdwort für mich.

Seit meine Mutter tot ist, kann ich mir Rasierklingen in die Haut stechen, ohne mit der Wimper zu zucken. Meine zerstückelte Haut ist nichts weiter als ein Bruchteil der Scherben, nach denen ich mich benenne.

Aber wen interessiert ein kaputtes Mädchen.

Das wäre vielleicht Stoff für ein enthüllendes Buch.

Doch einlullender Stoff in Form von Tabletten wäre mir wesentlich lieber.

Na ja. Immerhin war ich klug genug, meinen Mund zu halten und nicht auch noch mit Drogenwunsch-Äußerungen um mich zu werfen.
Oder vielleicht. Ganz vielleicht.
War ich einfach nur.
Zu müde.

Rückblickend war es ein Wunder, dass Landon mich nicht dort auf der Straße stehen gelassen hat; aber ich schätze, Landon ist einer dieser Menschen, die Verantwortung nicht einfach nur tragen, sondern weitertragen. Und wenn wir das alle so machen würden, dann gäbe es bestimmt weniger überarbeitete Psychologen und mehr freie Zellen in der Untersuchungshaft. Bei meinen Wortüberschussreaktionen und den schrecklichen Sätzen, die daraus entstanden sind, war es jedenfalls eine Höchstleistung, nicht zurückzubrüllen oder mich in die nächstbeste Schneewehe zu schleudern. Und nachdem ich fertig war mit Fluchen, nachdem ich all die hässlichen Wörter ausgeschüttet hatte, war ich totenstill. Nur Landon war noch leiser als ich, denn mein Atem hatte sich längst überschlagen, und sogar mein nicht vorhandenes Herz hat angefangen, wie wild zu klopfen. Meine Befindlichkeit war leicht zu beschreiben.
Es war scheißkalt.
Seit mindestens fünf Jahren.
Und ich war total neben der Spur. Meine aufgeschrammten Fingerknöchel fingen an zu brennen, und während ich zusah, wie mein dunkelrotes Blut auf den weißgrauen Schneematsch tropfte, wurde mir auf einmal bewusst, wie dämlich mein Verhalten war.

Ich wollte mich entschuldigen. Ganz ehrlich.
Aber ich war heiser. Oder stumm.
Oder beides.
Also habe ich einfach beschämt auf den zugeschneiten Boden geblickt und gehofft, dass Landon nur die Hälfte meines Wortschwalls verstanden hatte. Aber natürlich hatte er jeden einzelnen Buchstaben mitbekommen. Jeden. Einzelnen.
Und trotzdem ist er nicht ausgerastet.
Er hat einfach nur neben mir in der Kälte gestanden, und nach einer Weile war ich wieder menschlich genug, um seinen besorgten Blick auf meinem schneewittchenweißen Gesicht spüren zu können. Es war wie ein beunruhigendes Kribbeln, und obwohl Landon nur zehn Jahre älter ist als ich, kam ich mir auf einmal ziemlich klein neben ihm vor. Und während die Stille sich weiter ausgebreitet hat, um uns herum, an den kahlen Straßenrandbäumen vorbei bis hin zum ersten Waldgeflüster, habe ich mich gefragt, ob Landon sein Handy schon griffbereit in der Tasche hatte und kurz davor war, die Polizei anzurufen, um mich als Ausreißerin mit anzüglicher Sprachkriminalität zu melden.
Aber Landon hat nur nachdenklich seinen Kopf hin und her bewegt, und schließlich hat er gesagt: »Ist schon okay, Cherry, ich werde deine netten Äußerungen für dieses eine Mal einfach ignorieren, aber nur unter einer Bedingung: Du wirst jetzt sofort aufhören, dich wie eine Teenie-Revolutionärin der antiautoritären YouTube-Generation zu benehmen und mit zu mir nach Hause kommen. Dann verarzten wir erst einmal deine Hand, kochen dir etwas zu essen, und anschließend überlegen wir gemeinsam, wie es weitergeht.«

Ich habe kurz darüber nachgedacht. Es war mehr, als ich mir wünschen konnte, an einem Weihnachtsabend wie diesem. Meine Mutter hatte zwar immer zu mir gesagt, ich solle nicht mit Fremden mitgehen, weder als Kind noch als erwachsene Frau, aber sie hatte mir eigentlich auch beigebracht, erst zu denken und dann zu handeln. Außerdem war Landon nur halbfremd. Und irgendwie wurde mir langsam kalt, trotz der frostschutzsicheren Gefühllosigkeit in meinen übermütigen Adern.

»Ich habe Kopfschmerzen«, habe ich schließlich mit angekratzter Stimme und Schneegestöber im Nacken erwidert. »Ich kann nicht mehr denken.«

»Das geht vorbei«, hat Landon tröstend gesagt. »Es wird dir wieder besser gehen, Cherry. Du wirst sehen, man kann auch Zeiten wie diese überstehen.«

»Ich will aber nicht mehr stehen«, habe ich gemurmelt. »Ich will mich hinlegen und für immer einschlafen.«

»Nein«, hat Landon erwidert. »Das willst du nicht.«

»Woher willst du das wissen?«, habe ich gefragt.

Da hat Landon meinen Arm losgelassen, nach meiner unverletzten Hand gegriffen und mich mit sich die Straße entlanggezogen, über den weiten Schneegrund, vorbei an den Vorgartenbeleuchtungen und Autoschneehügeln, vorbei an Rudolf dem Rentier, vorbei an einer unbeklebten Litfaßsäule bis hin zu dem himmlischen Weihnachtsstern am obersten Ende der überbeleuchteten Straße.

»Woher willst du wissen, dass ich nicht will, was ich sage, dass ich will?«, habe ich mit klappernden Zähnen ein weiteres Mal gefragt, weil ich süchtig nach den Antworten des Lebens bin.

»Es gibt Dinge, die sieht man dir an, auch wenn du das Gegenteil behauptest«, hat Landon geantwortet. »Deshalb kannst du mir jetzt noch so oft erzählen, dass dir alles egal ist – ich glaube dir kein Wort.«

»Ich will aber alleine sein«, habe ich entgegnet, während Landon mich weiter hinter sich hergeschleift hat. »Ich bin gerne alleine.«

Das war gelogen. Natürlich.

Ich wollte nichts mehr, als dass Landon mich mit nach Hause nimmt und auf mich aufpasst, bis ich groß und ausgewachsen und ein liebenswürdiger Mensch bin. Denn ich war das einsamste Geschöpf auf der Welt, abgesehen vielleicht von den Teilnehmerinnen zur Wahl der Miss World.

»Nein«, hat Landon entgegnet, während der aufmüpfige Schnee um uns herum ein paar Straßenschilder vernebelt hat. »Du willst das Gegenteil, du willst, dass deine Mutter zurück nach Hause kommt; du willst mit dem Tod verhandeln. Du willst eine Familie und Glück und Schönheit. Das wollen wir alle, Cherry. Aber wir kriegen nicht immer alles, was wir uns wünschen. Und manchmal verlieren wir das, was wir haben.«

Eine Weile lang sind wir schweigend nebeneinander hergelaufen. Es war ein merkwürdiges Gefühl. Ich hatte Landon in den letzten drei Jahren nur ein paarmal am Telefon gesprochen, und dann war ich ihm insgesamt sechsmal im Supermarkt und dreimal im Park begegnet. Das war es. Aber jetzt hatte er seine Hand um meine geschlungen und war drauf und dran, mich zu adoptieren.

Okay, das mit der Adoption war etwas weit hergeholt.

Aber seit meine Mutter sich umgebracht hatte, hat sich nie wieder jemand um mich gekümmert. Jessica war zwar lieb und fürsorglich gewesen, aber auf eine andere Art. Ungefähr so, als wäre ich eine Barbiepuppe, der man hübsche Sachen anziehen und die man zu schicken Teepartys schleifen kann, aber kein Mensch hatte sich wirklich dafür interessiert, wie es mir geht und was ich aus meinem Leben mache; kein Mensch hatte mich freiwillig angesehen.

Deshalb war ich auf einmal wie in Trance.

Geschockt und gestreichelt zugleich.

Einen Moment lang wollte ich es ausreizen, einen Augenblick lang hatte ich das merkwürdige Bedürfnis, mich von der nächstbesten Brücke zu stürzen, nur so, um auszutesten, ob Landon sich die Mühe machen würde, mich in der letzten Sekunde doch noch festzuhalten und meinen endgültigen Absturz zu verhindern.

Ich wollte gehalten werden.

Ein einziges Mal in diesem beschissenen Leben wollte ich nicht untragbar sein.

Aber das habe ich mir natürlich nicht anmerken lassen. Nicht einmal ansatzweise. Wozu bin ich schließlich die Tochter eines Worttyrannen. Stattdessen habe ich mich zusammengerissen, bin brav neben Landon hergelaufen und habe mich an seine Hand geklammert, als würde ich Gefahr laufen, vom nächsten Schneesturm davongetragen zu werden.

Aber Schneestürme in Berlin. Gibt es nicht.

Genauso wenig wie meine Mutter.

6

Nacht und Unwettergespenster umtanzen deiner Seele Rücksicht. Im Hintergrund fällt Staub, dich zu bedecken.
Unverfroren.
Doch die Kälte, sie findet dich doch.
Und du weißt: Irgendwo, zwischen der Nebelschwaden Zeit, solltest auch du dein Gesicht erkennen. Irgendetwas, im leisen Grauen der Schönheit, solltest auch du begreifen, bevor du gehst.
Ein Wispern, ein Lachen, ein lautloser Hall.
Irgendetwas, das dich berührt.
Bevor du fällst.

Am zweiten Weihnachtsfeiertag hat Landon meinen Vater angerufen, um ihm zu sagen, wo ich stecke und dass er sich keine Sorgen um mich machen müsse.

Aber mein Vater hat nur gesagt: »Ich mache mir keine Sorgen! Ich habe wichtigere Dinge zu tun. Es ist mir vollkommen egal, wo Cherry sich befindet – Hauptsache, sie kommt nicht wieder zurück!«

Da hat Landon aufgelegt und mich sehr lange und sehr nachdenklich angesehen. Ich habe genauso lange und genauso nachdenklich zurückgeblickt, und schließlich hat Landon geseufzt und mich als Übergangslösung für ein paar Wochen bei sich aufgenommen. Aber weil nach Ablauf der Übergangslösung immer noch keine Endlösung in Sicht war und Landon eine große Wohnung hatte, durfte ich ein paar Wochen länger bleiben. Aus den Wochen wurden plötzlich Monate, und irgendwann war das erste Jahr um, und dann das zweite und schließlich war ich bei ihm zu Hause, ohne dass wir es jemals ausgesprochen hatten.

Es hat sich einfach so angefühlt.

Und obwohl ich unumstritten ein abgenagtes Gefühlsgerippe war, habe ich es hinbekommen, kaum Probleme zu verursachen. Ich bin jeden Morgen bereitwillig aufgestanden und zur Schule sowie zum Volleyballtraining gegangen, anschließend habe ich meine Hausaufgaben erledigt, hin und wieder mein Zimmer aufgeräumt, und am Abend habe ich abwechselnd mit Landon gekocht. Ich habe sogar phasenweise aufgehört, zu laute Sätze zu sagen, und meine Wortwahl freiwillig der anständigen Satzverordnung unterworfen. Ich war nie ernsthaft betrunken, ich war kein einziges Mal mit einem Junkie aus, und in den freien Waffenhandel bin ich auch nicht eingestiegen.

Erst mit sechzehneinhalb habe ich wieder angefangen davonzudriften, in den haltlosen Raum der Selbstverletzung, in dem ich mich seit dem Tod meiner Mutter so oft bewegt hatte. Es gab keinen bestimmten Anlass für diesen Rückfall; niemand hat sich mir in den Weg gestellt und mich mit groben Händen umgestoßen. Es war nicht der Ausblick aus einem zu hohen Fenster, und ich bin auch nicht zufällig an einem vertrauten Friedhof vorbeigelaufen. Es war einfach die Zeit.

Sie hat mich geschlagen.

Stunde um Stunde.

Und auf einmal habe ich jede Sekunde einzeln an mir vorbeirauschen gehört. Es war ein ohrenbetäubendes Getöse, aber der Nachhall war totenstill. Einen Moment lang wollte ich meinen Mund öffnen und Landon um Hilfe bitten, ich wollte ihm davon erzählen, wie es sich anfühlt, übrig zu bleiben. Aber dann habe ich doch lieber geschwiegen; denn wer spricht schon die Sprache, die es leichter macht, eine Schande zu ertragen, die ein Leben beendet hat?

Wer kennt so viele Worte?

Und wer würde noch an die Wahrheit glauben, wenn er erkannt hat, dass es ausreicht, sie zu kennen und sie anschließend so lange zu verdrängen, bis sie einen einholt und alles beendet, was man sowieso nicht mehr haben will?

Ich habe mich umgesehen.

Zwischen den Zeichnungen.

Auf meinem vernarbten Arm.

Es war klar, dass ich für immer dieses zerschnittene Mädchen sein würde, und irgendwie kam es mir auf einmal sinnlos vor, am Leben zu sein. Aber ich wollte auch nicht sterben oder in ein Kloster oder Yogazentrum ziehen oder was Menschen halt so machen, wenn sie nicht mehr weiterwissen. Genauso wenig wollte ich in einer Irrenanstalt landen oder Pharmazie studieren, nur um leichter an Schlaftabletten zu kommen.

Ich wollte keinen größeren Schaden anrichten.

Ich hatte nur keine Lust mehr zu atmen.

Also habe ich wieder angefangen, Rasierklingen in meinem Arm zu versenken, um anschließend mit unberührten Augen meine Blutspuren verfolgen zu können. Es hat keine zwei Wochen gedauert, da habe ich die Schule nicht mehr ernst genommen und die Lehrer sowieso nicht. Ich habe es geschafft, im Klassenzimmer zu sitzen und zeitgleich zu schwänzen, weil meine Gedanken mindestens hundert rote Schnitte weit entfernt waren.

Ich war ein Austausch-Schüler.

Im fremdsprachlichen Raum.

Mit meinen Mitschülern habe ich nur noch geredet, wenn ich etwas über die angesagtesten Sexpraktiken oder Drogencocktails erfahren wollte; abgesehen davon, stand ich alleine herum und habe darauf gewartet, dass die endlosen Tage endlich vorübergehen. Es war so leicht, sich auszugrenzen. Es war wie ein Spiel: Ich habe das Treiben um mich herum beobachtet und nebenbei die kreisenden Zeiger der Kirchturmuhr direkt neben der Schule verfolgt.

Auf die Uhr blicken.

Ist immer ein guter Zeitvertreib.

Und auch wenn kein Mensch in der Lage ist, die Zeit zu vertreiben, ohne sie zu beenden, haben wir doch alle die Möglichkeit, sie zu ignorieren, bis sie uns irgendwann überrennt.

Es hat nicht lange gedauert, da hat Landon schließlich begonnen, sich Sorgen um mich zu machen, was wiederum dazu geführt hat, dass er mindestens eine ernsthafte Unterhaltung pro Woche mit mir führen wollte. Ich hatte keine Lust, mit ihm zu streiten, also habe ich mich jedes Mal anstandslos an den Wohnzimmertisch gesetzt, im Takt seiner Worte brav mit meinem Kopf genickt und dabei jeden Satz, den er mir eintrichtern wollte, sofort wieder aus meinem Gehörgang geschüttelt.

Ja, es war nur eine Frage der Zeit, bis ich auf dem Straßenstrich oder im Big-Brother-Container landen würde. Denn ich hatte zwar bis tief in die Seele führende Gehirngänge, aber ich war so betrunken von meinem ungestillten Durst nach Vergebung, dass ich kaum noch geradeaus gucken konnte.

Als ich schließlich meine dritte Fünf in Folge nach Hause brachte, obwohl ich sonst immer nur gute Noten bekommen hatte, ist Landon schließlich zum ersten Mal ernsthaft laut geworden. Er hat mich angeschrien, als wäre mein Verstand taub oder schwerhörig, was er wahrscheinlich sogar war, und weil ich daraufhin nur achtlos mit meinen Schultern gezuckt habe, hat Landon noch einmal von vorne losgebrüllt und mir anschließend zwei Wochen Hausarrest verpasst.

Ich habe mich gefühlt wie ein ertappter Schwerverbrecher im verriegelten Luftballon-Schloss der Unstimmigkeiten. Außerdem war ich sechzehn. Und kein sechzehnjähriger Teenager lässt sich einsperren, ohne sämtliche Fluchtwege auszutesten. Mal ehrlich, Landon hatte doch nicht wirklich erwartet, dass ich zwei Wochen lang zu Hause bleiben und lernen würde?

Niemals!

Meine Noten hatten eh nicht unter Bildungslosigkeit oder Arbeitsträgheit gelitten. Die Schule ging mir einfach total am Arsch vorbei. Ich meine: Welcher Idiot interessiert sich für kitschige Liebesgedichte in altdeutscher Schrift!? Und dann wundern sich die Lehrer, dass die Jugendlichen in ihrer Freizeit nicht lesen. Dabei ist das doch kein Wunder: Wenn man einmal vom Blitz getroffen wurde, dann geht man schließlich auch nicht mehr freiwillig im Regen vor die Tür. Warum also sollten Schüler nachmittags Buchläden stürmen, wenn sie vormittags in der Schule Worte interpretieren müssen, die es überhaupt nicht mehr gibt? Es ist das eine, mal kurz die Wortsteinzeit zu streifen, aber etwas anderes, ein halbes Jahr lang Sätze wie diesen lesen: »Dû bist mîn, ich bin dîn. Des solt dû gewis sîn. Dû bist beslozzen in mînem herzen. Verlorn ist das sluzzelîn. Dû muouch immêr darinne sîn.«

Das ist doch kriminell. Und was ist das für eine Aussage? Menschen sind kein Besitztum, also können sie sich auch nicht gegenseitig gehören. Außerdem sollte man jemanden, den man liebt, nicht wegsperren, sondern lieber genug Größe besitzen, um ihn gehen zu lassen, wenn es ihn weiterzieht. Aber erklär das mal einem Deutschlehrer mit Hornbrille und Lehrplanschranke vorm Kopf.

Also ist es ja wohl klar, dass wir lieber Xbox zocken und uns höchstens mal einen Comic oder die Gebrauchsanleitung für den iPad durchlesen, weil wir in der Lage sein wollen, ein paar Mails mit der Einladung zur Anti-Kernkraft-Technoparty an unsere 2826 Freunde zu verschicken. Auf der Party stehen wir dann besoffen rum, wedeln mit unseren Schildern, auf denen sich pro Wort ein Rechtschreibfehler befindet, und finden grundsätzlich alles doof, was man irgendwie doof finden kann. Uns ist vollkommen klar, dass man Atomkraftwerke nicht mit Technobeats abschalten kann, und wir wissen auch, dass man radioaktive Verstrahlung nicht mit Wodka Tonic heilen kann. Aber scheiß drauf!

Wir wollen Party machen! Adam und Eva haben den langweiligen Garten mit der blöden Schlange und dem Öko-Apfelbaum aus einem guten Grund verlassen. Und dieser Grund heißt: *Fuck the free world! Yeah! God bless us all!*

Wie auch immer. Ich hatte schlechte Laune, und nachdem ich zwei Tage lang direkt nach der Schule und dem Volleyballtraining nach Hause gekomen war und mich in Gegenwart meiner Lehrbücher zu Tode gelangweilt hatte, lag rein zufällig dieser coole Flyer in unserem Briefkasten.

Er war schwarz mit leuchtender Glitterschrift, übersät mit Totenköpfen und undefinierbaren Pillen, und direkt in der Mitte befand sich ein riesengroßes Pin-up-Girl in einem neongrün gefüllten Cocktailglas. Ich war total verzückt. Aber Landon hat mir den Flyer aus der Hand gerissen und gesagt: »Du hast Hausarrest! Und selbst wenn du keinen Hausarrest hättest, auf so eine Party gehst du nicht!«

Ich habe irgendetwas Unfreundliches gemurmelt und mich anschließend schlecht gelaunt in mein Zimmer verzogen. Dieser blöde Landon, habe ich wütend gedacht, für wen der sich wohl hält, dass er glaubt, er könnte mich einfach so herumkommandieren!?

Mir war speiübel vor Entrüstung. Ich war noch nie zuvor für irgendetwas bestraft worden, und ein ernsthaftes Verbot hatte mir auch noch nie jemand aufgebrummt. Meine Mutter hatte es neun Jahre lang mit Freundlichkeit versucht, und mein Vater hatte mich entweder komplett ignoriert oder grundlos angeschrien. Ach ja, und Jessica wusste nicht einmal, wie man Erziehung buchstabiert, geschweige denn anwendet. Also hatte ich mich unbeirrt und nach Lust und Laune durch meine mit Spielzeug überhäuften Gemächer gewälzt: Ich hatte alles kaputt gemacht, was ich nicht mehr interessant genug fand, ich hatte Legosteine aus dem Fenster geworfen und Blumenvasen durch die Wohnung geschossen, ich hatte geheult und gewütet, getobt und gekreischt, und alles, was dabei herausgekommen war, war ich.

Und das war wirklich beschissen.

Und natürlich war ich nicht bereit.

Auf die coole Party zu verzichten.

7

Leise, ganz leise wispert eine Stimme durch die verbliebene Nacht.
Sie raunt dir zu: Vielleicht. Ganz vielleicht.
Ist es gar nicht so schlimm, zwischen zwei Fehlern einen dritten zu machen und den ersten noch einmal zu wiederholen; solange man am Ende weiß, dass die Verantwortung, die man für sich selbst trägt, ein Geständnis ist, an diese Zeit.
Denn das Gewissen, das wir prägen, wird immer unsere Unterschrift tragen.
Auch wenn wir uns an fremde Gedanken klammern.
Als würden sie zu uns gehören.

Die Totenkopf-Pillen-Party an sich war mir eigentlich scheißegal. Ich wollte da nur hin, weil ich es nicht durfte und weil ich wusste, dass alle zugedröhnt sein würden. Und ich liebe zugedröhnte Menschen, sie machen das Leben zu einem leuchtend bunten Matschhaufen aus recycelbarem Wortmüll und inhaltslosem Satzabfall. Es gibt nichts Belangloseres, als den Gesprächen von drogenbenebelten Teenies zu lauschen und ihnen bei ihren Fremdknutschereien, Zickenkriegen und Coolness-Faktor-Messungs-Versuchen zuzusehen.

Ich kam mir vor wie im Paradies.
Überall Bekloppte.
Und ich mittendrin.
»Willst'n Joint, Schnecke?«, hat mich irgendein Typ mit Designerglatze gefragt, nachdem ich mich von der überfüllten Tanzfläche gedrängelt hatte, um den rauchigen Schwefelwolken, der kaputten Discokugel und den flackernden Scheinwerfern zu entkommen und einen Moment zu verschnaufen.
»Nein, danke«, habe ich erwidert.
»LSD? Speed? X?«, hat er weiter gefragt.
Ich habe meinen Kopf geschüttelt. Daraufhin sind die schwarzen Wände des Party-Bunkers lachend auf mich zugerast und wollten mich umarmen, so high war ich von dem passiven Graskonsum, um den man nicht herumkommen konnte, sobald man sich länger als zehn Minuten in diesem Loch aufhielt. Dabei musste ich zugeben, dass die beschmierten Asphaltsäulen, die überall herumstanden und keine tragende Funktion zu haben schienen, wirklich Style hatten. Außerdem befanden sich mindestens zehn zerschlissene schwarze Sofas in dem Club, auf denen es so heiß herging, dass man überhaupt nicht mehr erkennen konnte, welches Körperteil zu wem gehörte. Noch dazu tanzten überall halbnackte Frauen, in knallengen Ledertops und mit Miniröcken, die man jederzeit auch als Gürtel hätte verwenden können. Die meisten von ihnen hatten einen Freund mit dabei, der aussah wie Marilyn Manson; oder sie waren lesbisch, dann hatten sie eine Freundin dabei, die aussah wie The Girl with the Dragon Tattoo. Ich war wahrscheinlich die Einzige, die noch mit keinem der Anwesenden einen Zungenkuss

ausgetauscht hatte und auch nicht vorhatte, auf einem der Pornosofas zu enden.

»HEY!«, hat mich auf einmal die Stimme des Dealers zurück auf den schwarzen Boden geholt. »Was willste denn nun? LSD? Speed? X? Oder lieber Koks?«

»Nichts«, habe ich gesagt und dabei erneut meinen Kopf geschüttelt.

»Wie? Du willst nix!?«, hat der Designerglatzentyp total verwirrt gefragt. »Biste auf Entzug, oder was?«

»Ja, seit zwei Monaten«, habe ich gelogen, damit er mich in Ruhe lässt.

»Krass!«, hat er gemeint. »Respekt, ey! Aber voll, ey!«

»Ja, ey!«, habe ich mich seiner Sprachstörung angepasst. »Voll hammerkrass, ey!«

»Ach, weißte was«, hat er daraufhin grinsend gemeint, »früher oder später fängste doch wieder an, Schnecke! Also, fallste dann was brauchst, hier is meine Nummer.«

Er hat mir einen verklebten Zettel mit ein paar Zahlen zugesteckt.

»Sag einfach, du bräuchtest 'n gutes Wort!«, hat er lässig erklärt. »Dann weiß ich sofort, was Sache ist, und die Bullen, die mithören, checken nix.«

»Ein gutes Wort?«, habe ich stirnrunzelnd gefragt.

»Yow!«, hat der Glatzentyp stolz gesagt. »Ich bin nämlich eigentlich Schriftsteller! Nur das mit dem Bücherverkaufen klappt noch nicht so ganz, ich nehme an, dazu braucht man 'nen fucking Verlag. Und bis ich so 'nen Bücherdruckverein klargemacht habe, verkauf ich literarische Pillen, mit guten Worten drauf – guck!«

Er hat mir eine Handvoll länglicher Pillen unter die

Nase gehalten. In jede war ein winziges Wort graviert: Definitionsmangel, Laborabsturz, Kriminalitäter, Jungfrauenmangel, Lichtungsweite und Nylon.

»Nylon?«, habe ich stirnrunzelnd gefragt.

»'n geiles Wort, findste nicht auch?«, hat der glatzköpfige Dealer gemeint. »Ich könnte das den ganzen Tag lang sagen, das fühlt sich so derbe soft im Mund an, Nylon.«

»Aha«, habe ich gesagt. »Nylon.«

»Yeah, Baby!«, hat er gerufen. »Du verstehst was von Worten!«

Ich habe schweigend genickt.

»Also, dann, Schnecke«, hat der schriftstellerische Dealer daraufhin gesagt, »ich mach 'n Schub! Würd ja gerne noch mit dir quatschen, aber die Leute hier verschlingen meine pillenförmige Literatur satzweise! Ich muss mich schleunigst um Nachschub kümmern, die Neuauflage – verstehste!? Vielleicht treffen wir uns mal auf ein gutes Wort oder 'ne krasse Line.«

»Eher nicht!«, habe ich ihm hinterhergerufen. »Ich hasse Worte.«

Genau wie mein Vater.

Habe ich leise murmelnd hinzugefügt.

Dann habe ich mich umgedreht und wollte wieder in Richtung Tanzfläche abziehen, aber weiter als drei Meter bin ich nicht gekommen, denn da hat plötzlich jemand meinen Arm gepackt und mich herumgewirbelt.

»Fass mich nicht an, du Wichser, ich will wirklich keinen Stoff!«, habe ich genervt gebrüllt, um den Beat zu übertönen. »Hier sind doch genug andere vergnügungssüchtige Idioten, denen du …«

An dieser Stelle habe ich meinen Mund wieder zugeklappt. Weil der Typ, der mich am Arm gepackt hatte, gar nicht der glatzköpfige Dealer, sondern Landon war.

»Ups«, habe ich gesagt.

Und auf den Riesenkrach gewartet.

Aber Landon hat mich einfach nur wortlos aus dem Club gezogen, in sein Auto verfrachtet und den Motor gestartet. Mir war vorher nie aufgefallen, wie bedrohlich Automotoren vor sich hin rattern können.

Die ersten drei Minuten der Fahrt war ich still. Doch dann ist eine Sicherung in meinem losen Mundwerk durchgebrannt, und ich habe gesagt: »Nur, weil du mit sechzehn Schwimmtrainer geworden bist, nebenbei dein Abitur mit 1,0 bestanden hast, Botschafter des inneren Friedens bist und weißt, wie man einen Truthahnbraten zubereitet, hast du mir noch lange nichts zu sagen!«

Landon hat nichts darauf erwidert.

Er hat sich einfach weiter aufs Fahren konzentriert und so getan, als hätte er nichts gehört. Zehn Sekunden lang war es totenstill im Auto. Aber dann habe ich das Hintergrundrauschen der Geschwindigkeit nicht mehr ertragen und wieder angefangen, sinnlose Sätze abzulassen.

»Du kannst mir nicht verbieten, auf Partys zu gehen!«, habe ich gesagt. »Ich bin alt genug, um selbst zu entscheiden, was ich aus meinem Leben mache! Ich kann so viele Drogen nehmen, wie ich will, so viel Alkohol trinken, bis mir schlecht wird, und schlafen kann ich auch mit jedem, der mir über den Weg läuft!«

Das war eindeutig ein Selbstmordversuch.

Landon hat mich angesehen, als würde er mich am liebsten auf der Stelle so heftig durchschütteln, dass mein Verstand zurück in meine Gehirnzellen kippt. Aber zum Glück musste er fahren, und außerdem hätte er mich noch so lange schütteln können, so leicht bin ich nicht wach zu kriegen.

Als wir fünf Minuten später endlich vor unserer Haustür angekommen sind, hat Landon schweigend seine Autotür geöffnet und ist ausgestiegen. Ich bin währenddessen regungslos auf meinem Platz sitzen geblieben und ziemlich kleinlaut geworden, weil ich mir plötzlich nicht mehr ganz sicher war, ob es wirklich eine gute Idee gewesen war, auf die Totenkopf-Party zu gehen. Aber ich hatte nicht viel Zeit, darüber nachzudenken, denn Landon ist um das Auto herumgestürmt, hat die Beifahrertür aufgerissen und mich anschließend so heftig aus dem Auto gezerrt, dass ich erschrocken aufgeschrien habe.

»Nimm deine Pfoten von meinem Arm!«, habe ich gefaucht, nachdem ich den ersten Schreck überwunden hatte. »Du bist weder mein Vater noch mein Bruder, noch sonst irgendwer, der mir etwas zu sagen hat!«

»Ich bin derjenige, der in den letzten zwei Jahren immer für dich da war!«, hat Landon gewettert, während er mich über die Straße, durch das Treppenhaus und hoch bis vor die Wohnungstür geschleift hat. »Ich habe dich bei mir aufgenommen, als du beschlossen hast, dein Zuhause gegen eine Straßenbank einzutauschen, und ich habe dafür gesorgt, dass du eine Chance hast, in Ruhe erwachsen zu werden, abseits von einem drogenverseuchten Jugendheim! Und was machst du!? Wozu hat man so viel Fassungsvermögen und Talent wie du, wenn man es einfach nur vergeudet? Du könntest von Mathematik über Philosophie und Literaturwissenschaften bis hin zu Atomphysik alles studieren.

Alles! Wenn du es drauf anlegst, schaffst du in zehn Minuten mehr als andere in zehn Wochen. Und das weißt du ganz genau!«

Ich habe achtlos mit den Schultern gezuckt, während Landon die Wohnungstür aufgeschlossen und mich in den Flur geschoben hat.

»Cherry!«, hat er geschimpft. »Tu nicht ständig so, als wäre dir alles gleichgültig! Und sieh mich gefälligst an, wenn ich mit dir rede!«

Ich habe Landon so wütend angefunkelt, wie ich nur konnte.

Und dann habe ich gesagt: »Ich hasse dich!«

Dabei habe ich Landon so sehr geliebt, dass es weh getan hat. Ganz ehrlich. Er war alles für mich. Er war mehr, als ich begreifen konnte, und besser als jeder andere Mensch, den ich kannte.

Einen Moment lang hat Landon mich stumm angesehen.

Dann hat er gefragt: »Was habe ich falsch gemacht?«

Und das war der schrecklichste Satz.

Den ich in meinem ganzen Leben gehört hatte.

Denn ich wollte nicht, dass der einzige Mensch, der sich je um mich bemüht hatte, abgesehen von meiner Mutter, sich Vorwürfe für meine Fehler macht.

Landon hatte nichts falsch gemacht.

Ich war diejenige.

Die alles falsch gemacht hat.

Und in diesem Moment, in dem Landon mich angesehen hat, aus seinen blauen, blauen Augen, da ist mir bewusst geworden, dass er nicht wütend auf mich war. Kein bisschen. Mir ist klargeworden, dass er keine Lust mehr hatte, mit mir zu schimpfen; und dass er es leid war, mir Vorträge zu halten, und ganz bestimmt wollte er mich auch nicht einsperren.

Er war einfach nur besorgt. Und enttäuscht.

Und ich war es auch.

Ich hatte panische Angst vor den eingeritzten Streifen auf meinem Arm. Ich konnte nicht begreifen, wie ich es fertiggebracht hatte, so viel Schaden an mir selbst zu verrichten, obwohl ich eigentlich nichts lieber wollte, als heil und munter die Zeit zu bestehen.

Ein paar Minuten lang standen wir beide regungslos auf dem hellen Parkettboden im Flur. Dann hat Landon mich schweigend ins Wohnzimmer geschoben und auf das große weiße Sofa gedeutet.

»Setz dich hin«, hat er leise gesagt.

Und so schnell, wie nach dieser Aufforderung, habe ich mich noch nie irgendwo hingesetzt. Es war eine Geste. Ich wollte ihm zeigen, dass ich letztendlich doch auf ihn höre, dass ich es nicht böse gemeint hatte, dass ich einfach nicht wusste, wo die Grenzen sind. Meine. Und die vom Leben und vom Tod.

Ich wollte mich entschuldigen.

Vor allem bei meiner Mutter.

Aber dafür war es zu spät.

Und obwohl ich mir sicher war, dass sie mir verziehen hätte, wusste ich gleichzeitig, dass ich mir niemals selbst verzeihen könnte. Niemals. Nicht in diesem Leben und auch in keinem anderen. Denn ein Satz wird immer den Einsatz des Lebens bestätigen: Wir können nur so schuldig sein, wie wir es verstehen. Und im gleichen Atemzug können wir auch nur so unschuldig sein, wie wir es uns zugestehen.

Landon hat sich neben mich auf das Sofa gesetzt. Zwischen uns lagen zwei hellgraue Kissen, er hat sie beiseitegeschoben und ist so dicht an mich herangerutscht, dass ich vor Zärtlichkeit fast angefangen hätte zu weinen. Ja. Es nicht selbstverständlich, dass es Menschen gibt, die auf Mädchen wie mich zugehen, nachdem sie zum hundertsten Mal davongestoßen wurden. Es ist kein Gesetz der Welt, dass jemand da ist, der sich darum bemüht, die Zeitscherben mit dir aufzusammeln.

Landon hat seine Hände nach mir ausgestreckt, und ich bin zusammengezuckt. Nicht vor Angst. Nur aus Unsicherheit. Und weil die Schönheit seiner Sorgfalt meine hässliche Belanglosigkeit enthüllt hat. Er hat die Ärmel meines Pullovers hochgeschoben, und ich habe die Luft angehalten, denn es war kein Gefühl, das irgendwer empfinden möchte.

Aber es war keine Verurteilung.

Es war einfach nur die Wahrheit.

»Warum?«, hat Landon gefragt und meine zusammengepflasterten Schnitte und die hässlichen Narben betrachtet. »Warum, Cherry?«

Abseitsstille.

Auszeitschweigen.

Und da wusste ich.

Du weißt nicht, wie sich Stille anfühlt.

Bis sie dich anbrüllt.

»Warum nicht?«, habe ich schließlich zurückgefragt.

Aber mein Tonfall war nicht herausfordernd oder zickig wie sonst.

Er war einfach nur erschöpft und fragend.

Und da hat Landon mich in den Arm genommen und

angefangen, mir all die Dinge zu erzählen, die er über das Leben weiß. Dann hat er mir erzählt, was er vom Tod verstanden hat. Und schließlich hat er mir erzählt, wie breit der schmale Grat zwischen diesen beiden Gegensätzen ist.

Er hat über meine Haare gestrichen, obwohl sie mit Totenkopf-Party-Glitterstaub bedeckt waren und nach Zigarettenrauch gestunken haben. Er hat über meinen Arm gestrichen, obwohl da noch der Totenkopf-Party-Einlass-Stempel über meinem Handgelenk war.

Er hat gesagt: »Cherry, so kann es nicht weitergehen. Es ist lebensgefährlich, was du da tust; ein einziger zu tiefer Schnitt, und es ist für immer vorbei. Weißt du das? Ich meine, weißt du es wirklich? Und bist du dir ganz sicher, dass du dieses Risiko eingehen willst?«

Ich habe meinen Kopf geschüttelt.

Natürlich wollte ich nicht sterben. Ich wollte genau das Gegenteil: Ich wollte spüren, dass ich noch am Leben bin, ich wollte dieses betäubende Gefühl aus meinem Körper schütteln und kapieren, dass ich keine verzerrte Hülle bin. Und auch wenn es ein Widerspruch in sich ist: Es gibt nichts, was sich lebendiger anfühlt, als zu sterben. Denn wenn man merkt, dass man verblutet, wenn alles anfängt, sich zu drehen und die Farben sich in Luft auflösen, dann weiß man, dass man am Leben ist. Und wenn man Glück hat, dann kann man die Schnitte wieder zusammenkleben, dann hat man eine neue Chance – oder die gleiche noch mal.

Keine Ahnung, wie man das nennt.

Und wahrscheinlich ist es auch egal.

»Du musst endlich lernen, auf dich achtzugeben«, hat Landon weitergeredet, während ich mit meinen Ge-

danken die Linien auf meinem Arm nachgezogen habe.
»Du musst begreifen, dass du einen Wert besitzt, und dieser Wert ist zu groß, als dass man ihn auf einen Grabstein drucken könnte. Cherry, das ist dein Leben, du entscheidest, was für ein Mensch du sein möchtest. Du allein! Also reiß dich zusammen und übernimm Verantwortung für dich.«

Ich habe genickt.

Ich dachte, das würde reichen.

Aber Landon hat gesagt: »Ich kann dich nicht hören.«

Also habe ich nach meiner Stimme gesucht. Sie war irgendwo zwischen meiner Sprache und meinem Schweigen eingeklemmt. Ich wusste nicht, an welchem Wort sie sich aufgehängt hatte oder in welches Stimmband sie verheddert war. Ich wusste nur, dass ich mir fremd bleiben würde, in jedem Satz, den ich sage, solange ich es nicht schaffe, an den Ort zurückzukehren, an dem sich das Leben zu sich selbst bekennt.

In meinem Kopf ist eine Gehirnwand eingestürzt. Eine tragende Wand direkt unter meinem Handlungsspielraum. Es hat gekracht und gebebt. Und weil die Erschütterung so heftig war, ist auch gleich noch eine zweite Wand eingestürzt und dann die nächste, bis alles in Trümmern lag.

Da war es auf einmal ganz leicht.

Meine Hand nach meinem Arm auszustrecken und die Wundnahtstreifen von den halb verheilten Schnitten zu zerren. Einfach nur so, weil ich gerne weiterbluten wollte. Oder vielleicht, weil ich dachte, dass es mich beruhigen würde, wenn mein Arm anfängt zu pochen und die feuchten Blutspuren sich über meine kalte Haut hinwegschleichen.

»CHERRY!«, hat Landon gerufen. »Hör sofort auf damit!«

Ich habe ihn gehört. Natürlich.

Aber ich konnte nicht reagieren. Es war, als wäre ich gar nicht bei mir; als würde ich mich nur beobachten, aus weiter Entfernung, unfähig einzugreifen. Ich habe einfach weiter an den Wundnahtstreifen gezerrt, fast schon panisch, nur um dem verdammten Leben zu entkommen, bis Landon schließlich nach meinen Händen gegriffen hat, um mich davon abzuhalten.

»Cherry, hör sofort auf damit!«, hat er wiederholt.

Ich bin über ein paar Gehirnwandtrümmer gestolpert. Und für ein paar Sekunden konnte ich aufhören, mich zu verletzen; aber dann ist mir schwindlig geworden, und der Raum um mich herum hat sich draußen vor dem Fenster verlaufen. Ich wollte es nicht, ehrlich nicht, aber ich habe meine Handgelenke aus Landons Umklammerung gerissen und erneut versucht, die Nähte aufzureißen.

»Cherry, ich warne dich!«, hat Landons Stimme aus zweitausend Kilometer Entfernung geschimpft. »Lass sofort deinen Arm los! Hörst du!? Cherry! Ich warne dich: Provozier mich nicht!«

Ich bin ein Stück nach rechts getaumelt und wieder über genau denselben Gehirntrümmerstein gestolpert wie kurz zuvor. Aber mittlerweile war er doppelt so groß. Oder war er kleiner? Meine Wahrnehmung war komplett gestört, ich hätte jede Lüge geglaubt, vor allem meine eigene. Und warum hat Landon an meinen Handgelenken herumgezerrt? Es war doch eh schon alles zu spät, ich würde niemals aufhören, mich zu zerstückeln.

»Cherry!«, hat Landon gerufen. »Verdammt noch mal, Cherry!«

Ich bin zusammengezuckt, irgendetwas war zu laut. Und meine Handgelenke haben angefangen weh zu tun. Dann ist auf einmal der Gehirntrümmerstein davongerollt, und ich bin hinterhergerannt, als wollte ich Schadenbesitzansprüche erheben oder mich in meiner eigenen Fallgrube beerdigen. Keine Ahnung, was los war. Keine Ahnung, wie man so schnell die Kontrolle über sich selbst verlieren kann.

»Cherry, ich sage dir das jetzt zum letzten Mal«, hat Landon geschimpft. »Hör sofort auf, an den Nähten herumzureißen! SOFORT!«

Ich bin umgekippt.

Mitten durch eine unsichtbare Wand.

Mein Gehirn hat angefangen, sich wieder zusammenzupuzzeln, und ich war überrascht, wie viele Windungen sich dort befanden, die nicht direkt auf den Abgrund zusteuerten. Es war schrecklich still in meinem Wissen. Und einen Augenblick lang war ich so entsetzt über mich selbst, dass ich aufgehört habe, mich frei zu zerren, und stattdessen aufgesehen habe, direkt in Landons Augen.

»Cherry«, hat er gesagt. »Cherry?«

Und da habe ich geblinzelt, so lange, bis ich zurück war. Landons Griff um meine Handgelenke hat sich wieder gelockert, und irgendwann wurde aus der Stille ein seltsames Geräusch. Zuerst konnte ich es nicht zuordnen; es war mir bekannt, aber trotzdem fremd, und ich wusste nicht, wie es heißt. Aber dann hat Landon mich in den Arm genommen und so lange über meinen verwirrten Kopf und mein gebrochenes Rückgrat ge-

streichelt, dass mir wieder eingefallen ist, wie man dieses flüsternde Rauschen nennt.
Geborgenheit.

Als ich meinen Kopf schließlich wieder aus Landons Schulter gehoben habe, hat er mir meine zerwühlten Haare aus dem Gesicht gestrichen, als wäre ich es wert, angesehen zu werden. Er hat mich einen Augenblick lang zur Ruhe kommen lassen. Die Luft war salzig, von meinen Tränen, dabei hatte ich gar nicht geweint. Oder kann man so weit entfernt von sich selbst sein, dass man es gar nicht merkt? Wahrscheinlich. Wenn man weit genug davondriften kann, um sich die Arme aufzuschlitzen, dann kann man auch weinen, ohne eine einzige Träne zu spüren.

»Ich habe dich vorhin etwas gefragt«, hat Landon unser Gespräch irgendwann wieder aufgenommen. »Erinnerst du dich daran?«

Ich habe genickt, obwohl ich wusste, dass Schweigen nichts verspricht.

»Cherry«, hat Landon gesagt. »Wir werden so lange hier sitzen bleiben, bis du mir geantwortet hast. Damit ich sicher sein kann, dass du mich verstanden hast.«

Ich wollte nicht den Rest meines Lebens auf einem Sofa verbringen. Also habe ich versucht, mein eingestürztes Sprachzentrum wieder notdürftig aufzubauen – ein bisschen Grundwortschatz, etwas grammatikalisches Fundament, ein paar standfeste Sätze und hier und da ein paar dekorative Punkte. Ich habe die Luft angehalten, aber dann habe ich sie doch weiterziehen lassen. Und schließlich habe ich gesagt: »Ja. Ich werde mich bemühen.«

»Um was wirst du dich bemühen?«, hat Landon nachgehakt.

»Um mich«, habe ich geflüstert und dabei den Fußboden angesehen. »Ich werde auf mich aufpassen, auf meine Arme und auf mein Leben. Und ich werde mich bemühen, nicht mehr so achtlos zu mir selbst zu sein.«

Ich wollte wieder aufblicken. Aber genau in dem Moment, in dem ich meinen Mund geschlossen habe, ist der Boden vor meinen Augen verschwommen. Ein paar Sekunden lang haben sich die Dielenbretter gedreht, und dann lag auf einmal ein lauernder Abgrund vor mir. Er hat mich angestarrt, hungrig und herausfordernd, und er hat mir geschworen, dass er sich erst wieder schließen würde, wenn er mich verschlungen hat.

Ich wollte mich abwenden.

Ich wollte meine Augen an mich reißen und davonstürmen.

Aber ich bin gefangen geblieben. Und alles, was ich tun konnte, war unsicher lächeln, damit Landon mich nicht durchschaut; damit er nicht merkt, dass es nur eine Frage der Zeit ist, bis ich endgültig falle.

Ich hätte ihm so gerne gesagt, dass mein Kopf seinen Geist aufgegeben hat und dass ich zwar noch funktioniere, irgendwie, aber dass tief in mir drin etwas lauert, dem ich nicht entkommen kann.

»Okay«, hat Landon schließlich gesagt, nachdem er mich eine Weile lang nachdenklich gemustert hatte. »Ich hoffe, du hast das ernst gemeint, Cherry. Denn auch meine Geduld hat Grenzen, und wenn du dein Verhalten nicht änderst, dann wird das Konsequenzen haben, die dir nicht gefallen werden. Hast du das verstanden?«

Ich habe genickt.
Und dann habe ich mich entschuldigt.
Ich habe Landon versprochen, dass ich nie wieder einfach so abhauen würde und dass ich von jetzt an auf ihn hören und wieder vernünftige Noten mit nach Hause bringen würde. Ich habe gesagt: »Bitte, sei nicht sauer auf mich, Landon. Ich werde mich nie mehr so schrecklich verhalten. Versprochen! Ich werde mich von jetzt an wirklich bemühen.«
Landon hat mich schweigend angesehen.
Und dann hat er mir verziehen.
Obwohl er wahrscheinlich geahnt hat, dass ich eines Tages auch noch den letzten Funken meines Verstandes benutze, um mich selbst anzuzünden.
Er hat eine Hand nach meinem verweinten Gesicht ausgestreckt. Er hat meine glühend heiße Wange berührt. Und dann hat er mir erlaubt, in mein Zimmer zu gehen, obwohl das Fenster nicht zugenagelt und auch kein Rasierklingenalarm an der Zimmerdecke installiert war.

Ich habe mich auf mein Bett gesetzt und in die dunkle Nacht hinausgestarrt. Dann habe ich angefangen, mich zu fragen, ob meine Mutter nicht gesprungen wäre, wenn ich ihren Gutenachtkuss erwidert hätte; und ob sie jetzt noch hier wäre, wenn ich damals meine Arme ganz fest um ihren Hals geschlungen hätte, um ihr zu verraten, wie sehr ich sie liebe.
Ich wusste die Antwort.
Zwei Buchstaben.
Mehr nicht.

8

Ein Wispern in der lautlosen Entfremdung der Zeit. Es nennt deinen Namen, es kennt deine Geschichte. Und da weißt du wieder: Unschuld ist nicht die Schuld, die wir von uns wegschieben.
Unschuld ist das Vorhandensein eines standhaften Bewusstseins, das uns verspricht, dass wir einen Geist, ein Herz und einen Verstand besitzen; und außerdem die Courage und das Gefühlsvermögen, all das miteinander zu verknüpfen.
Und die Sichtweise?
Sie ist so weise wie die Umsicht, auf die wir bestehen.
Und der Blickpunkt, auf dem wir stehen.
Alles andere. Gehört nicht uns.

Nach der Totenkopf-Party war ich endlich wieder halbwegs normal. Ich habe vernünftige Noten geschrieben, weniger dumme Sachen gesagt und bin sogar freiwillig der Physik- und der Ruder-AG beigetreten, obwohl mir sowohl Physik als auch Wasser vollkommen egal waren. Aber ich fand die Physiklehrerin cool, die sah aus wie ein Nilpferd und trug immer ein knallbuntes Riesenkleid. Man konnte sie schon am anderen Ende des Schulgeländes eindeutig ausmachen, und sie begann jeden Unterricht mit den Worten: »Guten Morgen! Ist heute nicht ein wunderschöner Tag!?« Es war ihr scheißegal, dass daraufhin sämtliche Schüler die Augen verdrehten oder eine ansteckende Form der chronischen Depression bekamen. Sie hat immer so glücklich gestrahlt, als wäre sie ein Glückskraftwerk, bei dem es niemals zu einer Herzkernschmelze kommen könnte. Sie hat sogar unseren Direktor angestrahlt, und der war vom Religionslehrer bis hin zum Gärtner bei allen verhasst, weil er nicht einmal an seinem Geburtstag lächeln konnte.

Wie auch immer. Ich bin also wegen der Nilpferd-Lady in die Physik-AG gegangen, und an der Ruder-AG habe ich teilgenommen, weil da außer mir nur vier andere Schüler waren, die auch alle keinen Bock auf irgendeine AG hatten, aber von ihren Eltern dazu gezwungen wurden, sich freiwillig zu betätigen. Wir haben jedes Mal so lang gebraucht, das bekloppte Ruderboot ins Wasser zu lassen und am Ende wieder rauszufischen, dass unser Sportlehrer irgendwann meinte, wir seien der unmotivierteste Haufen Versager, den er je gesehen hätte.

Das fanden wir nicht sehr nett von ihm.

Also haben wir aus Versehen seinen Aktenkoffer in die Havel fallen lassen und sind anschließend schleunigst abgehauen. Am nächsten Tag hat er ein bisschen herumgebrüllt, aber wir haben uns nicht die Mühe gemacht, ihm zuzuhören. Kein Wunder, der Typ war einfach nicht authentisch. Ich meine, wozu brauchen Sportlehrer denn überhaupt Aktenkoffer? Die sollten sich einen Ball unter den Arm klemmen und eine Sporttasche über ihre Schulter werfen, sonst wird das nie was mit der Fitness-Autorität.

Aber abgesehen von der Aktenkoffer-Versenkaktion, die übrigens nicht auf meinem Mist gewachsen war, war ich eine vorbildliche Musterschülerin. Ich habe nur einen einzigen Lehrer geküsst, und der wurde sowieso zwei Wochen später gefeuert. Wahrscheinlich weil er auch noch alle anderen Schülerinnen in meinem Mathekurs geküsst hatte – aber das war schon okay, denn er sah echt süß aus, ein bisschen wie Paul Walker, und als er weg war, haben alle Mädchen traurig geseufzt, und keiner hat sich mehr für den Mathematikunterricht interessiert, obwohl der neue Lehrer auch wusste, wie man Variablen zusammenbringt. Aber Lehrer sind ja eigentlich nicht zum Küssen da. Die sollen Bildung vermitteln und Weisheiten verbreiten. Nur leider scheinen einige von denen gar nicht zu wissen, was das ist, oder es ist ihnen egal, oder sie arbeiten für die Anti-Pisa-Studie.

Na ja. Erst mal selber besser machen.

Und dann meckern.

Das hat jedenfalls irgend so ein Terrorist im Fernsehen gesagt, und anschließend hat er das falsche Haus in die Luft gesprengt und ist Präsident von den Vereinigten Staaten geworden. Ich weiß nicht mehr, ob das eine TV-Serie war, ein Blockbuster oder ein Dokumentarfilm, vielleicht waren es auch die Nachrichten. Wer weiß. Auf meinem nächsten Zeugnis standen jedenfalls hauptsächlich gute Noten, kaum Fehlstunden und nur eine einzige Verspätung. Landon hat mir daraufhin gesagt, wie stolz er auf mich sei, und dann sind wir zusammen nach Potsdam gefahren und durch den Schlosspark spaziert. Es war ein schönes Gefühl, nicht in Berlin zu sein, obwohl ich Berlin gerne mag. Aber in Potsdam kannte ich niemanden, der aus dem Fenster gesprungen ist, und irgendwie fand ich das beruhigend.

Außerdem verbringe ich immer gerne Zeit mit Landon. Wahrscheinlich, weil er das absolute Gegenteil von mir ist. Er wacht morgens immer pünktlich um sechs Uhr auf, und zwar ohne Wecker. Er geht freiwillig joggen und Brötchen holen, er hinterlässt niemals einen Raum als Schlachtfeld, er telefoniert jede Woche mit seinen Eltern, die vor einigen Jahren nach Bali ausgewandert sind, um dort irgendwelche Krabbeltiere und Gesteinsschichten zu erforschen, er hält allen Menschen die Tür auf, sogar den blöden, er weiß, wie man ein Abflussrohr repariert, ohne dabei den Wasserhahn, den Fußboden und das ganze Haus zu zerstören, und das Krasseste: Er mag Museen. Landon kann stundenlang vor ein und demselben Bild oder Kunstwerk stehen und sich darüber freuen, dass es ist, wie es ist und nicht anders. Dann geht er zwei Schritte zurück und drei Schritte nach links und wiederholt die ganze Glückseligkeit aus einer anderen Perspektive. Anschließend fährt er unbekümmert zu seinem zweiten Zuhause, der Schwimmhalle, und bringt dort wasserspuckenden Kindern, fluchenden Jugendlichen und unsterblichen Rentnern Brustschwimmen mit Hilfe von diesen grellbunten Über-Wasser-halte-Schlangen bei.

Manchmal bin ich nach der Schule zur Schwimmhalle spaziert und habe dort vom Fünfmeterbrett des Sprungturmes aus zugesehen, wie Landon seinen wassersüchtigen Schützlingen die Bahnen gewiesen hat. Es war schön, dort oben zu sitzen, mit den Beinen in der Luft zu baumeln und zu wissen: Selbst wenn ich falle,

ist es nur ein kurzer Weg, und schon erreiche ich das Auffangbecken, das Landon gehört.
Und dort. In den Tiefen.
Ist noch nie jemand ertrunken.

An diesem Tag in Potsdam waren wir nicht am See, obwohl Landon am liebsten da ist, wo es nass oder voll mit Kunst ist. Dafür haben wir auf einer kleinen Lichtung Fußball gespielt, und ich habe mein Talent unter Beweis gestellt, dass ich ein Tor nicht einmal treffe, wenn ich mittendrin stehe. Landon musste mindestens zehn Mal ins Gebüsch kriechen, weil der Ball nie dahin geflogen ist, wo ich ihn hingeschossen habe. Keine Ahnung, wie das physikalisch gesehen möglich ist, aber ich denke, es ist kein Mangel an verknüpften Gehirnsträngen. Die Nilpferd-Lady wusste bestimmt auch nicht, mit wie viel Kraft man einen Ball an welcher Stelle treffen muss, damit er dort ankommt, wo man ihn gerne hätte. Und Landon fand es nicht schlimm, durch die stachligen Büsche zu kriechen; jedenfalls hat er sich nicht beschwert.

Als wir schließlich keine Lust mehr hatten, weil die Sonne sich hinter einer großen Wolke verzogen hat, haben wir uns in eines dieser stil- und zeitlosen Touristen-Cafés gesetzt und uns einen Eisbecher geteilt. Ich habe drei Kirschen gegessen und ein bisschen von dem Vanilleeis, Landon hat den Rest verdrückt und mir noch die Hälfte von der Eiswaffel in den Mund geschoben, weil er der Meinung war, dass Mädchen in meinem Alter generell zu wenig essen würden, oder überhaupt nichts, oder das Falsche. Damit hatte er sogar recht; denn seit einigen Jahren waren Essstörungen nichts weiter als eine weitverbreitete Form von Lebensmittel-Feng-Shui, und wer nicht gerade dabei war, auf einem zuckerfreien Kaugummi herumzukauen, lutschte entweder eine Diätwunderpille, schluckte Appetitzügler oder spülte ein Stückchen Watte mit einem Schluck fettarmer Milch runter. Mädchen konnten noch nie dünn und hübsch genug sein. Und mittlerweile war es ein allseits anerkannter Leistungssport geworden, um die Wette zu hungern. Der herausragende Maßstab waren natürlich Knochen und die Anzahl der Ohnmachtsanfälle pro Woche. Aber falls jetzt irgendwer denkt, das wäre krank oder dumm – nein. Niemals. Denn es war ja nicht so, dass man irgendetwas verloren hatte, wenn man am Ende tot war und die anderen hungrigen Skelette traurig um das Grab herumstanden.

Man würde sie sowieso bald alle wiedersehen.

So gesehen war es okay.

Und was mich betraf, ich hatte mich schon immer hauptsächlich von bitteren Worten ernährt und meine Kindheit damit verbracht, aus Prinzip erst einmal jeden Teller von mir wegzuschieben, nur um nachzuprüfen, ob mich irgendjemand genug liebt, um mir den Teller wieder vor die Nase zu schieben. Das hatte meistens geklappt, solange meine Mutter noch am Leben gewesen war. Aber mein Vater hatte immer nur verächtlich geschnaubt oder so nette Sachen gesagt wie: »Wenn du zu dumm zum Essen bist, kann ich dir auch nicht helfen!«

Dann war zum Glück Jessica mit ihren Pancakes bei uns eingezogen, und mittlerweile hatte ich Landon, der mich wahrscheinlich, ohne zu zögern, mit Sekundenkleber auf meinem Stuhl am Küchentisch festgepappt hätte, wenn ich mich nicht hin und wieder vernünftig ernähren würde.

»Mir ist kalt wie im Schnee«, habe ich zu Landon gesagt, nachdem ich die drei Kirschen, die halbe Eiswaffel und höchstens fünf Löffel Vanilleeis in meinem Bauch hatte.

»Magst du einen heißen Tee trinken?«, hat Landon daraufhin gefragt.

»Nein«, habe ich erwidert. »Mein Bauch ist eingefroren.«

»Von Tee taut der wieder auf«, hat Landon erwidert.

»Aber ich will nicht zerlaufen«, habe ich gesagt.

Landon hat mich stirnrunzelnd angesehen.

»Cherry, du zerläufst doch nicht«, hat er dann gesagt.

»Und wenn ich davonlaufe?«, habe ich gefragt. »Einfach so.«

Da hat Landon geseufzt.

»Das hast du doch schon hinter dir«, hat er erwidert.

»Ach, ja«, habe ich gesagt. »Wie lange ist das wohl her? Ewig? Oder erst ein paar Tage? Weißt du, im Winter habe ich aufgehört, die Jahre zu zählen. Weil nie wieder Frühling geworden ist.«

»Ist alles okay mit dir?«, hat Landon nachdenklich gefragt.

»Ja«, habe ich geantwortet. »Mir ist nur kalt.«

Da hat Landon seinen Pullover ausgezogen und ihn mir herübergereicht; er hatte noch ein T-Shirt darunter, sonst wären wir wahrscheinlich aus dem Eiscafé geflogen, oder die junge Besitzerin hätte sich in seine Bauchmuskeln verliebt. Und wenn Landon sich zurückverliebt hätte, dann hätten wir vielleicht bis an unser Lebensende in Potsdam bleiben müssen, und ich wäre an einer Überdosis Eis oder Langeweile abgekratzt.

Das ist sicher nicht das Ziel des Lebens.

Und Selbstverfehlung trifft auch selten ins Schwarze.

»Du sollst den Pullover anziehen und nicht festhalten«, hat Landon gesagt.

»Ich weiß«, habe ich erwidert und den Pullover einfach weiter festgehalten, weil mein Kopf gerade so voll mit abstürzenden Gedanken war, dass ich nicht wusste, wo ich aufschlagen würde.

»Cherry«, hat Landon gesagt, als ich angefangen habe zu zittern. »Das ist ein *pull over* – der heißt so, weil man ihn *über zieht*.«

Da bin ich schnell in den Pullover geschlüpft, und danach sah ich aus, als hätte ich nichts darunter, weil mein Kleid kürzer war als Landons Oberkörper.

»Cool«, hat Landon gemeint. »Jetzt siehst du aus wie ich.«

»Oh nein«, habe ich gesagt und ganz erschrocken geguckt.

»Was soll das denn jetzt heißen?«, hat Landon gefragt und mir seine Serviette an den Kopf geschmissen.

Ich habe gegrinst und versucht, meine Arme aus den viel zu langen Ärmeln zu wühlen, aber dann bin ich einfach ein sportlicher Pinguin mit nackten Beinen geblieben.

»Läufst du so mit mir rum?«, habe ich gefragt.

»Peinlicher, als mit dir Fußball zu spielen, kann es nicht sein«, hat Landon erwidert.

»Haha«, habe ich gesagt. »So schlecht spiele ich gar nicht.«

»Stimmt«, hat Landon gemeint. »Im Vergleich zu einem einbeinigen, blinden Hamster warst du richtig gut.«

»Wieso gerade ein Hamster?«, habe ich gefragt.

»Ich hatte als Kind mal einen Hamster«, hat Landon erzählt. »Aber dann ist er vom Tisch gefallen, und da hatte ich plötzlich keinen Hamster mehr.«

»Dann solltest du lieber keine Witze über Hamster machen«, habe ich gesagt. »Sonst wirst du vielleicht traurig.«

»Ist schon okay«, hat Landon gemeint. »Er hat mich sowieso ständig gebissen, und zwei Wochen nachdem er tot war, habe ich eine Piratenburg von Playmobil bekommen, und da hatte ich ihn schon so gut wie vergessen.«

»Dann war dein blöder Hamster also ein bisschen so wie ich?«, habe ich nachdenklich gefragt. »Und wenn ich irgendwann einmal vor Übermut vom Tisch falle und sterbe, dann vergisst du mich einfach?«

»Ach, Cherry«, hat Landon gesagt und den leeren Eisbecher zwischen uns beiseitegeschoben. »Du bist nicht wie der Hamster. Und eigentlich beißt du dich nur selbst, auch wenn du manchmal nach mir schnappst, mit deinen hungrigen Worten.«

»Meine Worte sind nicht hungrig«, habe ich gesagt und meine Pinguinarme vor der Brust verschränkt. »Ich bin voll mit Literatur.«

»Warum benutzt du deine aufgekratzten Gedanken dann nicht lieber, um etwas Vernünftiges zu schreiben, anstatt dein Umfeld mit vorlauten Worten plattzumachen?«, hat Landon gefragt.

»Ich schreibe nicht!«, habe ich gesagt. »Niemals! Ich will kein Buchstabenpsychopath werden.«

»Du hast doch auch sonst nicht auf den Kram gehört, den dein Vater dir eintrichtern wollte«, hat Landon kopfschüttelnd gemeint und sich zurückgelehnt.

»Wann kapierst du endlich, dass Schriftsteller nicht gleichzusetzen sind mit potenziellen Nervenheilanstaltsbewohnern?«

»Vergiss es«, habe ich erwidert. »Ich werde ganz bestimmt nicht anfangen zu schreiben.«

»Nicht einmal in einer anderen Sprache?«, hat Landon vorgeschlagen. »Englisch ist doch dein Lieblingsfach – du könntest *girl of the words* werden.«

»Woher weißt du, was mein Lieblingsfach ist?«, habe ich gefragt.

»Dein Englischhefter ist der Einzige, den du nicht zusammen mit dem anderen Schulzeug einfach auf deinen Fußboden knallst«, hat Landon gemeint.

»Ich knalle meinen Schulkram nicht auf den Boden«, habe ich widersprochen. »Da steckt ein aufwendig durchdachtes Konzept dahinter! Aber was erzähle ich dir, das ist eine tiefgreifende Form der modernen Ordnung, die du mit deinen Steinzeitgedanken gar nicht verstehen kannst!«

»Cherry, du Knallfrosch«, hat Landon erwidert, »wenn man deine Zimmertür aufmacht, um deine mit Worten und zerstückelten Sätzen beklebte Höhle zu betreten, stürzt man als Erstes über einen Stapel Ordner, anschließend fliegt man über einen Berg Klamotten und zu guter Letzt stolpert man auch noch über ein Dutzend herumfliegende Schulbücher! Das ist ganz bestimmt kein Ordnungssystem!«

»Ich erwarte nicht, dass du diese Hochform von Raumkonzept verstehst«, habe ich grinsend gesagt. »Dafür bist du zu alt.«

»Hey«, hat Landon sich beschwert, »ich bin noch nicht einmal dreißig.«

»Jaja«, habe ich gesagt, »das kann jeder unter dreißig behaupten. Und was das Schreiben auf Englisch betrifft – vielleicht, ganz vielleicht, wenn ich eines Tages ein ausgewachsenes Mädchen mit viel Gefühlscourage und einem Mindestansatz von Lebensweisheit bin, vielleicht werde ich dann anfangen, ein paar Seiten mit englischen Worten zu füllen, um etwas von mir zu verraten, was keiner versteht. Aber bis es so weit ist, wird die längste Ansammlung zusammenhängender Worte, die du von mir zu lesen bekommst, eine SMS sein.«

»Wollen wir wetten«, hat Landon daraufhin lächelnd gesagt. »Dass deine Wortzeit bald beginnt.«

»Glaubst du das wirklich?«, habe ich gefragt.

»Ja«, hat Landon geantwortet. »Natürlich glaube ich das. Denn ich glaube an dich, Cherry, und daran, dass du es richtig machst.«

Da ist das kalte Eis in meinem Bauch weggeschmolzen, als wäre der Sommer in mir; meine eisigen Hände sind lauwarm geworden, und meine Pinguinarme haben aufgehört zu zittern. Die Welt war perfekt. Genau so, wie ich sie wollte. Vielleicht etwas mutterlos und manchmal etwas mutlos, doch trotzdem irgendwie schön und annehmbar. Ich habe meine hüpfenden Gedanken betrachtet und mich um die langatmigen Sorgen herumgefreut. Aber dann ist mir auf einmal wieder der Tisch-Absturz-Hamster eingefallen, also habe ich etwas unsicher gefragt: »Und wenn ich falle?«

Da hat Landon mich angelächelt.

So lange wie für immer.

Und dann hat er gesagt: »Bevor du fällst, werde ich da sein. Ich werde dafür sorgen, dass du sicher zurück auf den Boden findest; und da wirst du dann stehen, auf deinen wackligen Beinen. Vielleicht schwankst du ein bisschen, vielleicht taumelst du durch die Zeit, vielleicht wird es schwerer sein als alles andere zuvor, aber du wirst lernen, wieder alleine zu gehen.«

»Bevor ich falle«, habe ich geflüstert.

Landon hat genickt.

Und da habe ich verstanden.

Bevor ich falle. Fängt er mich auf.

Wir haben uns auf den Weg zurück zum Auto gemacht. Mir war nicht mehr kalt, aber ich fand es schön, ein Pinguinmädchen zu sein und in dem viel zu großen kuscheligen Pullover durch den Park zu stolpern; außerdem hat Landon keine Pulloverrückforderung gestellt, und deshalb habe ich ihn einfach angelassen. Landon hat mir kopfschüttelnd dabei zugesehen, wie ich versucht habe, auf einer schmalen Steinmauer entlangzubalancieren, aber ich fand, dass ich noch jung genug für die Kleinigkeiten des Lebens war, also habe ich einfach weitergemacht, bis ich zum vierten Mal von der Mauer gefallen bin – da hatte ich dann keine Lust mehr.

Ein paar Meter weiter ist uns eine hübsche junge Frau in einem violetten Sommerkleid mit langen herbstbraunen Haaren aufgefallen; sie stand unter einem großen Baum am Rand einer einsamen Wiese und hat hinauf zu den dichten Blättern geguckt.

Landon hat auch geguckt.

Aber mehr zu der Frau als zu den Ästen.

Ich habe geguckt, wie Landon zu der guckenden Schönheit geguckt hat. Und weil er so viel für mich getan hatte, wollte ich zur Abwechslung auch einmal etwas für ihn tun. Also bin ich zu der Frau hingegangen und habe gesagt: »Hey, ich bin Cherry, und der Typ da drüben ist der großherzigste Mensch auf der Welt. Siehst du, ich darf sogar seinen Pullover tragen, obwohl der mir viel zu groß und mittlerweile voll mit Erde ist, das liegt übrigens daran, dass ich vorhin viermal von der blöden Parkmauer gestürzt bin, ich bin leider nicht sonderlich gleichgewichtig veranlagt. Aber dafür kippt Landon nicht so schnell um, und er knickt auch nicht ein, und weggerannt ist er auch noch nie! So war er schon immer, sogar als kleines Kind – weil seine Eltern nicht nur Fossilien erforschen, sondern auch den Untergrund der menschlichen Sorgfalt. Die beiden haben Landon von Anfang an all die Dinge beigebracht, die viele Menschen niemals lernen. Ich habe sie leider noch nie gesehen, weil sie mittlerweile Ausländer geworden sind, aber Landon hat mir ganz viel von ihnen erzählt, und manchmal bin ich furchtbar neidisch, weil ich auch gerne so tolle Eltern hätte. Aber meine Eltern sind zur Hälfte tot und zur Hälfte bescheuert. Deswegen bin ich auch abgehauen, das war vor ungefähr drei Jahren, aber weit bin ich nicht gekommen, weil Landon mich am Straßenrand gefunden und mit nach Hause genommen hat. Seitdem passt er auf mich auf, als wäre ich adoptiert; er hat sogar dafür gesorgt, dass ich nicht den Verstand verliere oder mich Hals über Kopf von einem Unglück ins nächste stürze. Und das alles, obwohl er erst sechsundzwanzig ist! Also, falls du noch keinen Freund hast, dann solltest du jetzt unbedingt zuschlagen, denn so, wie er dich anstarrt, bist du das hübscheste Wesen, das er je gesehen hat.«

»Ach, tatsächlich?«, hat die junge Frau lachend gefragt.

Dann hat sie mir eine Hand hingehalten und sich vorgestellt.

»Ich bin Sophia«, hat sie gesagt, und ihre Stimme war wie Vanillemilch.

»Warum guckst du eigentlich in den Himmel?«, wollte ich wissen und habe versucht, an die gleiche Stelle zu gucken, die Sophia kurz zuvor betrachtet hatte.

»Ich gucke nicht in den Himmel – ich gucke die Blätter an«, hat Sophia freundlich erklärt. »Ich bin nämlich Biologin.«

»Landon ist Schwimmtrainer«, habe ich daraufhin gesagt. »Aber er hatte in Biologie, so, wie in jedem anderen Fach, eine Eins auf seinem Abi-Zeugnis. Er hat nur nicht studiert, weil er das Wasser liebt und sich keinen besseren Job vorstellen kann, als anderen Menschen Delphinschwimmen und all den Kram beizubringen. Und außerdem hatte er auch gar keine Zeit, in eine Universität zu gehen, weil ich so viel Unsinn gemacht habe und er mich ständig von irgendwelchen drogenverseuchten Partys und Selbstmordsekten fernhalten musste. Aber wenn du drei Sätze mit Landon redest, dann wirst du sofort merken, wie intelligent er ist, und dann kannst du dich sofort in ihn verlieben. Dass er gut aussieht, ist ja offensichtlich, und wenn du sonst noch irgendwelche Extrawünsche hast, dann kann ich das bestimmt für dich organisieren.«

Sophia hat noch mehr gelacht als kurz zuvor. Und daraufhin kam natürlich Landon an, der wissen wollte, warum ich wildfremde Frauen anquatschen würde und ob ich etwa schon wieder dabei sei, eine Auswahl meiner vorlauten und fürchterlichen Sätze von mir zu geben.

»Nein!«, habe ich entrüstet gesagt. »Erstens: Meine

Sätze sind alle sehr anständig und äußerst liebenswert. Und zweitens: Ich verschaffe dir gerade das Date deines Lebens!«

Da ist Landon rot geworden.

Und Sophia auch.

Ich habe meine Augen verdreht über diese erwachsene Verklemmtheit, und dann habe ich Sophia Landons Telefonnummer und auch gleich unsere Adresse gegeben. Dann habe ich sie zum Abschied umarmt, weil ich ja wusste, dass wir uns sowieso bald wiedersehen würden.

Und so war es auch.

Denn drei Tage später hatten die beiden ihr erstes Date. Und drei Wochen später waren sie ein offizielles Paar.

9

Im Frühling. Im Sommer. Überall verläuft sich die Zeit.
Im Herbst. Im Winter. Überall erfriert dein Lächeln.
Und du, Mädchen der Nachtgewänder.
Kannst du nicht einfach verstehen?
Was du längst weißt.

In den letzten Wochen meines letzten Schuljahres ist mir plötzlich wieder eingefallen, dass ich mein Leben hasse und dass ich gar nicht vorhabe, zu studieren oder erwachsen zu werden. Von einem Tag auf den anderen fand ich das Abitur so scheiße, dass ich sämtliche Klausuren innerhalb von dreißig Minuten geschrieben habe und anschließend nach Luft ringend aus dem Schulgebäude gestürmt bin.

Dass ich wenige Wochen später trotzdem mit Auszeichnung bestanden habe, lag nicht so sehr an meinem breitgefächerten Wissen, sondern viel eher an meiner breitgezogenen Buchstabendichte. Es ist nämlich eine erwiesene Tatsache, dass belesene Menschen immer ganz feucht werden, wenn sie einen guten Wortschwall abbekommen; und da Lehrer sich für die belesensten Geschöpfe aller Zeiten halten, braucht man nur ein paar gute Aussagen, verpackt in Sätzen mit möglichst vielen Indefinitpronomen, durch die sich jeder Leser angesprochen fühlt, und schon hat man das Abitur bestanden, ohne den geringsten Schimmer von weltpolitischen Hintergründen, logarithmischen Abfolgen oder bipolaren Teilchenwanderungen zu haben.

Da war ich nun also, die Abschlussnoten in der Hand und das anhängliche Leben am Bein. Mein Atem war flach, und auch ich war nicht annähernd auf der Höhe meiner Möglichkeiten. Ja, ich weiß: Die meisten Menschen freuen sich, wenn sie die Schule endlich hinter sich haben. Sie toben durch die Straßen, kleben sich »Abi Zweitausendirgendwas« an die Heckscheibe ihres schrottreifen ersten Autos und betrinken sich anschließend für die Dauer eines unbeschwerten Sommers und weiter, durch die Studienzeit, bis hin zum vierten Semester.

Aber ich war todunglücklich und teilzeitdepressiv.

Und das Erste, was mir passieren musste, nachdem ich die Bildungsanstalt schließlich mit schleppenden Schritten verlassen hatte und mich durch die jubelnde Menge bis hinein in die nächstbeste Seitenstraße gekämpft hatte, das Erste, was mir geschehen ist nach der Entlassung aus der Bildungshaft, war natürlich, dass ich ausgerechnet meinen Vater traf.

Also, um genau zu sein, hat er mich getroffen.

Mit der Motorhaube seines Lexus, während er mit fünfzig Sachen durch die Dreißiger-Zone über eine rote Ampel gebrettert ist, ohne vorher nach rechts oder links zu gucken. Ich habe abgehoben. Und bin durch die Luft gesegelt.

Die Leichtigkeit war schön.

Der Schmerz in meinen Beinen nicht wirklich.

Als ich schließlich wieder zurück auf den Asphaltboden gekracht bin, hat mein Vater angehalten und ist ausgestiegen, um nachzusehen, ob alles okay ist, oder ob der Lexus einen Kratzer hat. Dann hat er mich erkannt und gesagt: »Na toll – ausgerechnet du. Das musste ja passieren.«

»Nee«, habe ich erwidert und meinen schmerzenden Rücken und meine tauben Beine abgetastet. »Wenn man bei Grün über die Ampel fährt, dann passiert das in der Regel nicht.«

»Du bist wohl mittlerweile ganz schlau geworden«, hat mein Vater gebrummt und seine gestreifte Krawatte zurechtgerückt.

»Ich war schon immer so schlau«, habe ich erwidert. »Aber von dir habe ich das ganz offensichtlich nicht geerbt.«

Mein Vater hat mich so wütend angeguckt, als wäre ich schuld an seiner Lebensblödigkeit.

»Willst du denn gar nicht wissen, wie es mir so geht?«, habe ich schließlich überaus höflich gefragt. »Nachdem du mich nun schon platt gefahren hast.«

»Du siehst unverletzt aus«, hat mein Vater daraufhin schulterzuckend gemeint und über die Motorhaube seines Lexus gestreichelt. »Außerdem habe ich es eilig, ein Meeting mit den Amerikanern. Also, könntest du dich bitte von der Straße bewegen, damit ich endlich weiterfahren kann?«

»Ist das alles?«, habe ich gefragt.

»Was?«, hat mein Vater zurückgefragt und einen unsichtbaren Fussel von seinem schwarzen Anzug gezupft.

»Ist das alles, was du mir zu geben hast?«, habe ich ergänzt.

»Was willst du denn haben?«, hat mein Vater stirnrunzelnd gefragt.

»Keine Ahnung«, habe ich geantwortet.

»Na siehst du«, hat mein Vater gesagt und dabei genervt seine glassplittergrauen Augen verdreht.

Dann ist er wieder in seinen Wagen gestiegen und hat die Scheibenwischeranlage betätigt, um mögliche DNA-Reste von der Frontscheibe zu beseitigen, dabei hatte ich die gar nicht berührt. Das Ganze hat neunzehn Sekunden gedauert. Anschließend hat mein Vater zweimal ungeduldig gehupt, als wäre ich irgend so eine bekloppte Ziege auf einer verlassenen Landstraße im Nirgendwo. Das Geräusch klang wie die Anfänge einer Mittelohrentzündung, und wenn meine Mutter rein zufällig in diesem Moment wiederauferstanden wäre und sich zu uns gesellt hätte, ich glaube, mein erster Satz an sie wäre gewesen: »Schön, dass du wieder da bist; es tut mir leid, dass ich so blöd war, ich habe dich furchtbar vermisst, und ich werde ab jetzt auch alles besser machen, damit du nicht noch einmal auf die Idee kommst, dich umzubringen – aber, bei aller Liebe und jedem Verständnis, was um Himmels willen hast du dir dabei gedacht, ausgerechnet diesen Typen zu heiraten!?«

Daraufhin wäre meine Mutter, geschockt von so viel Belanglosigkeit im Verlangen nach Vergebung, wahrscheinlich auf der Stelle erneut gestorben, und alles wäre wieder von vorne losgegangen. Das fand ich traurig. Vom Ansatz des ersten Gedankens bis in die Weiterführung der abtrünnigen Zeitstränge.

Das dritte Hupen hat mich schließlich zurück auf die

Straße geholt. Einen Augenblick lang wollte ich aus Prinzip liegen bleiben, aber irgendwie hatte ich Angst, dass mein Vater einfach über mich drüberbrettern würde, und ich wollte den Sommer nicht mit unzähligen gebrochenen Knochen im Krankenhaus verbringen.
Also bin ich aufgestanden.
Und zwei Sekunden später ist mein Vater an mir vorbeigerauscht.
Ohne einen letzten Blick aus dem Fenster zu werfen.

Ich bin nach Hause gegangen. Landon war noch nicht da, und merkwürdigerweise war ich froh darüber, obwohl ich es sonst nie erwarten konnte, dass er vom Training kommt, damit ich ihm all die Sachen erzählen kann, die gerade in meinem Kopf vorgehen. Aber an diesem Tag wollte ich nicht reden. Ich habe mich in der Küche an den halbrunden Tisch gesetzt und mein Abiturzeugnis angestarrt, bis sämtliche Zahlen zu einer endlosen Summe verschwommen sind. Dann habe ich überlegt, ob es sinnvoll wäre, Chemie zu studieren oder Mathematik oder Erdkunde. Aber irgendwie konnte ich mich nicht mehr daran erinnern, was ich in den letzten Jahren in all diesen Fächern gelernt hatte, also habe ich das Zeugnis beiseitegeschoben und meinen Kopf auf die Tischplatte krachen lassen.
Es hat weh getan.
Aber nicht so sehr wie meine lexusgeschädigten Beine.
Außerdem war mein Kopf voll mit Leere, und ich habe mich gefragt, was Menschen wie ich beruflich machen. Ich konnte doch unmöglich der einzige Freak auf der Welt sein – also, wo waren all die anderen Versager? Waren die alle Schauspieler geworden, damit

man ihr wirkliches Wesen nicht erkennen konnte? Oder waren sie wirklich durch die Bank weg Schriftsteller, so wie mein Vater immer behauptet hatte? Ich erinnere mich noch genau an einen der ersten Sätze, die er je zu mir gesagt hat, damals, als ich noch sandkastenkompatibel und halbwegs ungeschädigt war. Er hat gesagt: »Cherry, ich mag keine Kinder. Und deshalb möchte ich möglichst wenig mit dir zu tun haben. Also, wenn du etwas spielen möchtest, dann geh zu deiner Mutter, dafür sind Frauen in der Regel da. Sie wird sich um dich kümmern und dich zu einem vernünftigen Menschen erziehen. Aber da ich ein welterfahrener Mann bin, möchte ich dir an dieser Stelle noch eine Sache mit auf den Weg geben: Überlege dir genau, was du später für einen Beruf ergreifst! Überleg es dir haargenau! Und wo auch immer deine eingeschränkten Gedankengänge enden, werde bloß keine Schriftstellerin, denn dann kannst du genauso gut gleich in die Klapse ziehen.«

Ich war damals noch zu klein, um Worte wie *Klapse* zu verstehen, aber ich habe sofort begriffen, dass es ein großes Verbrechen oder zumindest eine schreckliche Schande sein muss, Bücher zu schreiben. Und ich wusste auch, dass meine Mutter immer nur heimlich gelesen hat, auf dem Dachboden. Dort hatte sie einen Karton mit Büchern versteckt, denn mein Vater hat immer felsenfest behauptet, dass er allergisch gegen Buchstabenfussel und Wortmilben sei. Ich konnte mir nicht im Geringsten vorstellen, dass es wirklich eine Zeit gegeben haben sollte, in der er mir Abenteuermärchen erzählt hatte und noch kein unausstehlicher Idiot gewesen war. Vielleicht hatte meine Mutter sich das nur eingebildet?

Oder vielleicht war es einfach schon so lange her, dass es gar nicht mehr zählt.

Wie auch immer. Ich konnte mich jedenfalls nicht an seine schönen Ansätze erinnern; dafür kannte ich seine aufgebrachten Aussetzer. Und ich wusste noch genau, wie er eines Tages alle meine Kinderbücher weggeworfen hatte, nur um anschließend zu brüllen: »Ich dulde in meinem Haus keine Wortschäden von psychotischen Weltumseglern! Literatur ist etwas für schwergewichtige Satzfresser! Ich hasse Poesie! Und was ich noch viel mehr hasse als Poeten, sind die schleimigen Danksagungen, die diese Idioten verzapfen: *Ich danke meinem Hund, meiner Katze und meinem wundervollen Ehemann, der mir jeden Morgen ein Spiegelei mit Schnittlauch ans Bett bringt. Schatz, es gibt niemanden auf der Welt, der mich mehr inspiriert als du, und ich bin Tag für Tag aufs Neue fasziniert davon, dass du mir jedes Wort von den Lippen ablesen kannst, bevor ich überhaupt angefangen habe zu schreiben. Ich liebe dich bis ans Ende der Welt! Aber natürlich liebe ich auch alle anderen Autoren, von denen ich ganz viele persönlich kenne, weil ich überaus literarisch und buchstabenkompetent veranlagt bin. Außerdem verehre ich meine großartige Lektorin mit ihrem herrlichen psychologischen Einfühlungsvermögen. Doch mein höchster Respekt gebührt natürlich meinem atemberaubend gutaussehenden Literaturagenten, der Dinge schafft, die außer ihm keiner schafft; habe ich schon erwähnt, wie funkelnd seine meeresblauen Augen schimmern? Und natürlich danke ich auch Gott und Jesus Christus und allen amtierenden Präsidenten sowie den heldenhaften Bundeswehrsoldaten in Afghanistan. Ach ja: Und ich liebe meine Leser so sehr, dass ich noch ganz viele Bücher schreiben werde! Die Glückseligkeit der Worte berührt den Tiefgrund meines schriftstellerischen Seins, und ich werde niemals aufhören, dem Weg der Worte zu folgen.«*

An dieser Stelle hatte mein Vater eine Pause gemacht. Um zweimal tief Luft zu holen.

Aber dann hat er sich weiter Luft gemacht.

»WAS SOLL DAS SEIN?«, hat er gebrüllt. »Eine Danksagung!? Oder viel eher der Weltfrieden in abrissreifen Wortgebilden? UNGLAUBLICH! Da soll noch mal einer kommen und sagen, Schriftsteller hätten Verstand! Gott, diese emotionalen Vollkrüppel! Ich HASSE Autoren! Ich kann diese Wortsektenführer und Sprachgeneräle nicht mehr sehen!«

»Warum bist du dann Verleger?«, habe ich unsicher gefragt und mit meinem Elefanten-Buddelförmchen herumgewedelt. »Und warum machst du in deine Sätze manchmal Wortspiele, wenn du Worte gar nicht magst?«

»Das ist meine Berufung!«, hat mein Vater wütend erklärt.

»Die Wortspiele?«, habe ich verwirrt gefragt.

»NEIN!«, hat mein Vater gebrüllt. »Ich spiele nicht mit Worten! Das klingt nur so! VERLAGSCHEF SEIN ist meine Berufung!«

»Was genau ist denn eigentlich eine Berufung?«, wollte ich schüchtern wissen. »Das Gleiche wie ein Beruf?«

»Nein«, hat mein Vater gesagt. »Das ist zum Kotzen.«

»Was?«, wollte ich wissen.

»Alles«, hat mein Vater erklärt.

Dann hat sein Handy geklingelt, und er ist fluchend davongestürmt.

Dabei hat er leider, und übrigens nicht zum ersten Mal, völlig vergessen, mich mitzunehmen. Aber zum Glück ist meine Mutter ein paar Stunden später auf dem Spielplatz aufgetaucht, um mich nach Hause zu holen, damit ich kein obdachloses Straßenkind werden muss.

Und falls sich an dieser Stelle jemand fragen sollte, ob ich den Bezug zur Realität verloren habe, weil ich meinen Vater beschreibe, als wäre er der Grinch oder Präsidentschaftskandidat von Amerika, nein – bei mir ist alles okay. Meine destruktive Wortwahl ist einfach nur ein stilistisches Mittel; man nennt es gnadenlose Übertreibung und wendet es immer dann an, wenn man daran glaubt, dass man eine Leserschaft erreicht, die nicht satzunterwürfig an jeder Aussage hängenbleibt und differenzieren kann zwischen der Realität und der Persönlichkeitsstörung des Verfassers.

Das nennt man interaktive Literatur.

Oder Umsatzsteuer.

So viel zu meiner Kindheit. Es war also klar, dass ich, was auch immer ich aus meinem Leben machen würde, niemals eine Schriftstellerin werden könnte. Und da ich auch sonst keinerlei Motivationen und Interessen hatte, war ich kurz davor, mich den aktiven Depressionisten oder einer posttraumatischen Selbstzerstörungsgruppe anzuschließen.

Aber nach einer runden Stunde.

Voller gedankenumjagter Endloskreise.

Konnte ich mich schließlich aufrappeln und meinen

Kopf von der hölzernen Tischplatte lösen. Ich wusste nicht, woher ich die Kraft hatte, eigentlich wollte ich nichts weiter als dem Beispiel meiner Mutter folgen; aber bevor man einem Fallbeispiel folgt, sollte man sich vollkommen sicher sein, dass man frei von Höhenangst und Lebensverlustkrisen ist. So gesehen, war es wahrscheinlich eine kluge Entscheidung, den Schritt aus dem Fenster noch ein Weilchen zu vertagen. Das Verfallsdatum kommt sowieso meistens früh genug. Und wenn wir erst einmal Vergangenheit sind, dann geht es ohne uns weiter. Viel schneller, als wir denken, auch wenn wir ein paar Löcher in den Lebensbahnen unseres Umfelds hinterlassen.

Ich bin also aufgestanden und in mein unordentliches, mit Worten tapeziertes Zimmer geschlurft. Dort angekommen, habe ich meinen Kleiderschrank geöffnet und nachdenklich die beachtliche Auswahl an Stoffhüllen gemustert. Ich konnte alles sein, vom zuckersüßen Schulmädchen bis hin zum schwarzgekleideten Grunge-Rock-Girl. Ja, ich hatte mich in den letzten Jahren durch sämtliche Möglichkeiten der Selbstdarstellung getestet und war zu dem Schluss gekommen, dass es scheißegal ist, was ich trage, solange ich mich selbst nicht tragen kann. Und wenn man eine Schuld mit sich herumträgt, die man nicht erträgt, wie verträgt sich das mit dem Leben?

Bricht es ein.

Oder bricht man aus.

Ich habe mich aus meinen Lexus-Unfall-Klamotten geschält und alles achtlos mit dem Fuß in eine Zimmerecke gekickt. Dann habe ich mich angezogen wie Megan Fox in *Transformers,* und kurz darauf bin ich auch schon aus der Wohnung gestapft, mit meinen zwei verstauchten Beinen, obwohl ich gar nicht wusste, wohin. Aber an der nächsten Straßenecke war mir klar, dass dieses *Wohin* irgendwo in der Nähe sein sollte, denn meine Knie haben sich mittlerweile angefühlt, als wären sie mehrfach gebrochen oder überhaupt nicht mehr vorhanden. Und da weit und breit nichts zu sehen war, wo ich gerne sein wollte, bin ich schließlich mehr oder weniger schlecht gelaunt in das nächstbeste Insider Trash Café gelatscht.

Ich war der einzige Gast dort, und die hübsche Kellnerin mit ihrem hautengen Minikleid und den bebenden Brüsten hat sich auf mich gestürzt, als wären wir Freundinnen auf Lebzeit oder Verbündete der lesbischen Frauenfront. Aber kaum hatte sie einen Keks und einen Cappuccino vor mir abgeladen, da kam auch schon ein lässig gekleideter Typ mit kurzen braunen Stachelhaaren zur Tür herein und hat sich direkt neben mir an einem der schiefen, knallroten Tische niedergelassen. Er hatte sein Handy am Ohr und fluchte ohne Unterbrechung. Seine Stimme kam mir irgendwie bekannt vor, ich war mir nur nicht ganz sicher, woher. Doch nachdem ich einige Wortfetzen, wie *disturbing music, studio time* und *killing lyrics* aufgeschnappt hatte, fiel mir ein, woher ich den Typen kannte: Er hieß Scratch und war der Frontsänger einer ziemlich erfolgreichen Band namens *Forced Detours*. Ich fand die Band okay. Die Musik war nicht wirklich mein Ding, aber die fünf Jungs waren cool, und ihre Konzerte waren immer schon Monate im Voraus ausverkauft.

Ich habe etwas Zucker in meinen Cappuccino gekippt und dabei neugierig zu Scratch hinübergeschielt. Er sah besser aus als auf den Plakaten und im Fernsehen, nicht ganz so überstylt. Seine Klamotten waren nur teilweise zerfetzt, und er hatte weder einen schwulen Kajalstrich um seine dunkelbraunen Augen gezogen noch eine Hundehalsband-Kette mit Stacheln um seinen Hals gewickelt. Dafür war er fast genauso laut wie auf der Bühne.

»Scheiße, Mann!«, hat er lautstark in sein Handy gebrüllt, während ich in meinem Cappuccino herumgerührt habe. »Die Drums sind geil, aber was ist das für 'n fucking Text? Wie soll ich das singen, wenn mir dabei schlecht wird? Willst du, dass ich kotzend von der Bühne kippe!? Bist du Songwriter oder Komplettversager? Alter, da krieg ja sogar ich bessere Sätze hin, und ich hatte in Sprachkreativität immer 'ne Sechs. Fuck! Wir müssen so langsam mal zu Potte kommen. Nächste Woche wollen wir ins Studio, wie soll das gehen, mit diesen self-fucking Lyrics!? Verdammt, Wesley, du Idiot! Hör auf zu kiffen und setz dich da noch mal dran! Ich versuch währenddessen, irgendwen klarzumachen, der wirklich etwas von Worten versteht!«

Anschließend hat Scratch augenrollend aufgelegt, sein Handy über die Tischplatte geschleudert, die Beine auf einem zweiten Stuhl ausgebreitet und nebenbei ungeduldig nach einem Bier verlangt.

»Brauchst du gute Sätze?«, habe ich aus einer Laune heraus gefragt.

»Darauf kannste deinen hübschen Arsch verwetten, Kleine«, hat Scratch erwidert und mich herausfordernd angegrinst.

»Nee, lass mal«, habe ich entgegnet. »Aber wenn du

magst, dann schreibe ich dir schnell ein paar Lyrics. Gib mir einfach ein, zwei Takte von deinem Sound, ich bin ziemlich intelligent, außerdem kann es nicht sonderlich schwer sein, ein paar gute Worte zu finden.«

»Ha ha«, hat Scratch gesagt und mich von oben bis unten gemustert. »Wie alt bist du denn? Darfst du überhaupt schon alleine denken!?«

»Ich bin siebzehn«, habe ich kühl erwidert. »Und dass ich besser denken kann als du, ist so offensichtlich, dass wir nicht weiter darüber diskutieren müssen. Mit deinem verknoteten Gangster-Slang hättest du sowieso keine Chance gegen meine anmutigen Sätze.«

»Baby«, hat Scratch gesagt und sich zu mir herübergelehnt. »Du gefällst mir! Wollen wir poppen?«

»Fick dich!«, habe ich erwidert. »Wir können meine grandiosen Worte mit deiner verhaltensgestörten Musik verbinden. Sonst nichts. Ich steh nicht auf Rockstars in zerfetzten Klamotten. Also, lass ja deine Pfoten von mir, sonst ramm ich dir meinen Kaffeelöffel in den Hals, und das war's dann mit deiner Gesangskarriere.«

Scratch hat mich überrascht angestarrt; mit leicht geöffnetem Mund und sperrangelweit geöffnetem Verstand. Die Kellnerin hat ihm sein Bier gebracht, und er hat es in einem Zug weggesoffen. Dann hat er ein zweites, diesmal ohne Alkohol, bestellt.

»Okay, Kleine«, hat er anschließend gesagt. »Dann leg mal los!«

Er hat seinen iPod hervorgekramt und mir die Ohrstöpsel hingehalten. Ich habe sie entgegengenommen, und Scratch hat die Musik gestartet.

»Der Song heißt *Beautiful*«, hat er noch schnell erklärt. »Soll von 'nem Typen handeln, der von seiner heißen Tussi betrogen und verlassen wird, aber bisher habe ich nur den Titel und die erste Zeile.«

»Sei mal kurz still«, habe ich zu Scratch gesagt, damit ich mich besser auf den Beat und die Melodie konzentrieren konnte.

Scratch hat sofort seine Klappe gehalten und stattdessen, ohne zu fragen, den Keks von meiner Untertasse geklaut; er hat ihn unsanft aus der Zellophanhülle gezerrt und anschließend mit einem Happs verschlungen.

»Hast du einen Zettel und einen Stift dabei?«, habe ich gefragt.

»Sehe ich aus wie Theodor Fontane?«, hat Scratch zurückgefragt.

»Woher kennst du Theodor Fontane?«, wollte ich wissen.

»Ist der einzige Name, den ich aus dem Deutschunterricht behalten habe«, hat Scratch schulterzuckend erwidert und anschließend der Kellnerin zugerufen, dass er schleunigst einen Zettel und einen Stift brauchte, um den Songtext des Jahrhunderts zu erschaffen. Es hat keine Minute gedauert, da stand die Kellnerin vor uns und hat Papier und Bleistift auf dem Tisch abgelegt.

»Kriege ich ein Autogramm?«, hat sie schüchtern gefragt.

»Klar, Baby!«, hat Scratch gesagt. »Wozu habe ich schreiben gelernt!«

Dann hat er sich ihren Bestellblock und den dazugehörigen Kugelschreiber geschnappt, einen undefinierbaren Schlenker gezeichnet, zwei Herzchen gekritzelt, und schon war die Kellnerin total verliebt.

Ich habe mir währenddessen das Papier und den Bleistift genommen, die Musik auf volle Lautstärke gedreht und angefangen zu schreiben. Und wenn ich eines kann, dann in Rekordzeit Worte zusammenzufügen.

Scratch hat mir neugierig über die Schulter gestarrt.

»Krass!«, hat er gemeint. »Wie kann man so schnell schreiben?«

»Halt die Klappe«, habe ich entgegnet. »Du beschränkst meinen Wortfluss.«

»Jetzt werd mal nicht frech, Kleine!«, hat Scratch sich beschwert. »Ich bin der angesagteste Rockstar aller Zeiten! Ich erwarte Respekt und Gehorsam von meinen weiblichen Untertanen.«

»Was für ein Zeug schmeißt du denn ein?«, wollte ich wissen und habe einen Moment lang stirnrunzelnd von dem bekritzelten Zettel aufgesehen.

»Das war nur so'n Spruch«, hat Scratch daraufhin schnell abwinkend gemeint und ist tatsächlich ein kleines bisschen rot geworden. »Ich finde dich nämlich hammersexy, und wenn ein Mädchen mich beeindruckt, dann mutiere ich immer zum Mega-Macho. Aber eigentlich bin ich total liebenswert, und ganz nebenbei bin ich auch noch der Traum aller Schwiegermütter.«

»Meine Mutter ist tot«, habe ich kurz angebunden erklärt. »Also, bemüh dich nicht.«

»Oh«, hat Scratch gesagt. »Das tut mir leid. Was ist denn passiert?«

»Sie ist von einem Leoparden gefressen worden«, habe ich gelogen. »Während einer Safaritour.«

»Jetzt echt?«, hat Scratch geschockt gefragt.

»Ja, echt!«, habe ich erwidert.

»Hm«, hat Scratch nachdenklich gemeint. »Der scheiß Leopard! Hast du den anschließend abgeknallt?«

»Nein«, habe ich gesagt. »Ich war nicht dabei. Und

außerdem besitze ich gar keine Waffe. Wahrscheinlich hatte der Leopard sowieso nur Hunger. Dafür kann man ihn auch nicht einfach abknallen, oder?«

»Fuck, bist du sozial!«, hat Scratch kopfschüttelnd gemeint. »Also, ich hätte den Leoparden gleich doppelt kaltgemacht und anschließend seinen Kopf auf einen Stock gespießt. Aber was soll's, ich habe als Kind ja auch einfach nur so zum Spaß Spinnen angezündet und Pinnwandnadeln in Nacktschnecken gesteckt. Das hat dann immer so schön glibbschig geschäumt.«

»Du hast echt voll den Schaden«, habe ich angeekelt erwidert und mich wieder meinem Zettel zugewandt.

»Ja, ich weiß«, hat Scratch entschuldigend gesagt. »Aber das mit den Spinnen und Schnecken war nur so 'ne Phase. Das mache ich heute nicht mehr. Ich habe sogar einen Hasen. Der kriegt jeden Tag frische Möhren, Kohlrabi und Salatblätter. Eigentlich hatte ich zwei Hasen, wegen der Kommunikationsbedürfnisse eines jeden Lebewesens, aber das eine Bunny hatte schiefe Zähne und ist irgendwann einfach eingepennt und nicht mehr aufgewacht. Seitdem habe ich nur noch Zachareus.«

»Dein Hase heißt Zachareus?«, habe ich gefragt.

»Yep!«, hat Scratch gesagt. »Aber eigentlich ist der Hase ein Kaninchen. Willst du es sehen?«

Ohne eine Antwort von mir abzuwarten, hat er angefangen in seinen Taschen herumzukramen, bis er kurz darauf ein zerknicktes Foto von einem schwarz-weißen Kaninchen hervorgezogen hat.

»Hier!«, hat er stolz gesagt und mir das Foto in die Hand gedrückt. »Ist der nicht extrem hasenmäßig cool!?«

»Ja«, habe ich höflich erwidert. »So einen männlichen Hasen habe ich noch nie gesehen; obwohl er irgendwie Ähnlichkeit mit einer Kuh hat.«

»Mit einer Kuh!?«, hat Scratch entsetzt gefragt und mir das Foto wieder aus der Hand gerissen. »Wo sieht der denn aus wie 'ne Kuh?«

»Na, er ist schwarz-weiß gefleckt«, habe ich erwidert.

»Ach, das …«, hat Scratch erleichtert gesagt. »Ich dachte schon, ich hätte irgend so ein Eutergedöns oder irgendwelche Zitzen übersehen, und mein Zachareus wäre 'ne Tussi anstelle von 'nem Kerl. Das wäre ein Desaster! Ich erzähle ihm nämlich alle meine Probleme – und so was kann man bei 'ner Frau ja nicht bringen. Da ist man doch gleich 'n Schlappschwanz.«

»Das ist ein Kaninchen, du Idiot«, habe ich erwidert. »Dem kannst du alles erzählen, was du willst, egal, ob es männlich oder weiblich ist – es hört dir sowieso nicht zu.«

»Ich warne dich«, hat Scratch gesagt. »Du kannst so viel freches Zeug von dir geben, wie du willst, Kleine, aber sag ja nichts Abwertendes über meinen Hasen. Da versteh ich echt keinen Spaß!«

»Sind die anderen Jungs aus deiner Band auch so psycho wie du?«, wollte ich nachdenklich wissen, während ich weitergekritzelt habe.

»Nee, gar nicht«, hat Scratch fast schon enttäuscht erwidert. »Die haben alle 'nen Schulabschluss oder 'nen Bildungsüberschuss oder wie man das heutzutage nennt; und außerdem gehen zwei von denen jedes Wochenende ihre Großmütter zum Kaffeekränzchen besuchen. Ohne Witz! Die beiden schreiben sogar Briefe an ihre Freundinnen, wenn wir auf Tour sind. Briefe! Alter, wozu gibt es Internet und SMS? Ham' wir WLAN nur aus Versehen erfunden, oder was? Aber egal. Wir sind 'n geiles Team. Ist immer total abgefahren, wenn wir durch die Gegend touren. Und weil die anderen Boys alle vergeben sind und noch dazu treu wie Lawinen-Bergungs-Köter, habe ich all die heißen Groupieschnecken ganz für mich alleine.«

»Aber Worte hast du keine?«, wollte ich wissen.

»Nö«, hat Scratch schulterzuckend erwidert und zärtlich das Hasenfoto in seinen Händen betrachtet. »Manchmal fällt mir ein guter Text ein, aber höchstens zweimal im Jahr. Und deshalb haben wir Wesley, diesen befuckten Songwriter, der mittlerweile aber viel zu viel kifft und kokst, als dass er noch einen vernünftigen Satz zustande bringen könnte.«

»Hier«, habe ich daraufhin gesagt und Scratch den fertigen Text hingeschoben. »Ist das okay so?«

»Wann hast du das alles geschrieben?«, wollte Scratch verwirrt wissen und hat verdattert erst die Vorder- und dann die Rückseite des Zettels angestarrt.

»Während du von deinem Hasen geschwärmt hast«, habe ich erklärt und den iPod ausgeschaltet. »Kannst du damit etwas anfangen?«

Scratch hat den Songtext überflogen.

Einmal. Zweimal. Dreimal.

Dann hat er grinsend meinen neuen Titel vorgelesen: »Beauty Fool.«

Er hat mich angesehen, aus funkelnden Augen.

»Baby, der Text ist geil!«, hat er schließlich gemeint. »Wesley, der Penner, ist gefeuert. Und du bist ab sofort meine offizielle Wortpartnerin!«

Scratch hat mir die Hand hingehalten.

»Komm schon, schlag ein, Kleine«, hat er gesagt.

»Was gibt es für einen schöneren Beruf, als Worte zu finden für den Soundtrack dieser Zeit? Wir melden dich bei der GEMA an, basteln dich in unsere Musikverträge ein, und bevor du dich versiehst, bist du die erfolgreichste Songwriterin aller Zeiten!«

Einen Moment lang habe ich gezögert. Eigentlich wollte ich Scratch nur schnell mit ein paar Worten aushelfen. Ich hatte nicht vorgehabt, ins Wortgeschäft einzusteigen. Im Gegenteil – ich hatte mir hoch und heilig geschworen, mich fernzuhalten von dem Zusammenhalt der verbundenen Worte. Aber Scratch hatte dieses Funkeln in seinen Augen; er hat mit meinem Songtext in seinen Händen herumgefuchtelt und dabei meine Worte fast so liebevoll festgehalten wie sein beklopptes Hasenfoto.

Da bin ich weich geworden.

So süß und weich wie Sahnetoffee.

Und auf einmal wusste ich, dass ich ein Talent hatte, und außerdem würde ich nur ein paar Texte schreiben – keine Kurzgeschichten oder Kapitel, geschweige denn Bücher. Ich würde nur englische Worte benutzen, kein einziges deutsches. Und vielleicht, ganz vielleicht, hatte Landon recht, und irgendwann würde ich ein paar Sätze zustande bringen, die von mir sprechen. Und vielleicht würde ich dann auch verstehen, wo ich stehe und warum und wie lange schon.

Also habe ich eingeschlagen.

Nach kurzem Zögern.

Und Scratch hat meine Hand einen langen Augenblick lang so fest in seiner gehalten, als wüsste er ganz genau, dass er mich eines Tages erobern würde. Er hat mich angesehen, als wäre ich das Mädchen hinter den

Worten, zwischen den Sätzen und in jedem einzelnen Buchstaben der menschlichen Verfassung.

»Wie heißt du eigentlich?«, wollte er schließlich wissen, als er mich wieder losgelassen hatte.

»Cherry«, habe ich erwidert.

»Wie das Girl aus dem Film?«, wollte er wissen. »11:14?«

Ich habe genickt, obwohl sie anders geschrieben wird.

»Die ist hübsch«, hat Scratch gemeint.

»Ja«, habe ich zugestimmt.

»Aber nicht so hübsch wie du«, hat Scratch hinzugefügt.

»Hör auf«, habe ich gesagt.

»Aber es geht doch gerade erst los«, hat Scratch grinsend erwidert.

Ich habe ihn nachdenklich angesehen. Aus den Augenwinkeln habe ich beobachtet, wie die unbeteiligte Gelassenheit der bunt zusammengewürfelten Möbel des Insider Trash Cafés uns umrandet hat, während die verliebte Kellnerin von der Kaffeemaschine aus zu uns hinübergeschielt hat, als wären wir gerade dabei, den wichtigsten Vertrag aller Zeiten zu besiegeln.

»Und?«, hat Scratch schließlich gefragt. »Bist du bereit?«

»Na klar!«, habe ich erwidert.

Obwohl ich Schiss vor dem Leben hatte.

Aber ich war schon immer ein vorlauter Wortklippenspringer.

Satzgrundtief im Aufprall.

Scratch hat sein zweites Bier ausgetrunken und anschließend ein Glas heiße Milch mit Honig für sich und eine Tasse dampfende Schokolade mit Marshmallows für mich bestellt. Dann haben wir unsere beiden Tische zusammengeschoben und einen Stapel Papier und eine ganze Tüte voll Kekse bestellt. Die Kellnerin hat uns beides gebracht, und Scratch hat sich mit einem Handkuss bei ihr bedankt, was beinahe in einem Ohnmachtsanfall ihrerseits geendet hätte.

Dann hat Scratch den iPod wieder eingeschaltet und mir noch ein paar textlose Lieder vorgespielt. Zwei Stunden später hatte ich neun Lyrics fertig, und Scratch war mein größter Fan.

»Kleine«, hat gesagt. »Was hast du die letzten Jahre gemacht?«

»Ich bin zur Schule gegangen«, habe ich erwidert.

»Mein Gott!«, hat Scratch gesagt. »Was für eine Verschwendung!«

»Bist du etwa nicht zur Schule gegangen?«, wollte ich wissen.

»Doch, klar«, hat Scratch geantwortet.

»Wie lange?«, habe ich gefragt.

»Neun Jahre«, hat Scratch stolz gesagt.

»Und dann?«, habe ich gefragt.

»Dann habe ich angefangen zu leben«, hat Scratch grinsend gemeint und begonnen, einen rasenden Beat auf die Tischplatte zu trommeln.

10

Du wirst schon sehen. Irgendwann.
Hinter der Nacht, in deiner Stille.
Irgendwo. Findet dich ein Wort.
An das du dich halten kannst.

Das erste Jahr als Songwriterin war ziemlich beeindruckend. Über Scratch hatte ich innerhalb von wenigen Wochen so viele Musiker kennengelernt, dass ich mich kaum noch vor Text-Anfragen retten konnte, und da sämtliche Singles und Alben der *Forced Detours* auf Anhieb die Spitze der Charts erreichten, war ich auf einmal viel zu reich und erfolgreich, als gut für mich war. Außerdem war ich das Mädchen, das Scratch, der unerreichbare Rockstar, ständig an seiner Seite haben wollte, und so kam ich gar nicht darum herum, mein Gesicht ständig in irgendwelchen Zeitschriften wiederzufinden, und darunter die ewigen Mutmaßungen darüber, ob wir nun zusammen seien oder nicht. Außerdem war ich die jüngste deutsche Songwriterin, die weltweit ihre Lieder am Start hatte, und so wollten mich auf einmal all die Menschen kennenlernen, die mich unter anderen Umständen keines Blickes gewürdigt hätten. Zwei Monate lang war ich jeden Abend auf irgendeiner

Party, eine Woche lang war ich ständig betrunken, in der selben Woche war ich mit irgendeinem Schauspieler zusammen, für dessen singende Ex-Freundin ich drei Songs geschrieben hatte, obwohl sie mich eigentlich nicht leiden konnte, weil mein Gehirn mehr Speicherkapazität als ihres besaß.

Ich traf mich mit zugekoksten Musikproduzenten, besoffenen Rockstars und überschminkten Glamoursternchen, obwohl ich meine Zeit lieber auf einer Wiese im tiefsten Wald oder auf dem Teufelsberg verbracht hätte. Wegen der Aussicht und der Stille. Aber berühmt sein ist wie eine Droge; man hüpft von einem glänzenden Scheinwerfer unter den nächsten und wird ganz benebelt von dem viel zu lauten Beifall, bis man schließlich so arrogant und einsam ist, dass man gar nicht mehr aufhören kann, berühmt zu sein, weil man sich nur noch über die Öffentlichkeit definiert und Gefahr läuft, einfach zu verschwinden, sobald man sich nicht mehr ständig in den Schlagzeilen wiederfindet. Ich weiß das, weil ich einen Monat lang damit beschäftigt war, von einem Fotoshooting zum nächsten zu rennen, nur um anschließend unzählige Interviews zu geben, während deren Verlauf ich feststellen musste, dass sowieso jeder zweite Satz von mir so verdreht wurde, dass der erste zwangsläufig seine Aussage und den Bezug zum Inhalt verlieren musste. Aber das war nur ein kleines Problem, das weitaus größere Problem war die Tatsache, dass einige Interviewpartner mit Vorliebe dazu übergingen, kurzerhand ihre Fragen umzudrehen, und zwar nachdem man sie beantwortet hatte, und schwupps war man Befürworter der Waffenpolitik oder ein Freiheitskämpfer der antisemitischen Extremradikalisten.

Also habe ich nach dem hirnrissigsten Interview aller Zeiten, in dem ich gefragt wurde, ob ich meine Songtexte benutzen würde, um eine versteckte politische Botschaft zu verbreiten und die Rechte der orthodoxen Kirche anzufechten, beschlossen, nie wieder irgendeine Frage von einem Journalisten zu beantworten. Und nachdem ich zur Genüge das Vorhandensein meiner Leber und das gekünstelte Froschgrinsen auf dem roten Teppich ausgetestet hatte, habe ich mich wieder zurück auf den richtigen Teppich geholt, und mir hoch und heilig geschworen, dort zu bleiben. Doch weil mein Vertrauen in mich selbst und in meine Versprechungen eher gering war und weil ich panische Angst davor hatte, dass ich doch noch abheben und wie mein herrsch- und geldsüchtiger Vater enden könnte, habe ich Landon die Hälfte all meiner Einnahmen abgegeben. Er wollte das Geld nicht haben, aber ich habe so lange herumargumentiert, bis er grummelnd ein neues Konto eingerichtet und das Geld immerhin angenommen hat, auch wenn er es nicht ausgeben wollte.

»Du hast in den letzten Jahren alles für mich bezahlt und teilst immer noch deine Wohnung mit mir, obwohl das gesamte Badezimmer mit meinen vier verschiedenen Shampoosorten, neunundvierzig Zopfgummis, dreizehn Cremes, fünfzehn Lippenstiften und all dem anderen Kram zugemüllt ist«, habe ich gesagt, während wir zusammen in der Küche standen, um Gemüse für einen Auflauf zu zerschnippeln. »Außerdem durfte ich meine Zimmerwände hellblau streichen, obwohl man eh nichts davon sieht, weil ich alles mit Worten und Buchstabenbruchstücken beklebt habe; und dass ich schon fünfmal die blöde Geschirrspülmaschine kaputt gekriegt habe, hat dich auch nicht gestört. Dafür möchte ich mich gerne bedanken.«

»Das mit der Geschirrspülmaschine war nicht deine Schuld«, hat Landon erwidert. »Die ist auch schon ständig kaputtgegangen, bevor du bei mir eingezogen bist. Und dass dein Zimmer aussieht wie der Worthimmel, finde ich sehr schön.«

»Ja, aber trotzdem«, habe ich gesagt. »Ich möchte mich erkenntlich zeigen. Und außerdem will ich nicht so viel Geld haben, sonst fange ich noch an, Bundesschatzbriefe zu kaufen wie mein Dad.«

Da hat Landon geseufzt und mir ein Stückchen Paprika in den Mund geschoben, damit ich endlich still bin. Ich habe brav gekaut, und Landon hat gesagt: »Cherry, du zeigst dich weitaus mehr erkenntlich, wenn du ein gutes Leben führst und dich weiterhin von Drogen, Alkohol und Rasierklingen fernhältst.«

»Ich passe auf mich auf«, habe ich mürrisch erwidert und den letzten Rest der Paprika heruntergeschluckt. »Das siehst du doch.«

»Ja«, hat Landon gesagt und eine Selleriestange zerlegt. »Das sehe ich. Aber seit du mit all diesen Rockmusikern zusammenarbeitest, benutzt du mehr Schimpfwörter als je zuvor, und es waren schon immer zu viele. Und auch wenn du mittlerweile so erfolgreich für viele Künstler schreibst, solltest du dir Gedanken darüber machen, ob du nicht trotzdem noch studieren möchtest oder wenigstens ein paar Kurse an der Volkshochschule belegst. Einfach nur, damit du auch andere Dinge kennenlernst oder zur Abwechslung mal wieder ein paar tiefgründige Bücher zu Gesicht bekommst.«

»Ich bin gerne unwissend«, habe ich pampig entgegnet und angefangen, sämtliche Zutaten für die Soße in eine Schüssel zu werfen und anschließend so heftig zu verrühren, dass die Hälfte der Eiermasse über den Tisch geschwappt ist.

»Hey!«, hat Landon gesagt und seinen Ärmel gerade noch rechtzeitig vor der Flut gerettet. »Pass doch ein bisschen auf.«

»Ich war's nicht«, habe ich erwidert. »Die Schüssel ist kaputt. Und außerdem muss ich nicht in eine Volkshochschule gehen, denn ich lese massenhaft Jugendbücher, und die haben wesentlich mehr Tiefgang als all die Bücher für Anzugträger mit ihren Bildungskrawatten und Einbildungsmänteln. Das liegt daran, dass junge Menschen sich auf den erdigen Boden setzen und anfangen, in die Tiefe zu graben, während Erwachsene lieber ein Bauunternehmen beauftragen oder ihren Gärtner auf Schadensersatz verklagen.«

»Cherry«, hat Landon, der geduldigste Mensch auf der Welt, gesagt und mir einen Lappen zugeworfen, damit ich die Sauerei beheben konnte. »Ich weiß, wie gut du mit Worten umgehen kannst, und ich weiß auch, dass du jeden Tag zwei Bücher liest, nur weil du immer noch einen Gedankenkrieg gegen deinen Vater führst. Aber ich meine es wirklich ernst, du musst dich zusammenreißen – ich sehe doch, dass du ständig an deinem Arm herumkratzt, und das hast du früher immer gemacht, bevor du angefangen hast, dir Rasierklingen zu kaufen.«

Na toll. Ich war durchschaut, bevor ich überhaupt angefangen hatte, wieder in meine alten Verhaltensschnittmuster zurückzuverfallen. Einen Moment lang habe ich mich ernsthaft gefragt, ob Landon einfach über mein Hirn hinweg in meine aufsässige Seele blicken konnte.

»Ich bemühe mich doch!«, habe ich schließlich gesagt und angefangen den Tisch zu wischen, während Landon die Soße neu gemacht hat.

»Ja«, hat er erwidert. »Das weiß ich, Cherry. Ich wollte dir auch nur sagen, dass ich immer noch Augen und Ohren habe und dass mir sehr wohl aufgefallen ist, dass du dich in den letzten Monaten ständig so aufgeführt hast wie an dem Tag, an dem du von zu Hause abgehauen bist.«

»Das war im Winter«, habe ich im verteidigungsbereiten Ton erwidert. »Jetzt ist Sommer. Das kannst du nicht miteinander vergleichen.«

Da hat Landon wieder geseufzt.

»WAS!?«, habe ich unwirsch gefaucht.

»Aber kalt ist dir doch«, hat Landon erwidert.

Und damit hatte er natürlich recht. Ich schätze, sein durchdringender Blick ist schon immer quer durch meine Verfassung geschossen und hat die Einzelteile meiner Gefühlsmechanismen erkannt. Sogar ganz am Anfang, in den ersten Wochen, in denen ich bei Landon gewohnt habe, hat er mehr von mir verstanden als jeder andere Mensch. Er hat mich dazu gebracht, weniger achtlos über dreispurige Schnellstraßen zu laufen und mindestens zweimal am Tag etwas zu essen.

Achtsamkeit war ein veralteter Begriff in meinem Wortschatz.

Aber Landon hat ihn zurück in die Zeit geholt.

Und seitdem weiß ich, dass ein Mensch auf dieser Welt immer für mich da sein wird, ganz egal, wie viel Schwachsinn ich mache. Ob ich nun abhebe, wegdrifte oder zugedröhnt durch die Straßen ziehe, Landon wird niemals einfach nur danebenstehen und sagen: »Mach doch, was du willst. Das ist dein Leben. Verschwende es, wenn du magst, wirf es weg, wenn du nichts damit anzufangen weißt. Was auch immer du willst, das ist deine Entscheidung.«

Nein. Das würde Landon niemals zu mir sagen. Denn er weiß ganz genau, dass ich nicht weiß, was ich will, wenn ich mein Leben nicht mehr will. Und wie könnte ich entscheiden, was ich will, wenn ich keinen Willen habe?

Es geht nicht.

Eine Selbstverfehlung trifft man selten an.

Um ein Gespräch unter vier Augen mit ihr führen zu können.

Und deshalb braucht man in solchen Momenten einen Menschen wie Landon, der mutig und ausdauernd genug ist, einen fremden Willen zu vertreten, ohne ihn zu beherrschen oder zu bevormunden. Das ist eine Kunstform. Denn es ist ganz bestimmt nicht leicht, auf ein Mädchen wie mich aufzupassen. Und im Grunde genommen geht es auch gar nicht darum, auf mich aufzupassen, sondern viel eher darum, mir dabei zu helfen, auf mich selbst aufpassen zu können.

Denn wenn ich das nicht eines Tages lerne.

Werde ich nie ein vollständiger Mensch sein.

»Cherry«, hat Landon schließlich noch hinzugefügt, als der Auflauf endlich im Ofen und der Tisch wieder halbwegs trocken war. »Irgendwann musst du damit aufhören, wütend auf die ganze Welt zu sein, du kannst das Leben nicht für immer hassen.«

»Verdammt, Landon, es geht mir gut!«, habe ich gelogen und ein Geschirrtuch nach ihm geworfen. »Sieh mich an, ich schreibe meine Texte, und nur ein paar Monate später sind sie on air! Du brauchst doch nur das Radio anzumachen, und schon hörst du meine Worte: *I am alright, yeah, I am all write, these words will not surrender!* Verstehst du? Ich bin okay! *I have the tunes to tune up this life.*«

Landon hat das Geschirrtuch, ohne mit der Wimper zu zucken, aufgefangen. Dann hat er es zurück an den Haken gehängt, an den es gehört. Und schließlich hat er gesagt: »Aber die Hintergrundmusik reicht nicht aus, Cherry. Ich sehe dein Talent, ich höre deine Songs – aber ich sehe auch, wie du vor dich hin ins Leere starrst, und ich höre es, wenn du nachts in deinem Zimmer hin und her wanderst, weil du nicht schlafen kannst. Du bist definitiv *all write,* aber ob du wirklich *alright* bist, daran zweifele ich. Und auch Sophia macht sich große Sorgen um dich. Sie muss zwar zurzeit viel arbeiten, aber jedes Mal, wenn wir uns sehen, fragt sie als Erstes nach dir.«

»Das braucht sie nicht«, habe ich erwidert. »Es geht mir hervorragend.«

Landon hat einen Moment lang so ausgesehen, als würde er am liebsten ein weiteres Mal seufzen. Aber dann hat er einfach nur schweigend seinen Kopf geschüttelt und mir einen dieser Blicke zugeworfen, denen man nicht standhalten kann, egal wie stur und augenblicklich man ist.

Der Backofen hat vor sich hin gebrummt. Die Geschirrspülmaschine hat ein Geräusch von sich gegeben, das ganz danach klang, als würde sie bald endgültig ihren Geist aufgeben, und weil ich nicht wusste, was ich sagen sollte, habe ich einfach einen meiner Songtexte zitiert.

It is not a day that leaves to be over
I am still ashamed to stay with me
The night is cruel and hard to surrender
I am not the girl I wanted to be

Your hand leaves scars on my un-existence.
As if it matters: I know, you don't care
I am just trying to escape from these feelings
Look out, I am not even there

Landon hat mich nachdenklich angesehen.
 Und ich habe zu Boden geblickt.
 Schließlich hat er die erste Zeile übersetzt: »Es ist kein Tag, der geht, um vorbei zu sein.«
 »Ja«, habe ich erwidert. »Es ist ein Tag, der geht, aber im Nachhall für immer bleiben wird. Es gibt solche Tage.«
 »Und wie geht der Text weiter?«, wollte Landon wissen.
 Ich habe das Radio eingeschaltet. Eigentlich war es nur ein Witz, aber genau auf diesem Sender kam gerade das Ende von genau diesem Lied.

Whatever it takes to break through the silence
I will find a way, to finally hear
There is not a word I never did whisper
There is not a sound I would ever fear

11

Wie verworren sie um dich verhandeln. Die Stimmen deiner abgründigen Gebiete. Wie sie dich zerteilen im Gleichklang ihrer vorherrschenden Schatten. Wie sie an dir zerren und reißen; nur damit Schweigen deinen Mut bricht und du aufhörst, Angst und Verstörung in kämpfende Sätze zu wandeln.
Und dort, in deinem dämmernden Verstand, der Einbruch der einbrechenden Mittagsstunden. Da erinnerst du dich an den letzten Frühling: Um dich herum sterben Löwenzahnblumen. Ein Windhauch genügt, und sie stehen nackt da; ein Mensch reicht aus, und sie liegen zertrampelt am Boden.
Aber sie kommen wieder, mitten aus dem Asphalt, umgeben von Autoabgasen und achtlosem Gewimmel, jedes Jahr. Pusteblumen. Die Kinder nennen sie tanzende Feen in Zauberkleidern.
Aber irgendwann sind alle Feen weg.
Und dann stehen da nur noch die kahlen Stengel.

Ein paar Monate später, mit achtzehneinhalb Jahren, bin ich schließlich ausgezogen. Das lag hauptsächlich daran, dass ich es irgendwie geschafft hatte, die Geschirrspülmaschine ein neuntes Mal zu schrotten, und während ich dann endlich losgezogen bin, um eine neue zu kaufen, und schließlich dabei war, die Lieferunterlagen auszufüllen, ist mir auf einmal eingefallen, dass ich mittlerweile alt genug sein sollte, um alleine sein zu können. Plötzlich wollte ich furchtbar dringend einen Mietvertrag unterschreiben und eine eigene Anschrift besitzen, ich wollte in einer eigenen Wohnung zu Hause sein, mit schneeweißen Wänden und hellem Parkettboden, mit einem Badezimmer inklusive Fußbodenheizung und einem zweiten Badezimmer mit Whirlpool und einer riesigen Küche und einem noch riesigeren Schlafzimmer mit einem begehbaren Kleiderschrank. Ja. Ich wollte all den Kram, den ausgewachsene Mädchen und unerwachsene Frauen brauchen, um ewig jung zu bleiben. Also habe ich mir eine Wohnung gesucht, ganz in der Nähe vom Grunewald, irgendwo dort, wo nachts die Kaninchen durch die Gegend hoppeln und hin und wieder ein Fuchs durch die Straßen streift, auf der Suche nach einer warmen Motorhaube, auf der er sich ein bisschen ausruhen kann. Dort, wo ich mich auskannte. Weil ich schon mein halbes Leben in diesem Teil von Berlin verbracht habe.

»Bist du dir sicher, dass du alleine klarkommen wirst?«, hat Landon nachdenklich gefragt, als wir gemeinsam die letzte Umzugskiste in meine neue, viel zu große Wohnung geschleppt hatten.

Ich habe genickt. Obwohl ich mir nicht einmal sicher war, ob ich den Tag überstehen würde. Denn irgendwann, zwischen Hochsommerhitze und Herbstblätterabfall, hatten sich nebelige Gedanken in meinem wortüberlagerten Gehirn angesammelt, und auf einmal schienen mir Songtexte nicht mehr ausreichend Lebensinhalte und Existenzgründe zu liefern.

»Das hellblaue Zimmer in meiner Wohnung wird trotzdem immer dein Raum bleiben«, hat Landon gesagt und mich zum Abschied in den Arm genommen. »Du kannst jederzeit vorbeikommen, und wenn du Hilfe oder jemanden zum Eisessen brauchst, dann ruf mich einfach an.«

»Danke«, habe ich erwidert und den Kloß in meinem Hals ein paar Zentimeter weiter nach unten gewürgt.

Es hat sich angefühlt, als würde ich nach Panama oder Australien auswandern, dabei bin ich nur ein paar Blocks weiter gezogen. Außerdem besaß ich weiterhin einen Schlüssel zu Landons Wohnung, und wir hatten abgemacht, jeden Sonntag zusammen mit Sophia zu brunchen, es sei denn, ich würde mit Scratch und seiner Band auf Tour sein. Das hatte ich in den letzten Monaten einige Male gemacht, und es hatte sich immer gut angefühlt, unterwegs zu sein, auch wenn die Musik zu laut und die Abende zu lang waren. Außerdem war der Tourbus jedes Mal definitiv überfüllt gewesen, aber Scratch konnte ja nirgendwo hinfahren ohne seine gesamte Gitarrensammlung, eine Kiste voll mit Kapodastern, ein Bonbon-Glas voll mit Glücks-Plektrons, drei Koffer voll zerrissener T-Shirts und fünf Kästen SWAT[*] alkoholfrei (weil das der einzige Stern ist, an den Scratch glaubt), und natürlich ging auch nichts ohne das mobile Kaninchengehege von Zachareus.

Wir waren gerade erst kreuz und quer durch ganz Deutschland gebrettert, und während die Jungs ihre Abende *on stage* verbracht hatten, war ich unzählige

Male durch die unterirdischen Gänge der Backstagebereiche gewandert und hatte versucht, die unleserlichen Kommentare an den beschmierten Wänden der Proberäume zu entziffern. Bei meinen Lieblingssongs war ich immer zurück zur Bühne geschlendert und hatte vom Backstagerand aus zugesehen, wie Scratch mit einem halben Akkord den ganzen Saal zum tobenden Stillstand bringen konnte. Und wenn die hüpfenden und kreischenden Massen kurz darauf anfingen, vor Begeisterung meine Worte mitzusingen, während Scratch das Mikro in den offenen Raum hielt, war es fast schon ein bisschen so, als würde ich auch dazugehören.

Zu dieser lauten, lauten Welt.

Ja, es war schön, unterwegs zu sein mit Scratch, diesem verrückten Soundcruiser. Wir saßen nach den Konzerten bis zum Morgengrauen auf irgendwelchen Parkmauern oder in schummerigen Bars herum und teilten uns Gummibärchen und Lakritzschnüre, bis einer von uns Bauchschmerzen oder Schluckauf bekam. Scratch philosophierte sich währenddessen einmal quer durch die Geschichte und wieder zurück, ich stopfte seine Gedanken in achtsam zusammengekritzelte Songtexte, und wenn wir schließlich todmüde in unsere Hotelzimmer wankten, hatte der neue Tag fast schon begonnen. Wir wachten erst wieder auf, wenn die anderen *Forced Detours*-Mitglieder an unsere Türen hämmerten, weil der Tourbus vorgefahren war und in naher Ferne bereits eine neue Stadt auf uns wartete.

Scratch erzählte mir zwischen Berlin und München ganz nebenbei sein halbes Leben. So erfuhr ich, dass er das Ergebnis einer durchtriebenen Nacht war, aus einer

Zeit, in der seine Mutter etwas neben der Spur gewesen ist. So hat er es jedenfalls ausgedrückt. Und dann hat er mir davon erzählt, dass seine Mutter kurz nach seiner Geburt nach Neuseeland ausgewandert ist, während er bei seinem Vater in Kreuzberg bleiben musste.

»Wir haben uns seitdem nie wieder gesehen«, hat Scratch mir achselzuckend berichtet, während links von uns ein umgestürzter Lastwagen im Autobahngraben vorbeizog und rechts eine sturmverlorene Windmühle in der Gegend herumstand. »Aber sie ruft immer am ersten Tag eines jeden Monats an und fragt mich, wie es mir so geht.«

»Und was sagst du dann?«, habe ich gefragt.

»Gut«, hat Scratch erklärt und sich auf den schwarzen Ledersitzen des Tourbusses gerekelt, als gäbe es kein angenehmeres Thema als seine abtrünnige Mutter.

»Nur *gut,* sonst nichts?«, habe ich nachgehakt.

»Ja«, hat Scratch erwidert. »Was würdest du denn sagen?«

Mir ist nichts Sinnvolles eingefallen.

Also habe ich geschwiegen.

»Siehst du«, hat Scratch gesagt. »So ist das mit den Worten, wenn man sie dringend braucht, sind sie alle weg. Also, vergiss den Scheiß, den dein gestörter Buchhasser-Vater dir eingetrichtert hat! Das Leben ist zu kurz für Nebensätze.«

Ja. Damit hatte er wahrscheinlich recht.

Scratch wusste viel über das Leben.

Das hat man schon an seinen zerfetzten Rockstar-T-Shirts gesehen, auf die er mit seiner krakeligen Schrift Sprüche wie *There is no eye in team. Everyone is blind!* geschrieben hatte.

Ich war mit Scratch durch Mittelamerika getourt und durch England, und wenn ich Lust dazu hätte, dann könnte ich demnächst auch mit nach Schweden und Norwegen fahren. Scratch hatte mir sogar angeboten, eine Gitarre weniger einzupacken, falls ich im Gegenzug dafür mitkommen würde. Es schien ihm also wirklich ernst mit mir zu sein, denn für Scratch waren Gitarren nicht einfach nur Musikgrundlage, sondern alles, was man in den Händen halten kann, um einen Klang weiterzutragen, der es verdient hat, gehört zu werden. Wir waren zwar kein Paar, und ich hatte ihm in den letzten Monaten mindestens fünfzig Mal erklärt, dass wir auch niemals eines werden würden, aber Scratch hatte es nicht aufgegeben, alle zwei bis drei Wochen nachzufragen, ob ich mich nicht doch endlich umentschieden hätte. Doch das hatte ich bisher nicht getan, und da die *Forced Detours* keine anstehenden Konzerte hatten, waren wir in diesem Herbst alle in Berlin, und Scratch rief mich jeden Tag an, um mir ein paar Songs vorzuspielen oder mich in unser Insider Trash Café zu einer Marshmallow-Schokolade und einer Tüte Kekse einzuladen.

Ich habe meistens zugesagt.

Obwohl ich nicht wusste, warum.

Eigentlich war ich lieber alleine als umgeben von Menschen. Und ich hatte auch keine Ahnung, warum ich ausgerechnet in der Nähe eines so lauten und aufgedrehten Typs wie Scratch meine Stille finden konnte, um Texte zu schreiben und halbwegs sicher durch die Zeit zu taumeln. Aber wahrscheinlich war ich einfach fasziniert von der Art, wie er sich wiedergefunden hat, in jedem Lied, das er komponiert und kurz darauf auf die Bühne gebracht hat. Außerdem war er mit Sicherheit der einzige Rockstar weit und breit, der in jeder Konzertpause raus zum Tourbus gerannt ist, um nachzusehen, ob mit seinem Hasen alles okay ist. Es war total absurd, wir hatten sogar eine Biokarotten-Tourkiste, die direkt neben der Tonne mit den Kuscheltieren stand, die Scratch manchmal von seinen hysterischen weiblichen Fans an den Kopf geworfen bekam. Am Ende jeder Tour machten wir spät am Abend noch einen Abstecher zu einem der Berliner Kinderheime, und Scratch hatte dann jedes Mal eine riesige Freude daran, die Tonne vor der Tür abzustellen, Sturm zu klingeln und abzuhauen, bevor irgendwer herausfand, dass die Kuscheltiertonne aus dem *Forced Detours*-Tourbus stammte.

Scratch und ich hatten während der Fahrten immer nebeneinandergesessen. Und ich mochte es, wie er stundenlang ohne Pause irgendwelche Geschichten erzählen konnte, nur um mittendrin plötzlich zu rufen: »Hey! Daraus kann man einen Sound machen. Kannst du das auch sehen? Wie der Sound durch die Bilder fetzt!?«

Dann ist Scratch jedes Mal aufgesprungen, hat sich eine seiner Gitarren geschnappt und unseren Tourbusfahrer Mike angebrüllt, er solle mal kurz die fucking Musik lautlos stellen, damit es Klangraum für die echten Beats gäbe. Am schlimmsten war es, wenn Mike und die anderen Jungs sich ein Hörspiel angeworfen hatten und Scratch immer genau an den spannendsten Stellen, wenn gerade mal wieder jemand abgeschlachtet oder eine Leiche ans Ufer geschwemmt wurde, gebrüllt hat: »*YEAH! Fuck! That's the art of dying!*« Und dann hat er sich natürlich sofort seine Gitarre geschnappt und angefangen, ein Lied über den einschlagenden Tod im vollbesetzten Tourbus zu arrangieren. Nur wenn wir uns gemeinsam Filme ansahen, um die längeren Strecken zu überbrücken, war Scratch jedes Mal ganz still. Das lag hauptsächlich daran, dass Scratch immer kotzübel wurde, wenn er sich während der Fahrt auf einen Bildschirm konzentrieren wollte, und deshalb schloss er lieber seine Augen und schlief ein, als später grün im Gesicht auf die Bühne wanken zu müssen.

Ja, Scratch hatte etwas an sich – nicht zuletzt das Talent, sich selbst und seine Fehler mit so viel Humor darzulegen, dass man ihm nicht böse sein konnte, wenn er wieder einmal der Letzte war, der am Morgen in der Hotellobby auftauchte, während wir anderen schon seit einer Stunde neben unseren Koffern herumlungerten und endlich in die nächste Stadt wollten. Und auch seine Fans nahmen es ihm nicht übel, wenn er ein zehnminütiges Gitarrensolo für den abtrünnigen Weltfrieden zwischen seine ohrenbetäubenden Rocksongs schob, nur um anschließend zum allgemeinen Streik gegen den Valentinstag aufzurufen.

So war Scratch.

Und es war schön, ihn zu kennen.

»Wirst du klarkommen?«, hat Landon ein zweites Mal gefragt und mich mit seiner Stimme aus den Scratch-Gedanken zurück in meine neue Wohnung gezogen.

Er stand schon im Türrahmen, eine Hand auf der Klinke, und ich wusste, dass er gleich weg sein würde.

»Ja«, habe ich gesagt. »Ich bin der selbständigste Mensch auf der Welt. Meine Bodenhaftung ist unumstößlich.«

»Soso«, hat Landon gemeint und mich kopfschüttelnd angesehen. Es war klar, dass er direkt durch meine wankelmütigen Gedanken bis hin zu meinen sorgfältig getarnten Fehlern blicken konnte. Aber er hat nichts gesagt. Und er hat mir auch nicht widersprochen, wahrscheinlich weil er ganz genau wusste, dass ich genauso gut wie er weiß, wann ich lüge und wie sehr. Dafür sah er irgendwie traurig aus, und ich war mir nicht ganz sicher, ob das daran lag, dass er mich vermissen würde, oder eher daran, dass er sich immer noch ständig Sorgen um mich machen musste.

Nach all den Jahren.

In denen ich hätte lernen können.

Ein zurechnungsfähiger Mensch zu sein.

»Hey, jetzt freu dich mal!«, habe ich schließlich aufmunternd gesagt, dabei war ich noch zehnmal betrübter als Landon. »Immerhin kann Sophia jetzt endlich bei dir einziehen, bisher hat sie sich ja nicht getraut, weil du dieses ungezähmte Teenagermonster in deinen vier Wänden herumtoben hattest. Ihr spart bestimmt eine unglaubliche Summe an Telefonkosten.«

»Also, ganz sooooo schlimm warst du nun auch wieder nicht«, hat Landon müde grinsend entgegnet. »Du warst sogar ein ziemlich friedlicher Teenager – ein bisschen trotzig vielleicht.«

»Ich bin nicht trotzig!«, habe ich eingeschnappt erwidert.

»Und nachtragend bist du übrigens auch«, hat Landon hinzugefügt.

»Das vergesse ich dir nie!«, habe ich gefaucht und ihn angeschubst.

Landon hat mich zurückgeschubst. Und dann hat er

mir einen sanften Kuss auf die Wange gegeben, mich ganz fest an sich gedrückt und leise gesagt: »Pass auf dich auf, Cherry.«

Ich habe genickt.

Landon hat mir zugelächelt.

Und ich habe zurückgelächelt.

Fünf Minuten später war ich alleine in meiner Wohnung. Sechs Minuten später habe ich mich an einem Atemzug verschluckt. Sieben Minuten später war ich einsam. Acht Minuten später war mir schlecht. Neun Minuten später habe ich den Geist meiner Mutter auf dem Küchenfensterbrett herumturnen gesehen. Und zehn Minuten später habe ich angefangen, die mit »Kleidung« beschrifteten Umzugskartons aufzureißen, weil ich irgendwo zwischen meinen Socken eine Packung Notfallrasierklingen versteckt hatte.

Und das hier war ganz offensichtlich ein Notfall.

So dringend sterben.

Wie an diesem Tag.

Wollte ich noch nie.

Dabei war gar nichts Außergewöhnliches passiert. Abgesehen von dem Geist vor meinem Fenster, aber das Problem hatte ich öfter. Es war wie eine Gehirnumpolung: Ein paar umgelegte Gedankenschalter, und schon verstellen sich ein paar Weichen, was wiederum dazu führt, dass jeder Entscheidungszug ohne Zwischenhalt auf den Abgrund umgelenkt wird.

In der ersten Kleidungskiste waren meine Frühlingskleider. In der zweiten Kleidungskiste waren meine Sommerkleider. In der dritten Kleidungskiste waren meine Winterpullover. Und in der vierten Kleidungskiste waren die Socken und ganz unten eine Packung Rasierklingen.

Ich wäre vor Erleichterung fast gestorben. Und es hat keine zwei Minuten gedauert, da hatte ich mir die Pulsader meiner linken Hand aufgeschnitten und wäre tatsächlich fast gestorben. Es war ziemlich abartig. Ich hatte vorher gar nicht gewusst, wie viel Blut aus einem Arm sprudeln kann; und wie mein Arm von innen aussieht, wollte ich eigentlich auch nie herausfinden. Im ersten Moment war da nur ein riesiger Schnitt, kein Blut, nur die auseinanderklaffende Wunde, und irgendwie war da gelbes Zeug und irgendetwas Weißes. Aber dann war plötzlich alles rot, mein Arm, meine Hand, meine Kleidung und schließlich sogar der Fußboden.

Zehn Sekunden später.

Habe ich das Ganze bereut.

Aber rückgängig machen kann man so etwas nicht. Und deshalb sollte man sich wirklich, wirklich sicher sein – ob man wirklich nicht mehr weiter will. Oder ob man vielleicht doch lieber leben will. Und wenn man beides will, dann sollte man sich für das Leben entscheiden, denn im Zweifelsfall kann man sich später immer noch von einer Autobahnbrücke stürzen.

Alles war voller Blut. Einfach alles.

Man braucht zwar eimerweise Farbe, um ein einziges beschissenes Zimmer zu streichen; aber man braucht nur einen aufopferungsbereiten Arm, eine Rasierklinge und etwas Koordinierungsvermögen, um eine ganze Wohnung mit roten Tropfen zu verzieren.

Mir war schlecht von dem metallischen Geruch.

Ich hatte einen seltsam bitteren Geschmack im Mund.

Und ich wollte nicht sterben, nicht umgeben von Umzugskisten, in meiner frisch renovierten Wohnung, zwischen den neuen Möbeln und den alten Fehlern. Also habe ich mir mit zittrigen Fingern ein Handtuch auf meinen Arm gepresst und es irgendwie geschafft, Scratch anzurufen, ohne dabei mein Handy in einem Blutfluss zu ertränken. Nach dem zweiten Klingeln hat Scratch endlich abgenommen, und im Hintergrund konnte ich Zachareus an einer Möhre herumknabbern hören. Es war merkwürdig, wie schön dieses Geräusch klang. So lebendig hatte ich mich seit einer Ewigkeit nicht mehr gefühlt, dabei war es nur ein Kaninchen mit seiner Möhre.

»Hey, Cherry«, hat Scratch fröhlich gesagt. »Was geht?«

»Ich habe meine Pulsader aufgeschnitten«, habe ich geantwortet.

»Du hast was!?«, hat Scratch ins Telefon gerufen.

»Ich habe meine Pulsader in zwei Teile zerlegt«, habe ich wiederholt.

»Wann?«, hat Scratch entsetzt gefragt.

»Jetzt gerade«, habe ich gesagt. »Ich glaube, ich verblute.«

»AHHH!«, hat Scratch gebrüllt. »Komm sofort runter! Ich bin in zwei Minuten da und fahre dich ins Krankenhaus!«

Dann hat er aufgelegt.

Ich habe mein Handy angestarrt und versucht zu begreifen, wie Überleben funktioniert und wie beschissen es sich anfühlt, wenn man es nicht schafft. Obwohl ich eigentlich immer geglaubt hatte, dass Sterben gar nicht so schlimm ist. Klar, es tut weh und es ist traurig und man weiß, man muss für immer Abschied nehmen. Aber in dem Moment, in dem es wirklich zu Ende geht, in dem Moment, in dem man weiß, jetzt ist es gleich vorbei, da verschwindet die Angst.

Und auf einmal wird alles ganz still und ruhig.

Jedes Geräusch fühlt sich sanft an, und die letzten Atemzüge sind nicht staubtrocken und leer, sie sind warm und flüsternd. Vielleicht weint man ein bisschen, vielleicht aber auch nicht. Vielleicht denkt man ein letztes Mal an jeden Menschen, den man geliebt hat, und vielleicht vergisst man dabei all die, die einen gehasst haben.

Und dann. Dann schließt man seine Augen. Und kommt irgendwo an.

Aber vielleicht. Ganz vielleicht.

Ist es auch ganz anders.

Meine Hände haben angefangen zu zittern, also habe ich das Handy fallen gelassen und bin gegen die nächstbeste Wand getaumelt. Einen Moment lang wollte ich einfach auf den Fußboden sinken und aufgeben. Aber dann ist die Welt auf mich zugerannt und so heftig gegen mein Gehirn gestoßen, dass ich aufgewacht bin. Nicht aus diesem Alptraum, aber aus der Todesstarre, die mich umklammert hat. Also habe ich mich zusammengerissen und bin losgelaufen. Ich hatte nur ein kurzes Kleid an, welche Farbe es einmal gehabt hatte, wusste ich nicht mehr.

Jetzt war es rot.

Aber das war egal.

Also bin ich barfuß und mit nackten Beinen zu meiner Wohnungstür hinausgetappt, durch das Treppenhaus gewankt und kurz darauf auf der Straße angekommen. Zwanzig Sekunden später ist tatsächlich Scratchs Wagen angerauscht gekommen, das hatte ich der praktischen Fügung zu verdanken, dass seine Wohnung nur vier Häuser rechts von meiner lag. Und weitere zwanzig Sekunden später hatte Scratch mich auch schon auf dem Beifahrersitz verfrachtet und ist mit einem atemberaubenden Tempo durch die Stadt gedüst, während er die ganze Zeit über irgendetwas vor sich hin gemurmelt hat, von dem ich kein Wort verstanden habe.

Nach der ersten roten Ampel ist mir schwindlig geworden.

Nach der zweiten roten Ampel war mir wintereiskalt.

Nach der dritten roten Ampel stand meine Mutter vor mir.

Und nach der vierten roten Ampel bin ich ohnmächtig geworden.

Von da an habe ich logischerweise nichts mehr mitbekommen, aber ich weiß, dass Scratch es geschafft hat, im Krankenhaus anzukommen, ohne ein Unfallchaos auf den Straßen anzurichten. Dort hat er mich dann aus dem Auto gezerrt, auf seine Arme gehoben und zurück ins Leben getragen.

Wahrscheinlich hatte ich es seinem charmanten Lächeln zu verdanken, dass sich alle Krankenschwestern und Ärztinnen sofort auf uns gestürzt und alles darangesetzt haben, mich zu retten. Sogar die Chefärztin ist aufgekreuzt, sie hat mich wieder zusammengeflickt und mir eine Blutkonserve verabreicht, obwohl die eigentlich für Menschen gedacht sind, die sich nicht freiwillig die Arme zerschnippeln.

Vielleicht hätte ich es verdient zu sterben.
Als Strafe für den Todesübermut.
Aber mein Herz hat weitergeschlagen, und meine Pulsader hat sich wieder zusammengerauft. Irgendwie schien die Zeit mich behalten zu wollen, dabei lagen wahrscheinlich genug andere Mädchen im Sterben, die viel mehr Recht auf ein Leben hatten als ich. Aber wie definiert man das Recht davonzukommen, und woran misst man ein Menschenleben? Zusammengezählt sind wir immer mehr als alleine, aber jeder Einzelne von uns zählt; und wenn man zu sehr berechnet, dann verliert man sowieso jeden unbegrenzten Wert.
Das waren die Gedanken in meinem Kopf.
Als ich dachte, ich würde sterben.
Aber ich habe überlebt.
Scratch hat währenddessen im Wartezimmer gesessen, dreiundvierzig Autogramme gegeben, zehn Becher Kaffee getrunken, fünf Marsriegel verdrückt, drei Tüten Chips gegessen und vor Unruhe angefangen, einen abgedrehten Song nach dem anderen zu schreiben.

12

Du kennst deine Welt nur ungestüm. Dein Dasein ist immer auf der Flucht, mit einer unglaublichen Geschwindigkeit stürzt es hastig von einem Ort zum nächsten.
Ein Blinzeln. Und schon ist es verschwunden.
Ein Atemzug. Und alles zieht an dir vorbei.
Aber sieh nur.
Auf der Sommerwiese steht ein Baum mit goldroten Blättern.
Im Winter, mitten im Schnee, beginnt ein neuer Frühling.
Dem Herbst entgegen fällt ein unbeschriebenes Blatt.
Und dort hinten, zwischen deinen nahtlosen Gedankenlücken, lauert das längst vergangene Schweigen, dem du hinterherblickst, als würde es irgendwann zurückkommen und für immer bleiben.
Hier. In dieser Fremde. Erkennst du deinen Raum.
Dort bist du zu Hause.

»Scheiße!«, war das Erste, das Scratch zu mir gesagt hat, als ich ein paar Stunden später meine Augen wieder aufgeklappt habe.

»Scheiße!«, war das Zweite, das er zu mir gesagt hat,

nachdem ich meine Augen einmal durch das Krankenhauszimmer hatte wandern lassen.

»Scheiße!«, war das Dritte, das er zu mir gesagt hat, während ich langsam kapiert habe, was geschehen war.

»Was machst du nur für Sachen?«, war der erste vollständige Satz, den Scratch schließlich zu mir gesagt hat.

Dann hat er seine tätowierten Rockstar-Arme um meinen Hals geschlungen und mich so heftig an sich gepresst, dass ich kurz darauf angefangen habe zu husten, weil ich keine Luft mehr bekommen habe.

»'tschuldigung«, hat Scratch gesagt und mich wieder losgelassen.

Dann hat er angefangen zu weinen.

Dabei weinen Rockstars nicht.

Dachte ich.

Scratch hat endlich aufgehört zu weinen. Dann hat er sich die Nase geputzt und zwei Marsriegel aus seiner Tasche gezogen. Er hat sie beide ausgepackt und mir den einen davon in den Mund geschoben, so dass ich ein Stück davon abbeißen musste, obwohl ich weder Hunger noch Appetit hatte.

»Das ist mein sechstes«, hat Scratch erklärt, während er den anderen Riegel mit drei Happen verschlungen hat.

Dann hat er mir noch einmal mein Mars vor die Nase gehalten und so lange gewartet, bis ich einen zweiten Bissen davon genommen hatte. Mein Mund war so trocken, dass ich ihn kaum bewegen konnte, aber ich habe gekaut und gekaut und schließlich geschluckt, damit

Scratch nicht mehr so traurig ist. Aber als er mir den Riegel zum dritten Mal hingehalten hat, habe ich meinen Kopf geschüttelt.

»Ich kann nicht mehr«, habe ich gesagt.

»Doch«, hat Scratch erwidert. »Ein bisschen kannst du noch.«

Er hat mich angesehen, als würde er vom Leben sprechen und nicht von dem verdammten Schokoriegel. Also habe ich noch einen winzigen Bissen genommen und angestrengt auf der klebrigen Karamell-Schokomasse herumgekaut, während Scratch in Windeseile den Rest von dem Mars verschlungen hat.

»Warum hast du das gemacht?«, hat er anschließend gefragt.

Ich wusste die Antwort nicht.

Also habe ich nur stumm die Schultern gehoben.

Und da hat Scratch gesagt: »Wir sind doch Freunde, Cherry! Seit einem Jahr touren wir zusammen durch die Welt, und ich erzähle dir all die Sachen, die ich sonst nur dem Hasen erzähle! Klar, ich stehe auf deine Lyrics, ich bin verrückt nach dem Wortkick, den du meiner Musik verpasst – aber scheiß auf all den Kram, ich will dich in meinem Leben haben und nicht in einer Ansammlung von *Songs to leave the world.*«

»Ich bin doch in deinem Leben«, habe ich erwidert.

»Nein!«, hat Scratch aufgebracht entgegnet. »Du bist in letzter Zeit total merkwürdig! Du starrst aus jedem Fenster, als würdest du Gespenster durch die Luft taumeln sehen, du isst so wenig, dass nicht einmal Zachareus davon satt werden würde, und du verrätst mir gar nichts mehr über deine Gedanken. Außerdem ist es Wochen her, dass du das letzte Mal wirklich gelächelt hast, nebenbei benutzt du in jedem dritten Satz das Wort *egal,* und als wäre das alles noch nicht genug, bringst du dich einfach um!«

»Ich habe mich nicht umgebracht«, habe ich daraufhin gesagt. »Siehst du – ich lebe noch.«

»Scheiße, Cherry!«, hat Scratch erwidert und sich die Haare gerauft. »Aber das war fucking knapp!«

»Ist schon okay«, habe ich erwidert. »Ist ja nichts passiert.«

»Nichts passiert!?«, hat Scratch fast schon gebrüllt. »Schon okay!? Um Himmels willen, du hast ein Blutbad in meinem Auto hinterlassen, und dann bist du direkt vor der Schaufensterfront von einem 24-Stunden-Bestattungsunternehmen ohnmächtig geworden! Das nennst du ›nichts passiert‹!?«

»Hast du gerade *um Himmels willen* gesagt?«, habe ich verwirrt gefragt, denn mein Kopf hat dermaßen gebrummt, dass ich mir plötzlich nicht mehr ganz sicher war, ob ich tatsächlich überlebt hatte oder schon seit der vierten roten Ampel tot war.

»Hä? Wie? Was?«, hat Scratch zurückgefragt und seine Stirn gerunzelt. »Ach, ja, kann schon sein. Meine Grandma hat das ständig gesagt, und wenn ich nervös werde, dann benutze ich aus Versehen altmodische Worte. Ist das schlimm?«

»Nein«, habe ich entgegnet. »Ich finde es irgendwie beruhigend.«

Wie aufs Stichwort hat die Krankenhausbeleuchtung angefangen, unruhig zu flackern; und auf einmal musste ich ohne erdenklichen Grund darüber nachdenken, dass Kondomtester wahrscheinlich stichprobenartig vorgehen. Das fand ich irgendwie lustig, vor allem weil es gar nicht zu diesem Moment passte. Aber wenn man gerade erfolglos versucht hat zu sterben und gar nicht mehr so genau weiß, von welchem Tag an das Leben zählt und wie viel man aufholen muss, um nicht ständig die gleichen Fehler zu wiederholen, dann hat man wahrscheinlich seltsame Gedanken. In Gedenken an sich selbst. Und vielleicht hatte das Licht auch gar nicht geflackert, und es waren einfach nur meine müden Augen.

»Oh Mann!«, hat Scratch schließlich geseufzt, dann hat er sich neben mich auf das Krankenbett geworfen und sein siebtes Mars ausgepackt. »Was für ein Scheißtag. Ich habe noch nie zuvor jemanden sterben gesehen!«

»Scratch, ich lebe doch noch«, habe ich zum zweiten Mal erklärt.

»Trotzdem«, hat Scratch gesagt und in den Schokoriegel gebissen. »Wenn man den Tod überlebt, dann ist man ja wohl zumindest teilgestorben oder so.«

»Also bin ich jetzt nur noch halblebendig?«, habe ich unsicher gefragt.

»Keine Ahnung«, hat Scratch schulterzuckend und kauend erwidert. »Wie fühlt es sich denn an? Und willst du auch noch ein Mars haben?«

»Nein, danke«, habe ich gesagt.

»Bist du sicher?«, hat Scratch gefragt. »Mir war nämlich todlangweilig, und noch dazu hatte ich Todesangst, also habe ich zur Ablenkung den ganzen Süßigkeitenautomaten leer gekauft. Aber auf eine ähnliche Idee muss schon jemand vor mir gekommen sein – da waren nämlich nur noch Chips und Mars drin. Die Chips habe ich alle aufgegessen, obwohl die total widerlich und vertrocknet waren, aber ich habe noch drei Mars übrig. Ich gebe dir gerne zwei davon ab.«

»Nein, danke, ich möchte wirklich kein Mars mehr«, habe ich wiederholt. »Mir ist ein bisschen schlecht.«

»Okay, dann lasse ich dich in Ruhe«, hat Scratch gnädig gesagt und einen weiteren Bissen von seinem Riegel genommen. »Also, wie fühlst du dich denn nun? Lebendig oder tot? Oder beides?«

Ich habe versucht nachzudenken, aber mein Gehirn war so schwer wie Blei, und die undurchsichtigen Nebelfelder zwischen meinen abgesonderten Gedanken und mir haben sich immer weiter ausgebreitet.

Es war ein seltsamer Tag.

Ich denke, das lag am Grundfehler der Situation.

Denn alle Selbstmordversuche sind lebhafte Todesbekenntnisse. Und wenn man erst einmal damit angefangen hat, sich zum Sterben zu bekennen, dann fühlt man sich ziemlich fehl im angrenzenden Lebensraum.

Und ich?

Ich habe der Stille gelauscht.

Sie war lautlos gerissen.

Sie hat gewartet. Sie war überall.

Und da habe ich verstanden, was sie mir sagen will, und warum sie überhaupt noch mit mir spricht. Ich habe zu ihr aufgesehen. Schweigend.

Ja.

Überleben.

Ist kein Spiel.

Für Verlierer.

Stunden später. Mein zusammengeflickter Arm pochte dumpf vor sich hin, und Scratch hat nervös an einem

Zipfel meiner schneeweißen Krankenhaus-Bettdecke herumgezerrt.

»Also«, hat er schließlich gesagt. »Wie fühlst du dich denn nun? Meinst du, du wirst wieder gesund?«

»Was sagt denn der Arzt?«, habe ich gefragt.

»Vergiss den scheiß Arzt«, hat Scratch entgegnet. »Dass dein Arm wieder verheilt und dass du genug Blutkonserven eingetrichtert bekommen hast, ist mir schon klar! Ich will wissen, wie es in deinem Kopf aussieht!«

»Glaub mir«, habe ich erwidert. »Das willst du lieber nicht wissen.«

»So schlimm?«, hat Scratch gefragt.

»Noch viel schlimmer«, habe ich geantwortet.

»Hm«, hat Scratch gemeint.

»Hm«, habe ich bestätigt.

»Muss ich dich jetzt in eine Irrenanstalt oder so einweisen lassen?«, hat Scratch nach einer Weile nachdenklich gefragt. »Und wenn ja, wie macht man das? Geht man einfach zu einem Psychologen? Oder muss ich diesen Typen anrufen, der dich inoffiziell adoptiert hat?«

»Nein!«, habe ich schnell gesagt. »Landon bringt mich um, wenn er rauskriegt, dass ich mich umbringen wollte!«

»Was für ein krasser Satz«, hat Scratch gemeint. »*What a fucking piece of mind-blowing shit.*«

»*What a fucking peace after I blew out my mind*«, habe ich entgegnet.

Dann haben wir geschwiegen.

Scratch hat sein achtes Mars gegessen.

Und schließlich ist eine Krankenschwester vorbeigekommen, um mir eine Vitamintablette und ein Glas Wasser zu geben. Sie hat gewartet, bis ich die Tablette geschluckt und das Wasser ausgetrunken hatte, als wäre es ein Selbstmordrückfall, wenn ich es nicht tue. Dann ist sie wieder gegangen.

Nicht ohne einen kritischen Blick.

Auf meinen kritischen Zustand zu werfen.

»Mir ist kotzübel«, hat Scratch nach seinem neunten Mars verkündet. »Ich glaube, der menschliche Magen ist nicht dafür geschaffen, mehr als acht Mars in sich aufzunehmen.«

»Das hätte ich dir auch vorher sagen können«, habe ich erwidert.

Scratch hat kurz darüber nachgedacht.

»Wenn ich dir vorher gesagt hätte, dass du nicht sterben sollst, hättest du dann trotzdem versucht, dich umzubringen?«, hat er schließlich gefragt.

»Ich weiß nicht«, habe ich erwidert. »Vielleicht.«

»Und wenn ich es dir verboten hätte?«, wollte Scratch wissen.

»Meinst du, den Tod kann man verbieten?«, habe ich zurückgefragt.

»Nein«, hat Scratch gesagt. »Aber vielleicht hätte die Geste gereicht.«

»Ich weiß nicht«, habe ich erneut gesagt. »Vielleicht.«

»Wirst du es wieder versuchen?«, hat Scratch weitergefragt.

»Ich glaube nicht«, habe ich geantwortet.

»Und reicht das aus?«, hat Scratch gefragt. »Zum Weiterleben?«

»Ich hoffe«, habe ich erwidert.

»Glauben und hoffen«, hat Scratch kopfschüttelnd wiederholt. »Was hältst du von denken und nachdenken?«

»Okay«, habe ich gesagt. »Ich probiere es aus.«

Da hat Scratch mich geküsst. Nicht so, wie man jemanden küsst, den man küssen will, sondern so, wie man jemanden küsst, den man berühren will, ohne ihm zu nahezutreten.

»Danke«, habe ich gesagt.

»Wofür?«, wollte Scratch wissen. »Der Kuss war kein richtiger. Man darf keine Mädchen küssen, die nicht geküsst werden wollen. Aber wenn du dich demnächst unsterblich in mich verliebst und wenn dein Leben dann eines Tages wieder dir gehört, dann kriegst du den richtigen Kuss.«

»Ich habe mich nicht für den Kuss bedankt«, habe ich gesagt.

»Wofür dann?«, wollte Scratch wissen.

»Dafür, dass du mich gerettet hast«, habe ich erklärt.

»Dafür brauchst du dich auch nicht zu bedanken«, hat Scratch entgegnet. »Wozu hat man denn Freunde, wenn nicht zum Kampf gegen den übereilten Tod.«

There is a part of you that will always be uncovered.
There is a part of you that no one will ever see.
But strange things happen in life, so it might be.
That a stranger comes to speak you free:

»With the decency, that tenderness causes,
whenever someone breaks into your whistling brain,
carrying your absconding emotions back to your heart,

*with a decency that beautiful and silent,
I will wait for you to tell me the truth.«*

*And there you are.
Uncovered.*

13

Spätsommer im Herbst. Es regnet.
Nicht mehr.
Siehst du? Da vorne.
Auch nichts.

Am nächsten Tag hat Scratch mich aus dem Krankenhaus abgeholt, sein Auto war wieder komplett frei von Blutflecken – keine Ahnung, wie er das so schnell und so gründlich geschafft hatte. Aber Scratch konnte auch ein improvisiertes Medley aus zehn verschiedenen ACDC-Songs, gemixt mit Stücken von NERD, Eminem und Kendall Payne, auf die Bühne bringen, ohne einen einzigen holprigen Übergang oder Texthänger dazwischen zu haben.

»Ich bin froh, dass wir Freunde geworden sind«, habe ich während der Fahrt zu ihm gesagt. »Aber als ich dich zum ersten Mal gesehen habe, dachte ich, du seist ein biersaufendes VIP-Ungeheuer.«

»Danke, gleichfalls«, hat Scratch erwidert.

»Wieso?«, habe ich gefragt. »Ich habe doch gar kein Bier getrunken.«

»Aber ein Ungeheuer warst du dafür umso mehr«, hat Scratch grinsend gesagt. »Du konntest innerhalb von zehn Sekunden mehr Schimpfwörter abfeuern, als ich zuvor in meinem ganzen Leben gehört oder gesagt hatte.«

»Das kann ich immer noch«, habe ich erwidert.

»Lass gut sein, Cherry«, hat Scratch lächelnd gesagt. »Du brauchst dich nicht hinter deinen aufmüpfigen Sätzen zu verstecken – ich weiß, wie schön und groß dein angeknackstes Herz ist. Und ich weiß auch, dass du versuchst, kälter und unnahbarer aufzutreten, als du je sein wirst. Dieses Spiel nennt man Verstecken. Aber du bist eindeutig zu alt dafür. Abgesehen davon, habe ich dich längst gefunden.«

Da war ich für die Dauer eines Augenblicks wortstill.
Denn schöne Sätze haben einen Ausklang verdient.
Ohne Unterbrechung.

14

Einstweilig die Verfügung der Zeit.
Und schon steht er da, direkt vor deiner Tür.
Der Tod in Lebensgröße.

Abwartend, aufwartend.
Endlos im Begehren.
Zeitloser Niedergang.

Hocherhobenen Hauptes hält er sein Wort.
Bis letztendlich ungehalten.
Grabesstille.
Alles bricht.

Unabwendbar ihm zugegen.
Von Fort zu Fort tragend.
Offensichtlich.
Im toten Winkel.

Ihm zugrunde entrichtet.
Jeder Fall.

Es hat zweieinhalb Stunden gedauert, Scratch davon zu überzeugen, dass er nicht bei Landon vorbeifahren muss, um ihm von meinem fatalen Selbstversuch der Lebenskonfliktlösung zu erzählen. Und er hat sich auch nur breitschlagen lassen, weil ich ihm hoch und heilig geschworen habe, dass ich Landon innerhalb der nächsten zwei Wochen selbst davon berichte.

»Versprich es mir!«, hat Scratch gesagt.

»Ja, okay, versprochen«, habe ich geseufzt.

Scratch hat einen Blick auf meinen Kalender geworfen.

»Bis Ende November musst du es ihm sagen, sonst mache ich das«, hat er gemeint.

»Verdammt, Scratch«, habe ich entgegnet. »Ich habe es dir versprochen, also halte ich mich auch daran.«

»Und du darfst dich nicht noch mal umbringen!«, hat Scratch ergänzt. »Nie wieder! Stell dir vor, du wärst jetzt tot!«

Nach diesem merkwürdigen Satzgefüge sind mir sofort sieben verschiedene Songtitel eingefallen, und Scratch, der das Aufleuchten in meinen Augen wahrgenommen hat, hat gesagt: »Ich hole schnell meine Gitarre, dann können wir das gestrige Tagesgeschehen zu Musik verarbeiten. Und wehe, du schnippelst an deinem Arm herum, während ich weg bin!«

Scratch ist zu meiner Wohnungstür hinausgeflitzt, und ich habe mich seufzend auf mein sandfarbenes Sofa gelegt, um eine Quick-Check-Selbstanalyse zu starten. Ist eigentlich schon irgendwem aufgefallen, dass ich bisher mit keinem einzigen Satz eine beste Freundin, eine Shoppingfreundin oder eine Facebookfreundin erwähnt habe? Das liegt daran, dass ich keine beste Freundin habe, immer alleine oder mit Scratch shoppen gehe und nie bei Facebook angemeldet war. Ich habe keine Ahnung, warum ich noch keinem Mädchen über den Weg gelaufen bin, mit dem ich kichernd zusammen auf einem Trampolin herumhüpfen kann. Ich hätte gerne eine süße Komplizin, die genauso lasziv einen Joghurt löffeln kann wie ich und mit der ich Pyjama-Filmabende, Anti-Kalorien-Kochgelage und Kleidertauschorgien bis zum Abwinken veranstalten kann. Natürlich würde sie auch ganz nebenbei jedes Geheimnis und jeden verkäuflichen Wortwert für sich behalten.

Und ja, ich würde gerne Hand in Hand mit einem Mädchen durch die Straßen laufen. Aber es müsste das richtige Mädchen sein. Eines, das auch noch in fünfzig Jahren Haarbänder mit mir teilen möchte.

Genauso wie die Wahrheit.

Und das Glück.

Des Lebens.

»Lebst du noch?«, hat Scratch völlig außer Atem gefragt, als er sieben Minuten später mit seiner Gitarre unter dem Arm durch meine Wohnungstür gehetzt kam.

»Nein«, habe ich gebrummt und die Augen verdreht.

»Damit macht man keine Witze!«, hat Scratch sich beschwert. »Und bevor du jetzt mit irgendwas konterst, nach deiner Aktion gestern Nachmittag habe ich ja wohl jedes Recht zu fragen.«

»Okay«, habe ich gesagt. »Aber frag nicht für immer.«

»Also, falls du glaubst, dass ich in den nächsten Wochen nicht jedes Mal einen Herzinfarkt bekomme, wenn ich dich anrufe und du nicht sofort am Hörer bist«, hat

Scratch entgegnet, »dann hast du dich geirrt! Was meinst du wohl, wie ich mich fühle? Ich würde deine Tür eintreten, nur um sicherzugehen, dass du nicht schon wieder tot im Flur abhängst. Also, Regel Nummer eins: Dein Handy bleibt an! Solltest du es jemals wagen, das blöde Ding auszuschalten, werde ich wirklich sauer! Regel Nummer zwei: Du bleibst am Leben! Solltest du es jemals wagen, dich auszuschalten, drehe ich durch. Regel Nummer drei: Du fängst wieder an, etwas zu essen. Und Regel Nummer vier, die hast du letztes Jahr selbst geschrieben:

*There is always something better
than choosing the wrong way,
just to say: I lost it.*

*There is always something better
than drifting apart,
just to say: I didn't see it coming.*

*There is always something worse
than we can imagine,
and there is just one word that's unspoken to hear:
Resignation.*

*So don't you try to leave.
This life is not to grieve.*«

Mit diesen Worten hat Scratch sich neben mich auf das Sofa geworfen und seinen Blick einen Moment lang nachdenklich über meine kahlen Wände streifen lassen, an denen noch immer kein einziges Bild hing, weil ich, abgesehen von dem Anbringen einiger Blutspritzer, nicht weiter dazu gekommen war, mich mit dem Innendesign zu beschäftigen. Neben all den neuen Möbeln, die ich mir besorgt hatte, befanden sich nur drei Kakteen, zwei Spiegel und ein Olivenbaum in meiner Wohnung. Ach ja, und die unzähligen Umzugskartons.

»Hast du das verstanden?«, hat Scratch schließlich gefragt und sich wieder mir zugewandt.

»Meinen Text oder die Regeln?«, wollte ich wissen.

»Beides«, hat Scratch erwidert.

»Ja«, habe ich gesagt. »Ich habe es verstanden.«

»Gut«, hat Scratch gemeint. »Also teste lieber nicht aus, wie laut ich brüllen kann, falls du dein Handy ausschaltest.«

Ich habe genickt. Kein Mensch will angeschrien werden, vor allem nicht dann, wenn man es verdient hat. Wenn man unschuldig ist, kann man sich die Ohren zuhalten, die Augen verdrehen und sagen: »Halt die Klappe!« Aber wenn man schuldig ist, dann muss man früher oder später zuhören.

»War das ein Nicken?«, hat Scratch stirnrunzelnd gefragt.

Ich habe erneut genickt.

»Okay«, hat Scratch gemeint.

Dann hat er mich einen Augenblick lang angesehen, als wäre ich eine verstimmte Gitarre, aber schließlich hat er mich in Ruhe gelassen und einfach angefangen, ein paar unkoordinierte Akkorde zu spielen.

»Was hältst du davon?«, hat er irgendwann gefragt.

Ich habe meinen Kopf geschüttelt.

Scratch hat ein paar andere Akkorde gespielt.

»Und das?«, wollte er wissen.

Ich habe wieder meinen Kopf geschüttelt.

Daraufhin hat Scratch geseufzt und eine ganze Ansammlung von depressiv-aggressiven Akkorden abgefeuert und anschließend verkündet: »Wenn du jetzt wieder deinen Kopf schüttelst, dann mache ich dich platt! Besser hätte Mozart das auch nicht hinbekommen! Und ich sag dir eins: Wenn wir zwei 'ne Songblockade kriegen, dann geht die Welt unter! Jetzt mal echt, guck dich an, Cherry, wenn dir jemand einen Beat gibt, dann schreibst du nicht einfach einen Text dazu – dann schreibst du Geschichte. Also werd jetzt ja nicht so ein Langzeitpsycho und gib mir lieber einen dieser hammergeilen Sätze!«

Da habe ich meinen Mund aufgemacht und einen Text heruntergerattert, obwohl meine Gedanken ganz woanders waren. Ich wusste nicht, warum, aber irgendwie war ich an einem viel zu stillen Ort, der immer größer und größer wurde, bis er schließlich lautlos explodiert ist.

»You love my play until the curtain falls
The after show and the awards
Back home you sigh and drop to bed
I'm not the girl inside your head.

You love my juicy cherry lips but not a word I say,
You love my sexy moving hips but what if I stop dancing?

You love my beautiful despair
And how I brush my long long hair

But as I sink in void of air
I wouldn't ask you if you care.

You love my juicy cherry lips but not a word I say
You love my sexy moving hips but what if I stop dancing?«

»Das ist cool«, hat Scratch gemeint. »Aber ich bin ein Kerl, Cherry! So etwas kann ich nicht singen. Wir können es Holly Wood, oder wie diese heiße Newcomerin heißt, für die du schreibst, schicken. Die macht den Song bestimmt gleich als nächste Single. Aber hast du vielleicht auch etwas Männliches für mich?«

»*It's not amusing to be live abusing*«, habe ich gesagt.

Scratch hat seinen Kopf schief gelegt und mich nachdenklich angesehen.

»Das ist wahr«, hat er schließlich gesagt. »Aber das ist kein Songtext.«

Also habe ich etwas anderes gedichtet.

»*She was the girl of my dreams,*
With her was nothing as it seems.
She shivered in the wind like snowflakes in November.
And I knew she would always be the one to remember.
But when I asked her: Will you marry me?
All she said was: No way, I'd rather bury me.

(Bridge)
I looked at her in disbelief
But she was just
A heart-collecting killing thief.

(Chorus)
And then she said:
Your brand new Aston Martin
does look great in my front garden
Of course I am going to keep it
So you have to leave without it.«

Scratch hat mich stirnrunzelnd angesehen.
»Haben die dir im Krankenhaus irgendwelche Pillen gegeben?«, wollte er schließlich wissen.
»Vitamine«, habe ich geantwortet.
»Bist du sicher?«, hat Scratch gefragt. »Oder waren das zufällig kleine bunte Pillen mit einer aufgedruckten Buchstabenkombination wie LSD?«
»Es waren Vitamine«, habe ich gesagt. »Ich habe das Karotin geschmeckt.«
»Das kann man schmecken?«, hat Scratch ungläubig gefragt. »Bei 'ner Pille, die man schluckt!?«
»Ja«, habe ich gesagt.
»Hm«, hat Scratch gemurmelt und weiter an den Gitarrensaiten herumgezupft. »Also, der Text gerade, der war cool und massentauglich. Aber irgendwie klingt deine Stimme heute ziemlich fremd. Haben die Ärzte dir vielleicht einen Chip in dein Hirn gepflanzt? Ziept es irgendwo? Oder spürst du einen unerklärlichen Druck?«
Scratch hat meinen Kopf gemustert, als würde er tatsächlich damit rechnen, irgendwo eine Chip-Einschub-Luke zu entdecken. Aber da waren nur die Ansätze meiner langen schwarzen Haare, die ich wie meistens offen trug, und abgesehen von den beiden Ohrlöchern, in denen jeweils eine kleine dunkle rote Kirsche steckte, befanden sich keine weiteren Fremdkörper in mir.

»Nein«, habe ich erwidert. »Es geht mir gut, Scratch! Ehrlich. Meine Stimme klingt wie immer.«

»Dann muss es an den Sätzen liegen«, hat Scratch nachdenklich gemeint. »Sag mal schnell irgendeine Wortabfolge, damit ich den Unterschied zu deinen alten Sätzen herausfiltern kann.«

Ich habe geseufzt.

Vielleicht hatte ich wirklich einen Chip im Hirn.

Einen kaputten. Mit Wackelkontakt, Kurzzeitspeicher und Vertragsablaufzeit.

»Meine Mutter ist gar nicht während einer Safaritour von einem Leoparden gefressen worden«, habe ich schließlich gesagt. »Sie hat sich umgebracht.«

»Ich weiß«, hat Scratch erwidert.

»Aber ich habe dir doch die Leoparden-Geschichte erzählt«, habe ich unsicher entgegnet.

»Du hast mir auch mal erzählt, dass dein Vater ein Mafiaboss und deine Zwillingsschwester eine Bonsaibaum-Züchterin sei«, hat Scratch entgegnet und dabei seine Augen verdreht. »Meinst du etwa, ich habe dir diesen Schwachsinn geglaubt? Ich weiß, dass dein Vater der erfolgreichste Verleger aller Zeiten ist, da stand irgendwann mal ein Artikel über ihn in der Zeitung, und ich weiß auch, dass du keine Zwillingsschwester hast – mehr Einzelkind als du kann man nämlich gar nicht sein! Und dass deine Mutter sich umgebracht hat, weiß ich, weil du im letzten Jahr mindestens drei Songs geschrieben hast, in denen jemand Selbstmord begangen hat. Mal ehrlich, Cherry! Sehe ich aus wie Patrick der Seestern? Ich habe zwar die erste Hälfte der Schulzeit durchgepennt, und die andere habe ich verpasst, genau wie die Chance auf ein Date mit Rosa Parks, und ja, ich bin erst fünfundzwanzig Jahre alt, aber total bescheuert bin ich nicht!«

»Entschuldigung«, habe ich gesagt.

»Dafür, dass du mich für bescheuert gehalten hast?«, wollte Scratch wissen.

»Nein«, habe ich erwidert, »dafür, dass ich dich belogen habe. Das wollte ich nicht. Ich hatte nur keine Lust, die Wahrheit zu erzählen.«

»Ich weiß«, hat Scratch gesagt. »Deshalb bin ich ja auch nicht sauer auf dich. Aber von jetzt an sagst du mir entweder die Wahrheit oder gar nichts! Denn wenn man schon zusammen den Tod umgeht, dann sollte man anfangen, sich mit Vertrauen zu überschütten, bis alle Zweifel begraben sind.«

»Okay«, habe ich erwidert. »Von jetzt an erzähle ich dir nur noch die Wahrheit. Und wenn ich mal lügen muss, dann sage ich dir vorher Bescheid.«

»Gut«, hat Scratch zufrieden gemeint. »Aber jetzt lass uns endlich einen Song schreiben, wozu sind wir denn so außerordentlich satzbegabt und wortproduktiv!«

»Produktiv?«, habe ich gebrummt und die Augen verdreht. »Produkt tief ist U-Boot. So weit unten im Meer will ich gar nicht sein. Da sieht man keine Farben.«

Scratch hat mich kopfschüttelnd angestarrt.

»Okay«, hat er kurz darauf gesagt. »Dein Gehirn scheint immerhin noch genauso wortgedoped und high zu sein wie vorher.«

»Ich bin nicht Hai«, habe ich erwidert. »Ich will nicht Meer.«

Da hat Scratch geseufzt.

Aber es war ein schönes Seufzen.

Und dann hat er gefragt: »Das war ein guter Slogan für eine Selbsthilfegruppe. Danke, Cherry. Aber kriege ich jetzt endlich die Hookline für den Beat des Jahrhunderts? Wir müssen ja nicht gleich zu Tiefseetauchern mutieren, das wäre kein passendes Bild für unsere aufsteigende Klangweite. Obwohl ich sagen muss, dass du schön aussehen würdest, im hellblauen Wasser, umgeben von weißen Schaumkronen und mit deinem ewig langen rabenschwarzen Haar. Aber lassen wir das. Meer, als wir sind, werden wir nie sein – und dass wir Tiefgang haben, wissen wir auch so.«

Ich habe geblinzelt.

Den blendenden Worten entgegen.

Und schließlich der dunklen Nacht voraus.

»*The last in line becomes first, when you change the side*«, habe ich gesagt.

»YEAH«, hat Scratch erleichtert gerufen und seine umfangreichen Arme in die Luft gerissen. »Das ist die Cherry, die ich kenne! Daraus machen wir 'nen Song! Warte ...«

Er hat angefangen, vor sich hin zu summen und an seiner Gitarre herumzuzupfen, dann hat er noch ein paar Takte als Drumversion auf den Boden getrampelt und schließlich in Rockstar-Lautstärke gebrüllt: »Komm, Baby, gib mir die nächste Zeile!«

Ich habe seufzend meinen Kopf geschüttelt und gelacht.

»*The last who leaves this field has won the fight*«, habe ich ergänzt.

Daraufhin hat Scratch so zufrieden vor sich hin gelächelt, als würden wir noch in tausend Jahren auf diesem weitläufigen Spielfeld des Lebens stehen und uns unsere Geschichten erzählen. Also habe ich meine Augen geschlossen und die Ferne in mir beobachtet. Es war heller dort, als ich gedacht hätte, die Hintergrundmusik in meinen Gedanken war sanft und trotzdem bebend. Die Hookline war laut, der Refrain noch viel lauter, aber die Strophen waren leise.

Ja. Das ist die Schönheit der aufkommenden Gezeiten.
Denn kein Geräusch der Welt berührt einen Raum.
Wenn er nicht umgeben ist.
Von Stille.

All that I am you will never see
And all that I know is hard to tell you
But at the end of my descent
With the hardest winter inside me
I will survive this
You will see.

15

Damals. Du warst noch ein Kind. Du hast die vorbeiziehenden Jahre betrachtet und versucht, jedes zweite zu zählen. Aber deine Gedanken waren verschoben und leer. Also hast du einfach lautlos gewartet.
Du hast dagestanden und zugesehen, wie Ostern vorbeigezogen ist und dann Pfingsten und der Sommer und der Herbst und schließlich Nikolaus und Weihnachten und dann das ganze nächste Jahr. Du hast darauf gewartet, dass es weitergeht. Du hast jeden Kalender auswendig gelernt. Du wusstest, mit welchem Wochentag die Monate beginnen und mit welchem Geräusch sie aufhören. Du kanntest die einbrechende Flut und ihre Abläufe. Sie liefen an dir vorbei, sie zogen um dich herum, sie stürzten auf und davon und hinab ins Gefälle.
Damals. Warst du der geduldigste Mensch auf der Welt. Du konntest Stunden berechnen, ohne nach der letzten Minute den Verstand zu verlieren. Du hast wochenlang verweilt, du hast Jahr um Jahr bestanden. Du hast den Vollmond verfolgt und die Nacht bis in die Morgenstunden gedrängt, nur um sie am nächsten Abend wieder zu empfangen.
Damals. Das Warten.
Unaufhaltsam.

Es war ein beschissener Tag. Ich stand in Landons Wohnung zwischen Flur und Arbeitszimmer und rechnete jeden Augenblick damit, dass der Türrahmen einstürzt und mich mit lautstarkem Gepolter erschlägt.

»Ähm«, habe ich gesagt.

»Ähm, was?«, hat Landon argwöhnisch gefragt, denn normalerweise beginne ich meine Sätze niemals mit Unsicherheitswörtern.

»Ich, ähm, habe. Na ja. Aus Versehen. Ich denke. Ähm. Also, ich denke, ich habe nicht gedacht. Also denke ich, dass ich vielleicht. Weil ich falsch gedacht habe. In meinem Kopf. Wegen der Gedanken. Also. Ich habe, wie gesagt – aus Versehen – vielleicht, ähm, einen Fehler gemacht«, habe ich erklärt.

»Wie bitte!?«, hat Landon gefragt und ist von seinem Schreibtischstuhl aufgestanden und auf mich zugekommen. »Du hast was!? Könntest du bitte in vollständigen Sätzen mit mir sprechen, Cherry, damit ich dich verstehen kann?«

»Ähm«, habe ich gesagt. »Ja, klar. Also. Ähm. Ich denke, ich habe mit dem Denken nicht immer alles richtig gemacht. Irgendwie. War da ein Loch. In meinem Kopf. Ein sehr großes Loch. Verstehst du?«

Landon hat mich angestarrt.

Und ich wäre gerne davongerannt.

Doch es war Ende November, und ich musste das Versprechen, das ich Scratch gegeben hatte, einhalten. Aber wie erklärt man jemandem, dass man sich vor kurzem die Pulsader aufgeschlitzt hat, und das Ganze auch noch, bevor man es geschafft hat, die erste Umzugskiste in die Selbständigkeit auszupacken? Ob es im Internet einen Selbstmord-Erklärungs-Wortschatz zum kostenfreien Download gibt? Verdammt. Es gibt kaum etwas Schlimmeres, als vor dem Menschen zu stehen, der alles getan hat, um einen am Leben zu halten, und ihm zu beichten, dass man drauf und dran gewesen ist, sich für immer davonzustehlen.

»Also ich habe … ich … ich … also«, habe ich weitergestottert.

»CHERRY!«, hat Landon laut gesagt. »Würdest du dich jetzt bitte endlich mal zusammenreißen!? Du stehst seit zehn Minuten dort im Türrahmen und stotterst irgendwelche merkwürdigen Sätze zusammen! Also, rück endlich damit raus – was hast du jetzt schon wieder angestellt!?«

»Angestellt?«, habe ich gestammelt und mich an der Wand festgeklammert. »Ich? Wann habe ich jemals etwas angestellt?«

»Soll ich dir jetzt wirklich all den Unsinn auflisten, den du in deinem Leben schon zustande gebracht hast?«, hat Landon stirnrunzelnd erwidert. »Angefangen bei weihnachtlichen Fluchtversuchen, über Totenkopf-Pillenpartys bis hin zu selbstverletzendem Verhalten?«

»Oh«, habe ich gesagt. »Ach, ja das, das hatte ich ganz vergessen.«

»Vergessen!?«, hat Landon gerufen und seine Arme demonstrativ vor der Brust verschränkt. »VERGESSEN!?«

So langsam schien er ungeduldig und ziemlich wütend zu werden. Das war kein Wunder, denn ich hatte ihn inmitten der Korrektur der DLRG-Prüfungsbogen seiner Rettungsschwimmergruppe unterbrochen. Was für eine Lebensironie, da beschäftigt man sich mit den

Grundsätzen der Lebens-Rettungs-Gesellschaft – und schwupps: Schon hat man einen Selbstmordverbrecher auf der Matte stehen.

»Okay«, habe ich schließlich gesagt. »Ich erzähle dir alles. Aber du musst mir versprechen, dass du nicht schimpfst!«

»Ich verspreche dir, dass ich auf der Stelle anfangen werde zu schimpfen«, hat Landon stattdessen erwidert, »wenn du nicht sofort mit der Sprache rausrückst!«

Ich war ganz offensichtlich geliefert.

Also, was blieb mir anderes übrig.

»Ichhabeausversehenversuchtmichumzubringen«, habe ich so schnell heruntergerattert, wie ich nur konnte.

Landon hat mich angestarrt.

»Estutmirleiddaskommtganzbestimmtniewiedervor«, habe ich noch schneller hinten drangehängt, um Schritt für Schritt den unverzüglichen Rückzug anzutreten.

Landon hat seinen Mund aufgeklappt.

Dann ist er auf mich zugekommen.

»Ichmussjetztgehen!«, habe ich panisch gequiekt und wollte mich schleunigst in Richtung Wohnungstür verdrücken, aber Landon war natürlich in derselben Sekunde, in der ich mich umgedreht hatte, schon bei mir und hat mich festgehalten. Seine Hände haben an meinem Ärmel gezerrt, und kurz darauf hat er fassungslos die Überreste meines zerschlitzten Armes betrachtet.

Dann hat er mich angesehen.

Und Verzweiflung ist eine Untertreibung.

Für diesen Augenblick.

Aber es gibt Augenblicke, die haben keinen hörbaren Namen. Sie brechen ein und ab und um, und irgendwann verwandeln sie sich in ein aufgebrachtes Rauschen, das in einem wasserfallartigen Getöse endet.

»Warum hast du das getan?«, hat Landon schließlich gefragt.

Ich habe nicht geantwortet, sondern einfach stumm den Fußboden betrachtet.

»Warum, Cherry?«, hat Landon wiederholt. »Warum?«

Ich habe mit den Schultern gezuckt.

»Nur so«, habe ich schließlich gesagt.

Das war die falsche Antwort.

Eins zu null für den Tod.

Und das Leben. Wie schneidet es ab?

Nach all diesen Einschnitten.

16

Sie sehen dich an.
Und flüstern ihre geheimen Worte.
Über dich. Und alles.
Was sie zu wissen glauben.
Aber kennen.
Kannst du dich nur selbst.
Und wenn du. Dir nicht.
In die Augen sehen kannst.
Wer soll es dann?

Die Konsequenzen meiner Lebenskapitulation waren simpel und äußerst unerfreulich: Ich musste zu einem Psychologen. Um genau zu sein, musste ich sogar zu zwei verschiedenen Seelenspezialisten. Der eine sollte mich mit Hilfe von Kunsttherapie zurück ins Lebenslicht führen, und der andere sollte mir zuhören und anschließend kluge Kommentare zu jedem einzelnen meiner lebensmüden Sätze abliefern.

Es war grauenvoll.

Ich war allergisch gegen Psychologie, ich bekam Gehirnjucken, Gedankenausschlag, Atemdepressionen und Erleuchtungskrämpfe davon. Aber Landon hat mir keine Wahl gelassen, er hat gesagt: »Entweder du lässt dir helfen, oder du ziehst auf der Stelle wieder bei Sophia und mir ein, damit ich ein Auge auf dich haben kann – und glaub mir, es wird dir nicht gefallen, den ganzen Tag über in meinem Blickfeld eingesperrt zu sein!«

»Ich bin volljährig«, habe ich pampig erwidert. »Ich kann tun und lassen, was ich will, und ich kann auch leben, wo ich will! Du kannst mich nicht dazu zwingen, wieder bei euch einzuziehen!«

Aber gleich nachdem ich das gesagt hatte, war ich plötzlich sehr schnell sehr still und sehr kleinlaut, denn Landon hat sich so bedrohlich vor mir aufgebaut, dass er auf einmal drei Meter größer aussah, und dann hat er drohend gesagt: »CHERRY!«

Das war mir voll und ganz genug.

Denn es gibt Stimmlagen, mit denen sollte man sich lieber nicht anlegen – es reicht vollkommen aus, sich in diese Stimmlagen hineinzuversetzen, und schon weiß man, dass die Stimmbänder und die der Geduld kurz vorm Reißen sind.

»Okay, okay«, habe ich also schnell gesagt. »Ich gehe zu dem Kunstdoktor und dem Wortschrittmacher und lasse mich heilen. Aber wenn ich wieder voller Lebensfreude bin, dann darf ich mit dem Therapiescheiß aufhören, okay?«

»Ja«, hat Landon geknurrt. »Aber keine Sekunde früher! Und von jetzt an will ich dich an jedem zweiten Abend sehen, dann werden wir zusammen mit Sophia etwas essen, und solltest du weiterhin abnehmen – ja, Cherry, ich sehe deine herausragenden Knochen sogar, wenn du diese riesigen Schlabberkleider trägst –, dann werde ich dafür sorgen, dass du demnächst auch noch zu einer Essstörungstherapie und in eine Ernährungsgruppe gehst.«

»Bist du bekloppt!?«, habe ich entsetzt gefragt. »Willst du mich zu Tode foltern?«

»HÖR ENDLICH AUF, IN DIESEM TON MIT MIR ZU REDEN!!«, hat Landon so laut gebrüllt, dass ich vor Schreck einen rekordverdächtigen Rückwärtssprung bis an die Zimmerwand zurückgelegt habe.

»Ist ja gut«, habe ich gestammelt. »Du musst nicht so schreien. Ich werde ganz viel essen und brav zu den Verstand-Wiederherstellungs-Sitzungen gehen. Und ich werde in deiner Gegenwart nie wieder irgendeinen unhöflichen Satz von mir geben.«

»Das wäre wirklich besser für dich!«, hat Landon gebrummt. »So langsam reicht es mir wirklich. Ich habe in den letzten Jahren alles für dich getan, und ich bin nie laut geworden – aber wenn du dich jetzt nicht endlich zusammenreißt und anfängst, dein Leben in den Griff zu kriegen, dann werde ich ernsthaft wütend. Und glaub mir: Das willst du lieber nicht ausreizen.«

Das wollte ich wirklich nicht.

Also bin ich depressiv nach Hause geschlurft und habe fünf Songtexte über den Unwert an sich und die Wertigkeit von allem anderen geschrieben. Dann habe ich mich notgedrungen an jedem zweiten Tag zu Landon und Sophia geschleppt, und alles aufgegessen, was die beiden mir auf meinen Teller gehäuft haben, weil Landon mich vorher sowieso nie aufstehen gelassen hat. Sophia, die zur Abwechslung einmal nicht so viel arbeiten musste, weil sie gerade ein großes Projekt beendet und sich ein paar freie Tage in ihren Kalender geschoben hatte, verbrachte eine Menge Zeit damit, alles zu kochen, was ich gerne mochte, und meine Songtexte zu lesen, um sich anschließend mit mir darüber zu unterhalten. Außerdem bestanden die beiden darauf, mich hin und wieder gemeinsam von der Therapie abzuholen und mich anschließend zum Kuchenessen zu sich nach Hause zu schleifen. Es war ein merkwürdiges Gefühl – auf der einen Seite hat es mich wahnsinnig gemacht, wie ein kleines Kind behandelt zu werden, aber gleichzeitig war ich froh darüber. Denn auch wenn ich das niemals zugegeben hätte: Es war schön, zwischen Landon und Sophia an dem liebevoll gedeckten Tisch zu sitzen und zurück in der Wohnung zu sein, in der ich mich zum ersten Mal in meinem Leben wirklich zu Hause gefühlt hatte. Ich habe in dem Essen herumgestochert, nur um einen Grund zu haben, möglichst lange dort zu bleiben, obwohl ich auch einfach hätte sagen können: »Ich möchte hier bei euch sein.« Die beiden hätten mich mit Erleichterung dabehalten und mir all den Schwachsinn verziehen, den ich bis dahin angerichtet hatte.

Doch ich habe meinen Mund nicht aufgekriegt.

Die Worte waren da. Aber benutzen konnte ich sie nicht. Also habe ich jedes Mal meinen Kopf geschüttelt, wenn Sophia mich gefragt hat, ob ich Lust hätte, mit ihr shoppen oder spazieren oder tanzen zu gehen. Und wenn Landon mich gefragt hat, ob wir mal wieder zusammen nach Potsdam fahren könnten oder ob es irgendein Konzert gäbe, auf das ich mit ihm gehen würde, habe ich immer nur erwidert: »Nein, danke. Ich kann Potsdam nicht ausstehen, und auf Konzerten bin ich doch sowieso schon oft genug.«

Aber abgesehen von ein paar zickigen Antworten,

war ich ziemlich brav und habe es sogar irgendwie geschafft, von einer Therapiestunde zur nächsten zu latschen, ohne vor Unterforderung den Verstand zu verlieren. Ich habe mich zudröhnen lassen mit klugen Ratschlägen, ich habe sie alle angenommen: die Überlebensstrategien *to go,* die positiven Gedankenmanipulationen, das heilige Rauschen der Tonbandwellen und sogar das dämliche Mandala-Ausmalen.

Ich habe wochenlang kein einziges Mal geflucht. Und ich habe mich, ohne zu widersprechen, an den gesamten Therapieplan gehalten. Ich habe Anti-Todes-Vorsätze für das neue Jahr verfasst, meine Stimmung in verschnörkelten Linien, Kreisen, Rauten und dreidimensionalen Glückswürfeln dargestellt und jede Woche ein Erleuchtungsbuch meiner Wahl gelesen.

Meine Therapeutin Frau Rosenberg, eine leicht pummlige, nicht mehr ganz junge Frau ohne Mann und ohne Mode-Geschmack, die jeden Tag ihr Horoskop in der Zeitung las, war total entzückt von mir. So eine lebensfähige Selbstmörderin wie mich hatte sie wahrscheinlich noch nie zuvor gesehen. Es hat keine vier Wochen gedauert, da war sie der neuste Fan der *Forced Detours,* obwohl sie vorher nie Rockmusik gehört hatte, aber nachdem Scratch mich einmal von der Therapie abgeholt und ihr mit all seinem Charme einen Kuss auf die Wange gegeben hatte, war Frau Rosenberg hin und weg und voll im Soundrausch. Bei unserer nächsten Sitzung in ihrem nach Räucherstäbchen und vertrockneten Blumen duftenden Behandlungsraum, mit den drei Kinder-Kritzelei-Bildern an der Wand hinter ihrem Schreibtisch und den uralten Klangschalen neben den dämlichen Chakra-Symbolen und dem handbemalten Taschentuchkästchen, hat Frau Rosenberg mir ins Ohr geflötet: »Cherry, mein Kind, sag doch bitte Shania zu mir. Sonst fühle ich mich so alt, dabei bin ich doch erst Mitte vierzig. Und nun lass uns gemeinsam einen Weisheitstee trinken, den buddhistischen Klängen lauschen, ein paar Atemübungen machen, und dann erzählst du mir von eurer letzten Tour. Einverstanden?«

Natürlich war ich einverstanden.

Besser konnte eine Therapie gar nicht laufen.

Ein Jahr später, mitten im Leben, war ich voll und ganz geheilt. Scratch hat erleichtert gestöhnt und gesagt: »Na, endlich! Ich bin schon passiv beknackt geworden, wenn du mir nur von diesem Shania-Rosenberg-Therapiegesülze erzählt hast. Ohne Scheiß, Mann! Ich hatte echt Alpträume, dunkle Gedankengänge mit zerfetzten rosa Teddybären und all so 'nem psychoinfantilen Zeug! Ich hatte sogar 'ne verdammt miese Soundblockade! Ein Wunder, dass du weitertexten konntest, während diese Gehirnpfuscher an dir herumexperimentiert haben. Aber na ja. Vielleicht hat es wenigstens geholfen? Erzähl mal, wie fühlst du dich?«

»Als wäre ich gerade aus dem Hochsicherheitsknast entlassen worden«, habe ich nachdenklich erwidert.

»Hm«, hat Scratch gemeint. »Ich glaube nicht, dass das der Sinn einer Therapie ist. Oder doch?«

»Ich weiß nicht«, habe ich schulterzuckend erwidert.

»Hm«, hat Scratch gesagt.

»Hm«, habe ich zugestimmt.

»Ach, scheißegal!«, hat Scratch schließlich gemeint. »Wenn wir es nicht wissen, dann weiß es keiner. Und wenn wir so lange darüber nachdenken müssen, dann wird es niemals jemand herausfinden.«

»So ein Schwachsinn«, habe ich gesagt.

»Kann schon sein«, hat Scratch grinsend erwidert. »Aber, wie auch immer, sieh den ganzen Therapieschrott einfach mal positiv: Es gibt Kulturen, da steht auf Selbstmordversuche die Todesstrafe. So gesehen, hast du mit einem Jahr Knast echt Glück gehabt.«

Anfang Dezember, ungefähr einen Monat nach erfolgreichem Abschluss der Therapie und des strikten Allezwei-Abende-zusammen-essen-Plans, bin ich Landon besuchen gegangen. Sophia war gerade nicht da, was ich sehr schade fand, denn wenn sie in der Nähe war, hat Landon eigentlich immer gelächelt. Aber wahrscheinlich hatte er sie genau aus diesem Grund zu irgendeinem Biologenkongress geschickt, damit er in Ruhe mit mir schimpfen konnte, ohne dabei von ihrer sanftmütigen Stimme unterbrochen zu werden.

Landon hat mich von oben bis unten gemustert und mich anschließend auf seinem Wohnzimmersofa festgetackert, um mir eine unendlich lange Moralpredigt über Eigenverantwortung und Selbstachtung zu halten.

Ich habe zugehört.

Vom Anfang bis zum Ende.

Und zwischen den Sätzen, in denen Landon mir gesagt hat, wie sehr er mich mag und dass er alles tun würde, damit ich endlich meine Augen aufmache und mich selbst schätzen lerne, zwischen diesen Sätzen hat er mir gedroht.

Mit Konsequenzen.

Für falsche Handlungen.

»Jaja«, habe ich also schnell gesagt. »Ja, okay. Ich passe auf mich auf, Landon. Ich habe genug von dem Therapie-Kram!«

»Ich rede nicht von einer neuen Therapie«, hat Landon entgegnet.

»Ist ja gut«, habe ich erwidert. »Du brauchst nicht mehr zu schimpfen – ich mache nie wieder solchen Blödsinn. Versprochen!«

Und das habe ich sogar ernst gemeint. Denn etwas Schlimmeres, als noch einmal Gefühlskringel malen und Erleuchtungsformulierungen aufschreiben zu müssen, konnte ich mir beim besten Willen nicht vorstellen.

Also habe ich Besserung geschworen.

Bei meinem Leben.

Gegen den Tod.

Aber wie sich später herausstellen sollte, war ich dumm genug, um alle Vorwarnungen von Landon zu ignorieren. Ich habe sie zwar unruhig in meinen hinteren Gehirngängen herumtappen gehört, aber abgesehen davon dachte ich mir, dass ich für immer davonkommen würde. Mit jedem Schnitt. Den ich von meiner Seele direkt auf meinen Arm übertrage. Und mit jeder Achtlosigkeit, mit der ich mich bestrafe.

Weil ich am Leben bin.

Während meine Mutter vom Herbstwind verweht.

Aus dem weit geöffneten Fenster der Unfreiwilligkeit gesegelt ist.

17

Flüstern. Flüstern. Das ist alles, was mit dir spricht. Kein Wort wird dich erreichen. Denn so weit weg wie du ist keiner. Und alles. Alles, was du ansiehst, ist versehen mit dem unantastbaren Staub der auswärtigen Spielverläufe.
Du glaubst mir nicht? Fühlst du denn nicht den belanglosen Bestand deiner zweifelhaften Gedankenüberreste? Und fragst du dich nie, wem diese Zeit gehört?
Aber keine Angst.
Diese Angst gehört uns allen.
Und im Rückblick. Ist all das wahrscheinlich nichts weiter als ein seltsam angeordnetes Durcheinander von ungezählten Stunden und verwischten Nahaufnahmen, die irgendein ausgestorbener Neutrino vorgestern gemacht hat, obwohl er heute erst geboren wird. Denn mittlerweile besetzen wir jeden Raum, ab jetzt können wir einen Gedankengang verlassen, bevor wir ihn überhaupt betreten haben. Ich nehme an, das bedeutet: Unser Wissen bewegt sich grenzenlos im eingeschränkten Vorlauf der bald vergangenen Zukunft.
Und alles, was wir gerade verloren haben.
Gehört jetzt schon wieder uns.

Ein paar Tage nach Nikolaus habe ich Jasper kennengelernt. Es war keine Liebe auf den ersten Blick. Und auch nicht auf den zweiten. So genau habe ich sowieso nie hingeguckt, dazu war ich zu geistesabwesend, und irgendwie war ich auch immer noch ein psychotisches Mädchen, das in Gegenwart von Rasierklingen zu einem unberechenbaren Todesengel werden konnte.
Aber Liebe hin oder her.
Ich hatte bisher nur mit irgendwelchen Lücken füllenden Typen geschlafen und dementsprechend keine Ahnung, wozu Sex gut sein sollte. Mein Körper war ein merkwürdig taubstummes Gebilde, das angefangen von kochend heißem Wasser, über Messerklingen bis hin zu Sex nichts wahrnehmen konnte.
Ich war ein gefühlloses Monster.
Also war es nicht wirklich meine Schuld.
Oder doch?
Wer weiß. Ich hatte jedenfalls eher das Gefühl, selbstzerstörungssüchtig und erfüllt von Belanglosigkeit auf die Welt gekommen zu sein. Doch trotz dieser offensichtlichen Gefühlsstörung wollte ich austesten, wie eine Beziehung funktioniert, und Jasper hatte nichts dagegen, an dem Versuch teilzunehmen. Wir verstanden uns gut, wir mochten es, zusammen die kleinen Seitenstraßen im Stadtzentrum entlangzubummeln, wir gingen gerne zusammen in das gemütliche Café am Schlosspark, wir aßen beide am liebsten Spaghetti bolognese, und wir konnten uns genau gleich schnell ausziehen. Das waren eindeutig gute Voraussetzungen für eine vorläufige und nicht allzu beiläufige Beziehung. Also sind wir, nur drei Wochen nachdem wir uns auf einem *Forced Detours*-Konzert kennengelernt hatten, zusam-

men in eine Wohnung ganz in der Nähe der Hackeschen Höfe gezogen. So weit weg vom Wald hatte ich noch nie gelebt, und weil ich immer mindestens zehn Notlösungen brauche, habe ich meine Wohnung nicht gekündigt, sondern sie stattdessen Scratch als Kreativitätsfreiraum für seine tobenden Akkorde überlassen.

Scratch hat zuerst gesagt: »Ich scheiße auf alle Räume, in denen du dich nicht befindest! Und ganz besonders scheiße ich auf Jasper!«

Aber dann hat er sich wieder beruhigt und hinzugefügt: »Okay, ich passe auf deine Wohnung auf und fülle sie mit guter Musik. Eines Tages wirst du nämlich zurück nach Hause kommen, und dann werde ich da sein, und du wirst dich in meine Arme werfen und sagen: Scratch, du bist der Mann meiner Träume, bei dir will ich bleiben!«

»So etwas Kitschiges würde ich niemals sagen«, habe ich erwidert.

»Egal«, hat Scratch abwinkend gemeint und meinen Wohnungsschlüssel entgegengenommen. »Es ging nur um den Inhalt, und der stimmt!«

Ich habe ihm nicht widersprochen.

Denn man weiß ja nie.

Jasper war sechsundzwanzig Jahre alt, Techniker und gut erzogen. Ich wusste, dass er mich nicht mochte, weil ich berühmt war oder weil er mit mir angeben wollte. Das war ein schönes Gefühl. Denn ich hatte in den letzten Monaten so viele Menschen kennengelernt, die alle ganz dringend mit mir befreundet sein wollten, dass ich mir schon vorkam wie die Testversion von facebooklive. Und ich wusste ganz genau, dass keiner von denen mich um meinetwillen mochte. Es war nur das Rampenlicht – die moderne Form der Erleuchtung. Nichts weiter. Aber bei Jasper war es anders, er wollte nie in die angesagten Restaurants oder Clubs, er wollte nicht mit auf die Kinopremieren, zu denen ich mittlerweile ständig eingeladen wurde, und er wollte auch nicht, dass irgendwelche Paparazzi-Fuzzis irgendwelche Schnappschüsse von uns veröffentlichten. Ihm waren andere Dinge wichtig. Er mochte es, mir morgens Frühstück ans Bett zu bringen und der Erste zu sein, der einen meiner neuen Songtexte las. Er fand es schön, mit mir übers Wochenende wegzufahren, irgendwohin, wo es ruhig war und anders als in Berlin.

Jasper war der jüngste von drei Brüdern, und er hatte noch zwei Halbschwestern und drei Cousins in Berlin, die er alle hin und wieder besuchte. Am Anfang bin ich einige Male mitgegangen, aber da ich nie so genau wusste, was ich mit anderen Menschen anfangen sollte, die nicht mindestens halb so gestört waren wie ich, habe ich Jasper dann doch lieber alleine losziehen lassen und mich stattdessen darangemacht, ein paar Lyrics über die Einsamkeit zu schreiben.

Es war eine seltsame Zeit. Irgendwie fand ich es immer schön, wenn Jasper nach Hause kam, aber gleichzeitig hatte ich auch das Gefühl, dass er ruhig ein bisschen länger wegbleiben könnte. Schließlich habe ich sogar angefangen, darüber nachzudenken, ob ich sehr traurig wäre, wenn er eines Tages gar nicht mehr zurückkommen würde, weil er irgendwo anders sein Glück gefunden hatte.

Ich wusste keine Antwort darauf.

Und ich schätze, das ist Antwort genug.

Auf eine Frage wie diese.

Ich wusste nicht einmal, was es war, das ich für ihn empfand. Es war keine Liebe und es war auch kein Verliebtsein. Es war eher das Zulassen einer begrenzten Zweisamkeit, von der ich wusste, dass ich sie loslassen konnte, wann immer ich sie nicht mehr ertrug.

Und Jasper? In den ersten Wochen hatte er oft gelacht und mich immer wieder fasziniert angesehen, so als würde er etwas erkennen, das er noch nie zuvor gesehen hat. Aber ich nehme an, das war nur das erste Kribbeln.

Das geht vorbei.

Es sei denn, man hat Glück.

Und es verwandelt sich in Liebe.

Jasper war der geradlinigste, loyalste und irgendwie auch der langweiligste Mensch, dem ich je begegnet war. Ich hatte keine Ahnung, warum ich mir ausgerechnet jemanden wie ihn für meine erste feste Beziehung ausgesucht hatte und warum er gerade mit mir zusammen sein wollte, wusste ich auch nicht. Vielleicht weil er wirklich verliebt war. Und ich? Ich fand es einfach schön, mich immer auf ihn verlassen zu können und an seiner Seite niemals etwas Unberechenbarem begegnen zu müssen, obwohl ich das eigentlich gerne tat.

Ja. Vielleicht war all das nur ein zeitloser Stillstand.

Aber mit Jasper war es okay zu verharren. Er hat nie etwas eingefordert oder erwartet, denn er wollte nichts weiter als den beständigen Takt der zwischenmenschlichen Ruhe; er hat kein einziges Mal nach mehr verlangt.

Nach einer Weile haben wir begonnen, umeinander herumzuleben, ohne uns aus dem Weg zu gehen. Wir haben in demselben Bett geschlafen, ohne uns im selben

Raum zu befinden. Wir haben gelächelt, aus vollkommen verschiedenen Gründen. Wir haben gelesen, mit einem Stapel Bücher zwischen uns. Und wir sind durch die Straßen gelaufen, ohne den gleichen Boden zu berühren oder uns anzusehen.

Wir waren zusammen.

Zusammenhanglos.

Aber dafür haben wenigstens Landon und Sophia ihre Zukunft erkannt, und einige Monate später, im März, haben die beiden geheiratet. Sophia trug ein violettes Kleid, das fast genauso aussah wie das Sommerkleid, das sie getragen hatte, als Landon und ich sie zum ersten Mal gesehen haben. Ihre langen hellbraunen Haare fielen in leichten Wellen über ihre freien Schultern, und an ihrem Handgelenk befand sich ein dünnes silbernes Armband mit drei Anhängern: ein Baum, ein Wassermann und eine Kirsche. Ich hatte es ihr zur Verlobungsfeier geschenkt, und sie hatte sich so sehr darüber gefreut, dass sie geweint hat, an diesem Abend, an dem sie Landon versprochen hat, für immer bei ihm zu bleiben, ganz egal, wie viele Cherrys er noch adoptieren wollte.

Seitdem habe ich Sophia nie wieder ohne das Armband gesehen. Und wir haben uns oft gesehen.

In den letzten Wochen.

Es hat geregnet an diesem Tag, aber ich habe trotzdem ein kurzes weiß-rot gepunktetes Kleid getragen und mich nicht wie die anderen Gäste unter dem festlichen Hochzeitsfeier-Zelt versteckt. Ich stand einfach dort, mitten auf der Schlosspark-Wiese, und habe den Baum angesehen, unter dem Landon und Sophia sich kennengelernt haben, damals, als ich ein Pinguinmädchen mit Eisbauch war.

Es war ein schönes Gefühl, im Regen zu stehen, auf dem gepflegten Wildgras, inmitten von weißen Hochzeitsblüten und direkt unter dem frühlingsblauen Meereshimmel mit den kleinen grauen Regenwolken. Ich hätte ewig an dieser Stelle bleiben können, und es war mir egal, dass die anderen Hochzeitsgäste mich alle für bescheuert halten mussten, während sie ordentlich gruppiert unter dem riesigen Zelt standen und nichts, aber auch gar nichts von dem schönen Himmel sehen konnten, obwohl er für uns alle dort oben wartete.

Bis zum Horizont.

Und immer weiter.

Jasper war irgendwo in Holland oder Mailand, um seine Großeltern zu besuchen, oder seine Tante oder seine Cousine oder vielleicht auch seinen neusten Halbbruder. Ich hatte keine Ahnung. Denn er hatte in den letzten Wochen immer so leise vor sich hin gemurmelt, dass ich nur jeden zehnten Satz verstanden habe und davon auch immer nur die ersten drei Worte.

Ich weiß: Kommunikation funktioniert anders.

Und Liebe auch.

Aber wer interessiert sich schon für menschliche Bindungen, wenn er alleine sein kann. Außerdem war Scratch eingeladen samt seiner Band, die für die passende Musik sorgen sollte und ausreichend Krach veranstaltete, um sämtliche Tiere aus dem Schlosspark zu vertreiben. Aber Scratch war so freundlich, seine Gitarre zwischendurch immer mal wieder neben dem Schlagzeug zu parken und sich zu mir zu gesellen. Er hat sich in denselben Regen, unter dieselben Tropfen und auf dasselbe Gras gestellt; und dann hat er gesagt: »Du siehst aus wie ein Winterengel im Frühlingsgewitter.«

»Aber es ist noch gar nicht Frühling«, habe ich erwidert.

Da hat Scratch über meine nass geregneten Haare gestrichen und mich ganz dicht an sich herangezogen – so dicht, als würden wir zusammengehören.

»Du fühlst dich warm an«, hat er geflüstert.

Und ich habe gelächelt.

Obwohl mir kalt war.

Eine Woche später kam Jasper aus Holland oder Mailand zurück. Er hat mir einen Kuss gegeben, und ich habe den Kuss erwidert. Dann sind wir ins Schlafzimmer gegangen und haben uns nebeneinander auf das große tote Bett gelegt. Das Laken war dunkelblau wie das Meer und die unendliche Weite, aber der Raum war so eng, als gäbe es keine Farben.

Ich habe aus dem offenen Fenster gestarrt und Jasper gegen die weiße Decke. Irgendwo liefen diese beiden Raumbestandteile im rechten Winkel zusammen. Aber ich wusste nicht, ob das wichtig war für das Innenleben. Und die Aussicht aus dem Fenster war sowieso nicht schön; kein einziger Baum, kein Eichhörnchen, nur Menschen und Straßen und Häuser und dazwischen der ganze Rest.

Aber ich habe trotzdem weiter gelächelt.

Bis zum ersten Mai. Dann habe ich aufgehört zu lächeln, einfach so, weil ich keine Lust mehr hatte. Und kurz darauf, ganz zufällig, während einer dieser unspezifischen Rückfälle, habe ich herausgefunden, dass ich ein Profi darin bin, meine Arme zu zerschlitzen und den entstandenen Schaden anschließend unter langärmeligen Pullovern, Make-up und glitzernden Armbändern zu verstecken.

Meine schauspielerische Leistung war oscarreif.

Jasper hat nichts gemerkt, Scratch hat zu wenig bemerkt, und außerdem hatte ich das bemerkenswerte Glück, dass Landon nach meinen erfolgreich abgeschlossenen Therapien und meinem unauffälligen Verhalten der letzten Monate wieder Vertrauen in meine Lebenstauglichkeit hatte. Denn wenn er geahnt hätte, wie gut ich lügen kann und wie tief ich schneide, sobald keiner hinguckt, dann hätte er wahrscheinlich niemals aufgehört, meine Arme zu kontrollieren. Er hätte mich durchgeschüttelt, er hätte mit mir geschimpft, er hätte mit Konsequenzen gedroht, und er hätte mir Vorträge über die Eigenverantwortung eines jeden Menschen gehalten.

Und ich – was hätte ich getan?

Ich glaube, ich hätte ihm zugehört, ich hätte angefangen zu weinen, ich hätte den Ärger über mich ergehen lassen, mit allem, was dazugehört, auch wenn ich lieber weggerannt wäre. Und dann. Letztendlich.

Hätte ich vielleicht zurückgefunden.

An den richtigen Ort.

Aber ich war undurchschaut und scheinbar ansehnlich. Und ich habe nicht um Hilfe gebeten, denn ich war zu sehr damit beschäftigt, mich zu entfernen – von allem, was mir wichtig war. Ich bin morgens mit angehaltenem Atem erwacht und abends mit unruhig klopfendem Herzen ins Bett gesunken. Zwischendurch habe ich Texte geschrieben, als ginge es um mein Leben, dabei wollte ich es gar nicht mehr haben. Ich wollte nur meine Mutter wiedersehen. Ich habe sie so sehr vermisst, dass ich vergessen habe, wie andere Gefühle aussehen und wie viel Platz in einem menschlichen Gehirn für Achtsamkeit reserviert sein sollte.

Mein pochendes Blut hat mich überflutet.

Es war ein Versteckspiel auf Zeit.

Und ich wusste ganz genau, dass ich irgendwann auffliegen würde.

Aber wenn ich schon falle, dann wenigstens hoch durch die Luft.

18

Sieh dich an, Mädchen: Du blutest schon wieder. Deine Handgelenke sind so nah daran, dich endgültig zu verraten, dass deine Angst in jedem deiner angehaltenen Atemzüge zittert. Ja – du bist enttarnt. Ich weiß, dass du nur einen Schritt vom Ende entfernt bist. Und weißt du, was das bedeutet? Weißt du, was passiert, wenn du stolperst?
Es ist ganz einfach: Du fällst.
Und wenn du fällst, dann ist es vorbei.
Das ist das Leben. Aber du zuckst nur mit deinen müden Schultern, denn es ist dir egal, wie fast alles auf dieser Welt. Du kannst nicht einmal weinen, du stehst einfach nur dort und wartest auf den Schmerz, der hoffentlich kommt, um dich zu verschlingen.
Aber er erreicht dich nicht, du kannst ihn nicht fühlen.
Oder kannst du es doch?
Ja, vielleicht.
Ganz vielleicht.
Und wenn du es kannst, dann verlass diesen Raum der Unzeit, denn hier wird die Vergangenheit für immer auf dich einschlagen. Und erinnerst du dich an dein Versprechen? Du hast mir geschworen, nie wieder einen Fehler in deine Haut zu ritzen, du hast deinen Kopf in

meinen Händen vergraben und geflüstert, wie leid es dir täte. Du hast zu mir aufgeblickt und mir die Gewissenhaftigkeit deines Verstandes versprochen.
Also halte dein Wort.
Und behalte dein Leben.

Im darauffolgenden Herbst wurde mir ernsthaft kalt. Nicht so sehr, dass ich angefangen hätte zu zittern, aber genug, um mein Körpergewicht zu überdenken. Es hat drei Minuten gedauert, um zu dem Schluss zu kommen, dass Frieren ein akzeptabler Preis fürs Hungern ist.

Außerdem war ich eine moderne Frau.

Und moderne Frauen sind viel zu sehr damit beschäftigt, Kalorien zu zählen, als dass sie Hunger haben könnten. Moderne Frauen haben zu viele kreative Gedanken, um sich mit Essen zu beschäftigen. Und moderne Frauen sind natürlich viel zu intelligent und erfolgreich, um einen Keks auch nur anzugucken.

Gehirnwäsche.

Mit Diätseife.

Es war Anfang September, Scratch war mit den *Forced Detours* auf USA-Tour, mein Vater hatte gerade zwei neue Verlage aufgekauft, und sein überheblich grinsendes Gesicht wurde in jede Zeitung gedruckt, als gäbe es nichts Weltbewegenderes, Landon und Sophia waren währenddessen für drei Wochen in Spanien, und ich saß gelangweilt auf der Balkonbrüstung und habe die vorbeilaufenden Passanten beobachtet.

Mir war nicht wirklich langweilig.

Aber ich hatte keine Lust mehr zu verweilen.

Der Grund war mir nicht ganz klar, obwohl ich nur

aus dem Fenster gucken musste, um ihn irgendwo dort unten zu sehen. Aber irgendwann im schwebenden Fall wird jedem schwindlig von der davonrasenden Zeit. Und wozu läuft man hoch, in den obersten Stock, nur um sich anschließend hinunterzustürzen?

Es ergibt keinen Sinn.

Sich dem Unsinn zu ergeben.

Nachdenklich habe ich auf die letzten Monate zurückgeblickt, sie waren voll mit guten Songtexten, aber mittlerweile war ich an dem Punkt angelangt, an dem ich keine Buchstaben mehr sehen konnte und von Musik traumatische Begleiterscheinungen bekam.

Mein linker Arm sah schrecklich aus.

Und mein rechter auch.

Aber da Jasper ein desorientierter Mensch war (entweder das oder er hat mittlerweile einfach gerne an mir vorbeigeguckt), hat er nichts davon mitbekommen. Natürlich hat er mir manchmal in die Augen gesehen, aber eigentlich nur dann, wenn er gerade keinen anderen Blickpunkt finden konnte. Dabei wusste ich ganz genau, dass ihm etwas an mir lag. Auf seine stille unverständliche Art. Ich habe es daran gemerkt, wie er mich berührt hat, wenn wir uns zufällig im Vorbeigehen in unserem schmalen Flur gestreift haben. Es war ihm nie gleichgültig, auch wenn er jedes Mal so getan hat, nur um mich in dem Glauben zu lassen, dass er genauso unnahbar ist wie ich. Und vielleicht kann es auch gar nicht anders sein, wenn ein viel zu lautes und kaputtes Mädchen mit einem viel zu schweigsamen und gesunden Jungen zusammenstößt. Dann muss es wohl so sein, dass man sich umgeht. Aus Angst, sich zu überlaufen.

Und Sex?

Sex war ein Akt.

Ich habe immer nur dagelegen und die Decke angestarrt, und Jasper hat mit geschlossenen Augen durch meinen Kopf hindurch das Entenfederkissen angestarrt. Er ist immer gekommen und ich nie.

Das ist unberührtes Sexverhalten.

In auswegloser Beziehungslosigkeit.

Wir haben so teilnahmslos aneinander vorbeigestritten, dass wir uns auch genauso gut hätten vertragen können. Wir waren eigentlich nie wütend aufeinander, wir waren nur genervt von unserem geteilten Unvermögen. Aber in der Lage, es besser zu machen, waren wir auch nicht. Dazu waren wir viel zu müde. Und wenn wir dann doch einmal gemeinsam ausgegangen sind, hat Jasper die anderen Frauen im Raum betrachtet und ich die anderen Männer.

Und manchmal. Manchmal.

Haben wir uns gegenseitig dabei beobachtet.

Wie wir die anderen beobachten.

Ich denke, wir wollten beide, dass endlich Schluss ist, aber darüber reden oder einfach abhauen konnte keiner von uns. Dazu haben wir uns zu sehr geachtet. Trotz der Achtlosigkeit in unseren Gesten. Und wahrscheinlich fanden wir es auch beide beruhigend, mit jemandem zusammen zu sein, von dem man sich in jeder Minute trennen konnte.

Einfach so. Ohne sichtbare Verluste.

Ohne Ehekrieg und ohne Paragraph 5 der Aufenthaltsentschädigungsrechte.

Es war wie eine andauernde Voraufbruchsstimmung,

ein ungewisses Hadern, das Herauszögern eines endgültigen Augenblicks. Wir schlenderten schulterzuckend durch das Labyrinth der erprobten Gefühllosigkeiten; wir waren beide hervorragend darin, uns nicht zu berühren, obwohl wir uns an den Händen hielten.

So belanglos und achtsam zugleich.

Dass wir gar nichts mehr hielten.

Jasper war eigentlich ein liebevoller Mensch, aufmerksam und bodenständig und voll und ganz dazu bereit, Kinder zu kriegen, einen Vorgarten zu bepflanzen, einen Hund zu adoptieren und jeden Tag frisches Gemüse im Bioladen zu kaufen. Aber in Verbindung mit mir würde er das nie ausleben können, denn ich war noch fast genauso trotzig wie mit neun Jahren, und außerdem war ich hochgradig allergisch gegen festgefahrene Handlungsstränge.

Ich stand nackt vor dem Spiegel.

Als mir das klarwurde.

Also habe ich meinen Kopf schief gelegt, um einen anderen Betrachtungswinkel zu erlangen. Aber die Erkenntnis ist geblieben. Und alles, was ich dann noch ansehen konnte, war ich. Das hat mich nicht sonderlich glücklich gestimmt. Ich war zwar irgendwie ziemlich hübsch; ein bisschen dünn vielleicht, und auf die sieben Sommersprossen auf meiner Nase hätte ich auch verzichten können, aber was mich wirklich gestört und verstört hat, waren meine Arme.

Sie haben mich widergespiegelt.

Und mir jeden einzelnen Fehler von mir verraten.

Mein nacktes Spiegelbild sah beschlagen aus. Getrübt und verschwommen. Meine Gedanken haben die Vergangenheit umklammert, und ich habe mich an Jasper erinnert, wie ich ihn am Anfang wahrgenommen hatte, mit seinen ordentlich gebügelten Hemden und dem unverwundbaren Lächeln, von dem ich dachte, es könnte vielleicht für uns beide reichen.

Er war ein Mensch gewesen.

Für den jede Geste zählt.

Aber mein unterkühltes Wesen hatte ihn dazu gebracht, dass er die Vielfalt der Ausdrucksmöglichkeiten nicht mehr sehen konnte; und ich wusste, dass ich niemals zu ihm stehen könnte.

Nicht auf meinen wackeligen Beinen.

Und nicht ohne vorher meinen eigenen Standpunkt zu kennen.

Ich denke, das ist grundsätzlich keine Grundlage.

Für den unbeanstandeten Fortbestand.

Zweier Menschen.

19

At first they call you beauty.
Because you have something that they want.
But then they call you ugly.
Because you are more than they can hold.

Might be that they say: We love you.
Might be that they say: We really do.
But then they say: We hate you.
And then they say: We always did.

And if you don't stop listening.
You will never hear.
Your voice again.

Neun Monate nachdem ich Jasper zum ersten Mal geküsst hatte, habe ich schließlich angefangen, meine Sachen zu packen. Ich wollte Jasper nicht verunsichern, also habe ich die vollgestopften Umzugskisten in unserem Keller aufgestapelt und vorsichtshalber mit der Aufschrift »Liebesromane« versehen. Merkt euch diesen Trick. Denn Männer gucken nicht in Kisten, auf denen »Liebesromane« steht. Niemals. Das ist ein Gesetz der Männlichkeit, das noch nie ein Mann übertreten hat.

Noch nie.

Seit es Liebe gibt.

Ich war mir nicht ganz sicher, ob Jasper wirklich nicht merkte, dass die Wohnung von Tag zu Tag leerer wurde, oder ob er es einfach erleichtert hinnahm. Aber als ich dann schließlich am Tag der deutschen Einheit vor ihm stand und verkündete, dass es vorbei sei und ich leider, leider wieder zurück in meine eigene Wohnung ziehen müsste, da hat Jasper mich merkwürdig verletzt angesehen.

»Cherry«, hat er schließlich gesagt, »du kannst nicht einfach deine Sachen in einen Koffer schmeißen und abhauen.«

»Es sind sieben Koffer, zwei Taschen und dreizehneinhalb Umzugskartons«, habe ich erklärt. »Und außerdem haue ich nicht ab, ich gehe einfach nur nach Hause.«

»Dein Zuhause ist hier!«, hat Jasper erwidert.

»Nein«, habe ich widersprochen. »Du kennst mich doch überhaupt nicht.«

»Natürlich kenne ich dich, Cherry!«, hat Jasper gesagt. »Ich kenne dich besser, als du denkst.«

Und die Überzeugung in seiner Stimme hat mich ein paar Sekunden lang an meinem menschlichen Einschätzungsvermögen zweifeln lassen. Dabei war es doch eindeutig, dass wir beide nicht einmal ansatzweise kompatibel waren.

Wir waren schließlich nicht einmal *komm*patibel.

Ja. Das war ein Wortspiel.

Ein Vorspiel.

Ein Höhepunkt.

»Sag mal«, habe ich schließlich nachdenklich gesagt,

»findest du wirklich, dass einer von uns beiden in dieser Beziehung glücklich ist?«

»Ja!«, hat Jasper sofort gesagt.

»Und wer?«, wollte ich wissen.

»Wir beide!«, hat Jasper erwidert.

Das war eindeutig ein Witz hoch zwei.

Ich war kurz davor loszulachen, aber da hat Jasper plötzlich hinzugefügt: »Cherry, ich liebe dich. Begreifst du das denn wirklich nicht? Es ist schwer, mit dir zusammen zu sein, du bist kaum zu begreifen, du taumelst haltlos von einem Moment in den nächsten, du versteckst deine zerschnittenen Arme vor mir und redest dir ein, ich würde es nicht merken, nur damit du dich nicht damit auseinandersetzen musst, wie nah ich dir bin. Du drehst jeden Satz so, wie du ihn haben möchtest, dann änderst du ein paar Inhalte, und schon hast du einen Songtext. Du hast keine Ahnung vom Leben abseits der Worte, denn du hast viel zu viel Angst, um die Wirklichkeit zu sehen. Du musst immer übertreiben! Immer! In jedem verdammten Satz! Aber ich bin hier für dich, an jedem Tag! Und ich möchte mit dir zusammen sein, auch wenn es nicht leicht ist. Also, lauf jetzt nicht weg, Cherry, du bist nicht auf der Flucht. Du bist im Leben.«

Das war der Moment.

In dem ich mich hätte umentscheiden können.

Ich hätte meine Kisten und Koffer wieder auspacken können. Ich hätte ankommen können.

Wenigstens versuchsweise.

Denn Versuchen ist weise.

Aber dumm und trotzig, wie ich bin, habe ich mich umgedreht und bin davongerannt, so schnell ich konnte;

so schnell, als würde am Ende dieses Weges ein sperrangelweit geöffnetes Fenster auf mich warten, durch das ich nur noch hindurchspringen müsste, um wieder bei meiner Mutter zu sein.

Und um sie zu fragen.

Warum sie mich nicht mitgenommen hat.

Damals. In dieser endlosen Nacht.

20

Mädchen, hör auf, dich nach Nähe zu sehnen. Du brauchst keinen einzigen Menschen.
Wozu hast du gelernt, alleine zu sein, wenn du es nicht erträgst, der Einsamkeit standzuhalten? Sieh doch nur. Keiner liebt dich wirklich. Sie tun alle nur so. Sie strecken eine Hand nach dir aus und reden von Halt.
Aber Haltung bewahren sie nur für den Augenblick. Dann ziehen sie sich verhalten zurück.
Und natürlich sagen sie: »Wir werden für dich da sein. Du kannst so viel weinen, wie der Pazifik groß und der Atlantik tief ist. Wir werden bei dir bleiben, bis zum Schluss. Wir werden dich tragen, bis du wieder laufen kannst.«
Leute reden und reden.
Aber wenn du dann anfängst zu weinen.
Wenn du anfängst zu bluten.
Sind sie auf einmal alle weg.
Und sie meinen es gar nicht böse. Sie wissen nur nicht, wie man ein Wort hält. Und was es bedeutet, zu jedem gesprochenen Satz zu stehen.
Außerdem haben sie Angst vor dem Tod.
Denn sie kennen niemanden.
Der ihn überlebt hat.

Du bist untragbar. Das hat mein Vater, dieser buchstabentrunkene Vollidiot, zu mir gesagt, als ich eingeschult wurde. Ich weiß nicht, ob diese Aussage wahr ist, aber ich wollte diesen Satz unbedingt verbreiten.
Als Zwischeninformation.
Und in Gedenken an die gute alte Zeit.
Zwei Jahr später, kurz bevor ich in die dritte Klasse gekommen bin, habe ich den halben Sommer damit verbracht, meinen Vater im Krankenhaus zu besuchen, weil er beinahe an einem kaputten Lungenflügel abgekratzt wäre. Ich weiß noch, dass ich es ziemlich ironisch fand, dass ausgerechnet mein Vater einen kaputten Flügel haben musste.
Denn himmelsferner als er.
Kann man wahrscheinlich gar nicht sein.
Er hatte den ganzen Tag lang schlechte Laune, aber irgendwann, zwischen seinen endlosen Flüchen, hat er gesagt: »Wenigstens ist dieses Krankenhaus nicht so wortverseucht wie das buchstabeninfizierte Verlagsgebäude! Hier kann man in aller Seelenruhe herumliegen, ohne dass irgendwer mit einem vergessenen Komma oder einem gottverdammten Apostroph angerannt kommt. Und hier gibt es auch keine nervtötenden Schriftsteller, die ihre Lebenskrisen in Form von autobiographischen Texten verarbeiten und anschließend an ihren eigenen Aussagen scheitern! Verdammt! Ich muss unbedingt ein paar Lektoren feuern, wenn ich wieder zurück bin. Und diesen beschissenen Punkrock-Grafiker einzustellen war auch keine gute Idee! Bei dem sieht jeder Coverentwurf aus wie irgendein gesprayter Graffitischrott im Andy-Warhol-Verschnitt, und dann benutzt dieser Trottel auch noch jedes Mal dieselbe kil-

lerschwarze Zombieschrift. Cherry, gib mir mein Handy! Den Typen feuere ich jetzt sofort! Und wenn ich schon dabei bin, mache ich auch gleich noch ein paar Autoren fertig – diese lahmarschigen Faultiere! Wenn ich die Deadline für eine Manuskriptabgabe auf den Letzten eines Monats setze, dann will ich spätestens Mitte des genannten Monats das fertige Ding vor mir liegen haben! Für wen halten diese Wortaussätzigen sich? Sehe ich etwa aus, als hätte ich endlos Zeit? Ich hasse Schriftsteller!«

»Du, Papa«, habe ich mich vorsichtig herangetastet, denn ich war ein Kind, und Kinder denken ständig, dass die Welt insgeheim vielleicht doch von den drei Musketieren regiert wird und somit noch nicht alle Hoffnung auf Großherzigkeit und Tapferkeit vergeben ist, »vielleicht solltest du deine Autoren einfach ein bisschen besser behandeln.«

»ICH SOLL WAS!?«, hat mein Vater daraufhin sofort losgebrüllt, obwohl die Ärzte schon dreimal gesagt hatten, dass er sich nicht aufregen dürfe. »Warum sollte ich diese Buchparasiten besser behandeln? Werden die dadurch produktiver und schreiben medientauglichere Manuskripte? Fangen die dann endlich an, die Punkte am Ende vom Satz zu setzen und nicht da, wo sie schön aussehen?«

»Ich weiß nicht«, habe ich unsicher erwidert. »Aber Mama sagt doch immer, dass wir unsere Mitmenschen mit Respekt und Achtsamkeit behandeln sollten.«

»Achtsamkeit ist die biologisch abbaubare Form von Verachtung!«, hat mein Vater gebrüllt. »Alle Menschen können Komplimente verdauen, nur die hässliche Wahrheit bleibt ihnen ständig im Hals stecken.«

»Aber es ist doch nicht die Wahrheit, dass alle Schriftsteller blöd sind, oder?«, habe ich verwirrt gefragt.

»Doch!«, hat mein Vater gewettert. »Da kannst du Gift drauf nehmen! Hinter jedem Buch steht ein Wortnarr! Intelligente Menschen stellen Rechnungen aus – sie stellen keine Schrift in Bücher!«

»Ist Geld so wichtig?«, wollte ich wissen.

»Habe ich dir denn überhaupt nichts beigebracht!?«, hat mein Vater ungeduldig gebrüllt und ist vor Zorn rot angelaufen. »Natürlich ist Geld wichtig! Es gibt nichts Wichtigeres als Geld und Macht!«

»Und Mama und ich?«, habe ich schüchtern gefragt. »Sind wir denn nicht wichtiger für dich als Geld und Macht?«

Mein Vater hat als Antwort einfach nur geschnaubt.

Da habe ich angefangen zu weinen.

»Cherry!«, hat mein Vater gebrüllt. »Hör sofort auf zu heulen! Das ist das typische Verhalten von unkontrollierten Künstlern! Und ich hasse Künstler! Die malen einen Strich auf eine Leinwand und nennen das *Zeitlose Schöpfung*. Dann schneiden sie sich ein Ohr ab und wundern sich, dass sie auf einmal halb taub sind! Und dafür werden die dann auch noch berühmt! Maler, Musiker, Schriftsteller – diese hirnlosen Idioten kannst du alle zusammen in eine Schublade stopfen, und anschließend kannst du ihnen dabei zusehen, wie sie sich gegenseitig mit ihren Depressionen anstecken!«

Manchmal frage ich mich, ob ich so gestört bin, weil ich meine Kindheit damit verbracht habe, meinen Vater zu beobachten. Wer weiß, vielleicht brauchen heranwachsende Menschen Vorbilder, oder wenigstens Farben, damit sie ihre eigenen Bilder malen können.

Ja, ich denke, das ist so.

Aber mein Vater hat sämtliche Buntstifte, die meine Mutter für mich ins Haus geschmuggelt hatte, kurzerhand weggeworfen, genau wie jedes Blatt Papier.

Er hat gesagt: »Kreativität ist die Ursache allen Übels und der Grundstein für jeden schriftstellerischen Amoklauf.«

Und er hat auch gesagt: »Literaturagenten sind genauso käuflich wie Schriftsteller. Sie faseln vom Recht der Schriftkunst und dem ihrer Verfasser, aber wenn man mit ein paar bedruckten Scheinchen vor ihnen herumwedelt, dann lassen sie die Worte samt den Autoren fallen und greifen gierig nach den Zahlen.«

»Das glaube ich nicht«, habe ich gesagt. »Es gibt auch gute Menschen.«

»Du glaubst an das Gute im Menschen?«, hat mein Vater spöttisch gefragt. »Was glaubst du eigentlich, wer für den Ersten und Zweiten Weltkrieg verantwortlich war? Bestimmt nicht *Bernd das Brot* und auch kein sprechender *Schwammkopf!* Das waren alles Menschen!«

Ich habe nichts darauf erwidert. Ich bin einfach in mein Zimmer gegangen und habe mich hinter meiner größten Spielzeugkiste versteckt, um dort darauf zu warten, dass alle bösen Menschen gut werden und dass nie wieder ein Krieg stattfindet. Aber irgendwann ist mir langweilig geworden. Also habe ich die Spielzeugkiste aufgemacht und nach meiner Kuschelklapperschlange gesucht. Als ich das zottelige neongrüne Giftungeheuer schließlich gefunden hatte, habe ich es mir um den Hals gewickelt und mich anschließend nachdenklich auf die bunte Kiste gesetzt. Ein paar Minuten lang habe ich versucht herauszufinden, warum mein Vater immer so schlechte Laune hatte und was mit einem Menschen geschehen sein musste, dass er alles und jeden zu hassen schien, obwohl es doch eigentlich klar war, dass es gar nicht so sein konnte. Mir kamen einige Sätze von meiner Mutter in den Sinn, sie hatte mir schon so oft erzählt, dass es Zeiten gibt, in denen man sich verliert; aber dass auch immer wieder Zeiten kommen, in denen man sich zurückfindet. Ich hatte nur leider keine Ahnung, warum mein Vater schon so lange in einer verlorenen Zeit feststeckte und warum er nicht die geringsten Anstalten machte, sich zu befreien. Meine Mutter hatte mir einmal erklärt, dass es hin und wieder vorkommt, dass wir die Fehler, die uns angetan wurden, wiederholen und sie anderen zufügen. Aber das konnte ich nicht verstehen. Ich saß dort mit meiner neongrünen Klapperschlange auf meiner Spielkiste und war mir todsicher, dass ich niemals so gemein sein würde wie mein Vater.

Ja. Todsicher sind wir alle.
Bis das Leben uns versichert.
Dass wir keine Ahnung haben.

Als ich acht Jahre alt war, wollte ich nur noch grüne Sachen essen. Keine Ahnung warum, vielleicht war es ein Streik oder der erste Ausdruck meiner Lebensunfähigkeit. Aber vielleicht war es auch einfach nur eine Sympathiebekundung für die giftgrüne Klapperschlange. Ich aß Spinat, Erbsen, grüne Gummibärchen, Kiwis,

Gurken, Waldmeistergötterspeise und Eisbergsalat, aber wenn mir jemand eine Banane, eine Scheibe Brot, Salami, Schokolade oder sonst etwas Nichtgrünes unter die Nase gehalten hat, habe ich so laut gebrüllt, als wollte man mich vergiften.

Meine Mutter hat damals alles versucht, um mich wieder zu einem normalen Essverhalten zu überreden, aber mein Vater hat gesagt: »Lass das blöde Kind von mir aus verhungern! Ich habe sowieso keine Zeit für dieses Ungeheuer! In den zwanzig Minuten, die es dauert, Cherry jeden Morgen zur Schule zu bringen, könnte ich zehn Gehälter kürzen, fünf Autoren ihre Rechte abkaufen, dreihundert Manuskripte ablehnen und ganz nebenbei ein paar Millionen mehr verdienen!«

»Wie kannst du so etwas sagen?«, hat meine Mutter entsetzt gerufen.

»Ich kann alles sagen, was ich will!«, hat mein Vater gebrüllt. »Ich bin der König der Buchstaben!«

»Du bist ein eingebildeter, ignoranter Idiot!«, hat meine Mutter erwidert. »Was ist nur aus dir geworden? Was ist mit dem Menschen passiert, den ich geliebt habe? Hast du mir nicht einmal geschworen, dass du nie werden würdest wie dein Vater? Hast du mir nicht hoch und heilig versprochen, dass du es besser machen würdest, als du es vorgelebt bekommen hast? Und jetzt sieh dich nur an! Du bist keinen Deut besser als er; du hast alles, was dir wichtig war, gegen Ruhm und Gier eingetauscht. Du bist blind vor Reichtum und verblendet von Macht. Kein Wunder, dass dich alle TNT nennen!«

»Wie bitte!?«, hat mein Vater gebrüllt. »Was hast du gesagt!?«

»Du hast mich schon verstanden«, hat meine Mutter geantwortet, und ihre Stimme war so ruhig, als würde die grenzenlose Einsicht der undurchsichtigen Charakterausprägung allein ihr gehören. »Du hast verstanden, was du verloren hast. Du hast verstanden, was du anrichtest. Und eines Tages, wenn du endlich erwachsen bist, wirst du auch den Rest verstehen.«

Einen Moment lang hat mein Vater ausgesehen, als wollte er weinen.

Einen Moment lang hat es weh getan, die Einsamkeit in seinen Augen zu erkennen.

Aber dann hat er ausgeholt und meine Mutter geschlagen.

Von da an war es still im Haus.

So still. Wie in einem zugeklappten Buch.

Irgendwann habe ich schließlich wieder angefangen, Lebensmittel unabhängig von ihrer Farbe zu essen. Denn, wie gesagt, ich war acht Jahre alt, und vielleicht ist es kein Zufall, dass die Zahl Acht auf Englisch wie Aid klingt und auf Deutsch Acht heißt. Vielleicht hätte ich mich auch gleich noch in Charity umtaufen lassen sollen. Vielleicht hätte ich dann kapiert, dass man nichts weiter kann als verlieren, wenn man gegen sich selbst streikt. Und ja, natürlich wäre es schön gewesen, ein etwas klügeres Kind zu sein.

Sanftmütiger, liebenswerter.

Ein besserer Mensch.

Aber ich hatte andere Probleme. Buchstäblich. Also habe ich meine Krise in vorlaute Sätze umgewandelt und meine Gestörtheit in Form von leichtsinnigen Handlungen ausgedrückt, wie zum Beispiel dem waghalsigen Herumbalancieren auf Brückengeländern und Dachrinnen.

Es war ein Wunder, dass ich nicht abgestürzt bin. Denn mein Gleichgewichtssinn war ein wankelmütiger Witz. Und wenn ich gewusst hätte, dass meine Mutter sich in nicht allzu weiter Ferne ihr Leben nimmt, noch bevor ich selbst dazu komme, dann hätte ich mich vielleicht zusammengerissen und versucht, ein gutes Kind zu sein.

Aber ich wusste es nicht.

Also habe ich mich schrecklich benommen.

Ich habe Türen zugeknallt und Schulstunden geschwänzt, ich habe Essigreiniger in sämtliche Blumentöpfe im Haus geschüttet, ich habe die Keller unserer Nachbarn aufgebrochen und die kaputten Vorhängeschlösser anschließend in Geschenkpapier gewickelt und grinsend in die dazugehörigen Briefkästen geworfen. Ich habe Zigaretten geklaut, Brausebonbons und Haarspangen. Und ganz nebenbei habe ich mir abgewöhnt zu lächeln, für wen oder was auch immer.

Meine Mutter hat gesagt: »Cherry, warum bist du nur so wütend?«

»Ich bin nicht wütend!«, habe ich wütend gebrüllt.

»Cherry ...«, hat meine Mutter erwidert. »Weißt du denn nicht, wie sehr ich dich liebe?«

»NEIN!«, habe ich geschrien. »Keiner liebt mich!«

»Natürlich liebe ich dich«, hat meine Mutter entgegnet.

»Wenn du mich lieben würdest, dann wärst du nicht mit so jemandem wie Papa zusammen!«, habe ich heulend gebrüllt.

»Cherry«, hat meine Mutter angefangen, aber ich

habe dazwischengekreischt: »Hör auf, ständig meinen Namen zu sagen. Ich hasse meinen Namen! Kein Mensch will wie Fallobst heißen.«

»Kirschen sind kein Fallobst«, hat meine Mutter entgegnet.

»Doch!«, habe ich gebrüllt. »Wenn keiner da ist, der die Kirschen pflückt, dann fallen sie vom Baum und vergammeln.«

»Cherry«, hat meine Mutter erneut angefangen.

Aber ich wollte ihr nicht mehr zuhören und bin aufgebracht in mein Zimmer gestürmt. Ich habe die Tür so laut zugeknallt, dass im Flur irgendein Spiegel von der Wand gekracht und zersplittert ist. Das war mir natürlich vollkommen egal. Ich habe einfach den Zimmerschlüssel zweimal im Schloss gedreht und mich anschließend heulend mit dem Rücken gegen die verriegelte Tür gelehnt.

Ich war ein unausstehliches Ekel.

Aber meine Mutter hat sich bemüht und bemüht. Sie hat mir all die schrecklichen Sätze verziehen. Sie hat nie die Geduld verloren. Sie ist nie ausgerastet. Sie hat mich nie dafür bestraft, dass ich Geschirr zerdeppere, Möbelstücke anzünde und Lügen verbreite.

Und ich?

Ich war untragbar.

Selbstsüchtig und arrogant.

Irgendwie habe ich es geschafft, von einem lieben kleinen Kind zu einem Monster zu mutieren. Ich habe meine Haarschleifen gegen Totenkopfzopfgummis ausgetauscht, ich habe Löcher in meine ohnehin schon zerfetzten Klamotten geschnitten, ich habe einen gemeinen Satz an den nächsten gereiht und alles und jeden verletzt, der sich mir in den Weg gestellt hat. Das Einzige, was mir noch halbwegs Spaß gemacht hat, war das Schwimmtraining. In dem riesigen Wasserbecken habe ich mich merkwürdigerweise bedeckt und geborgen gefühlt. Also war ich immer die Erste dort und die Letzte, die gegangen ist. Ich habe Landon am Ende vom Training sogar dabei geholfen, die Bahnabtrennungen einzurollen, die Schwimmbretter einzusammeln und die Schwimmflügel aus dem Kinderbecken zu fischen.

Ich habe alles getan.

Was liebe Mädchen tun.

Dabei war ich längst ein herzloser Zombie.

Dann ist meine Mutter abgesprungen. Sie hatte mich noch in mein mit Kuscheltieren übersätes Bett in meinem überdimensionierten Zimmer gebracht und mir eine Geschichte erzählt. Sie hatte über mein Haar gestrichen und über meine Wange. Aber ich hatte schlechte Laune und wollte nicht einmal ihren Gutenachtkuss erwidern. Ich habe einfach nur dagelegen und so getan, als wäre sie Luft.

Sie hat sich von mir verabschiedet.

Sie hat gesagt: »Ich liebe dich.«

Sie hat es so gesagt, dass ich wusste, es ist wahr.

Aber ich habe mir einfach die Ohren zugehalten.

Und dann war alles vorbei.

Alles.

21

Fortwährend im Dasein.
Und während wir fort sind.
Bestätigen wir die Zeit.
Wort für Wort.
Der Stille entsprechend.
Laut. Los. Gerufen.

Eine Woche nachdem ich mich von Jasper getrennt hatte, ist Scratch von seiner Tournee zurückgekommen und aufgeregt mit einer Kiste unter seinem Arm in meine Wohnung gestürmt.

»Du bist zurück!«, hat er gebrüllt, und anschließend hat er mich so heftig umarmt, als wäre *ich* weg gewesen und nicht *er*.

»Ich war doch die ganze Zeit über hier«, habe ich erwidert.

»Nein!«, hat Scratch sofort entgegnet. »Du warst in Mitte, diesem aufgemotzten Touri-Geldhai-Bezirk. Aber jetzt bist du wieder zu Hause, hier in deiner Wohnung! Ohne Jasper! Im Raum des andauernden Sounds der Entfaltung! Und jetzt habe ich vielleicht doch noch eine Chance auf unser erstes Date.«

»Fandest du Jasper so schrecklich?«, wollte ich wissen.

»Nö«, hat Scratch achselzuckend gemeint. »Überhaupt nicht. Der war eigentlich ganz nett, und außerdem war er auf einem Konzert von mir, also hatte er eindeutig Geschmack. Aber vergiss die Vergangenheit, in der Musik nennt man das Echo, und das wird früher oder später sowieso von einem aktuelleren Sound überlagert. Also, wenn du magst, dann können wir sofort heiraten. Ich besorg uns Flugtickets in die Staaten. Dann flittern wir auf irgendeiner unbewohnten Insel, und anschließend ziehen wir zusammen mit Zachareus in ein Haus am Waldrand. Das wäre gut für uns alle: Du würdest aufhören, dich vor dem Leben zu verstecken, ich müsste nie wieder mit einem dieser hysterischen Groupiegirls schlafen, und Zachareus bekäme endlich einen weiblichen Ansprechpartner.«

»Kaninchen brauchen keinen Ansprechpartner«, habe ich entgegnet.

»Doch«, hat Scratch gesagt. »Alle Lebewesen haben Ansprüche, die sie an irgendwen richten wollen.«

»Okay«, habe ich seufzend nachgegeben, »wie du meinst.«

»Also, sind wir jetzt zusammen?«, hat Scratch so hastig gefragt, dass ich eigentlich nur das letzte Wort verstanden habe und mir den Rest selbst zusammendenken musste.

»Nein«, habe ich schließlich entgegnet. »Ich bin bindungsunfähig.«

»Das macht nichts«, hat Scratch erwidert. »Ich doch auch.«

»Und wie soll das dann funktionieren?«, wollte ich wissen.

»Na, irgendwie«, hat Scratch gemeint. »Die Zeugen

Jehovas geben auch nie auf. Die kommen jedes Jahr aufs Neue.«

»Hast du uns gerade mit den Zeugen Jehovas verglichen?«, habe ich gefragt.

»Ja«, hat Scratch schulterzuckend erwidert. »Warum nicht? Die sind doch auch nicht ganz dicht.«

Ich habe gelächelt.

Und dann habe ich versucht, in die Kiste zu schielen.

»Was ist da drin?«, wollte ich wissen.

»Die Kuscheltiere«, hat Scratch geantwortet.

»Habt ihr die nicht irgendeinem amerikanischen Kinderheim gespendet?«, habe ich gefragt.

»Doch«, hat Scratch gesagt. »Aber nur zwei Drittel. Die richtig coolen habe ich mitgebracht.«

»Was sind coole Kuscheltiere?«, habe ich gefragt.

»Guck mal«, hat Scratch gesagt und die Kiste aufgerissen und kurzerhand umgedreht, so dass sämtliche Stoffwesen kreuz und quer durch meinen Flur geflogen sind.

»Wow«, habe ich gemeint. »Das ist nur ein Drittel?«

»Die US-Girls schmeißen viel mehr Plüschgetier als alle anderen«, hat Scratch sich gefreut. »Und guck mal, da ist ein riesengroßes gelbes Pikachu oder wie das Vieh von Pokémon heißt. Und Darth Vader habe ich auch bekommen! Und sogar Obama – die haben ihren Präsidenten als Stoffpuppe! Guck mal, wie dunkel der ist, ich dachte immer, der ist heller! Aber egal. Kann ja jeder aussehen, wie er will. Und siehst du, da drüben, das ist Gollum.«

»Deine Fans schmeißen mit Gollum, Darth Vader und dem Präsidenten nach dir?«, habe ich gefragt.

»Ja«, hat Scratch stolz gesagt. »So sehr lieben die mich!«

»Toll«, habe ich kopfschüttelnd gesagt. »Und was machen wir jetzt mit all den Viechern?«

»Na, wir teilen sie auf«, hat Scratch gemeint. »Den Präsidenten behalte ich – aber du kannst die Gossip-Girl-Puppen haben und den Papst, das ist das unförmige Ding da hinten zwischen Kenny und Gott.«

»Okay«, habe ich seufzend gesagt. »Aber nimm Darth Vader mit, den will ich nicht in der Wohnung haben.«

»Warum?«, hat Scratch gefragt und Darth Vader in den Arm genommen. »Der ist doch süß – guck mal, wie flauschig sein schwarzer Umhang ist.«

»Oh, Mann«, habe ich gestöhnt. »Hast du angefangen, Drogen zu nehmen?«

»Nein«, hat Scratch grinsend erwidert. »Ich bin nur so froh, dass ich wieder zu Hause bin! Und du auch!«

Später an diesem Tag haben Scratch und ich auf dem kleinen bunten Teppich in meinem Wohnzimmer gelegen und Bubble Tea getrunken, bis wir beide Bauchschmerzen und Gummiballongefühle hatten. Dann haben wir damit begonnen, Songtexte zu dichten, und nebenbei ein paar Runden Europa-Tour gespielt.

»*Be aware. Be not a ware*«, habe ich gesagt.

»Yep!«, hat Scratch grinsend gesagt. »Das ist gut – heutzutage muss man vorsichtig sein, dass man nicht zu einer Ware wird! Und wie geht es weiter?«

»*Be aware of the wolf. Or be a werewolf*«, habe ich vorgeschlagen.

»Har, har«, hat Scratch gesagt. »Wir müssen unbedingt 'ne Rap-Tussi klarmachen, die deine Texte singt.« Dann hat er mir seine Reiseroute vor die Nase gehalten, eine triumphierende Geste gemacht und lautstark »GE-WONNEN!« gebrüllt.

»Du kannst nicht direkt von Portugal nach Deutschland laufen, du Depp«, habe ich kopfschüttelnd gesagt. »Und wie kommst du ohne Schiff oder Flugzeug von Zypern nach Norwegen?«

»Oh«, hat Scratch gesagt. »Ich dachte, das schnallst du bestimmt nicht.«

Ich habe ihm meine Karten an den Kopf geworfen, und anschließend haben wir noch einmal von vorne angefangen: Wir haben uns um Polen gestritten und dann um Monaco, wir haben Serbien gegen Russland ausgetauscht und Frankreich gegen Italien. Schließlich habe ich mir England geschnappt, damit Scratch in Irland festsitzt, und Scratch hat die gesamte Schiffsflotte und sämtliche Flugzeuge blockiert, damit ich nie wieder zurück aufs Festland komme.

Aber irgendwann, nach einer ewig langen Reise.

Haben wir uns darauf geeinigt, dass wir zusammen in Berlin bleiben.

Und abwarten, was passiert.

22

Zwischen deinem Denken. Mitten im Verstand.
Abseits der Zeit. Jenseits der Welt.
Hier. Liegt ein Raum.
Abgeschiedenheit.

Im November habe ich jede Nacht denselben Traum geträumt. Ich habe geträumt, dass alle Menschen, die mir etwas bedeuten, aus dem Fenster springen. Und manchmal habe ich mich selbst auf einem Fensterbrett stehen und hinab in die nichtssagende Tiefe blicken sehen. Ich bin jedes Mal aufgewacht, bevor ich abgesprungen bin. Und dann, im Morgengrauen, habe ich mich dafür gehasst, dass ich mich nicht getraut habe, meiner Mutter zu folgen.

Vielleicht ist das ein Naturgesetz.

Das Gesetz des freien Falls.

Und wenn der liebste Mensch im Leben als Erstes geht, dann gehen vielleicht alle anderen in festgelegter Reihenfolge: als Nächstes der Zweitliebste, dann der Drittliebste und immer so weiter bis ganz zum Schluss.

Am Ende sind nur noch die da, die man nicht ausstehen kann. Oder die, die nichts verstehen.

Ja. Die ausstehenden Spiele der Revolution.
Und dann gibt es Kriegsverhandlungen.
Und Friedensmisshandlungen.
Hand in Hand.
Verschworen.

23

Damals am Meer. Du warst noch so klein, dass die Welt größer war als die Zeit. Du standest am Wasser und hast in die Ferne geguckt; dort zwischen den Wellen trieb dein winziges Plastikboot davon.
Du warst traurig.
Du hast in den Sturm hineingeflüstert.
Aber der Wind hat es dir nicht zurückgebracht.
Ja. Damals.
Leise streichst du über diese Erinnerung, lautlos berührst du die Vergangenheit deiner fortlaufenden Gedanken. Und schließlich sagst du in die unbegrenzte Stille: »*Heute würde mir so etwas nicht mehr passieren. Ich habe schwimmen gelernt, seitdem.*«
Aber du hast kein Plastikboot mehr.
Und das Meer ist so weit weg.

Zwei Monate nachdem Scratch mit Obama und Gollum bei mir aufgekreuzt war, hat es angefangen, eine Woche lang durchzuregnen. Ich habe aus dem Fenster gesehen und die Tropfen gezählt, aber ich konnte mich nicht konzentrieren, weil mir schwindlig von der abwärtsführenden Bewegung geworden ist.

Also habe ich das Fenster wieder geschlossen.

Und dann war auch schon Nikolaus.

Scratch hat sieben Kartons voller Schokokugeln, Zimtsterne und Zuckerengel vor meiner Wohnungstür aufgestapelt, und weil ich nicht damit gerechnet hatte, wäre ich um ein Haar davon erschlagen worden.

»Danke, Scratch«, habe ich kurz darauf ins Telefon gesagt. »Aber was soll ich denn mit so viel Schokolade machen?«

»Oh«, hat Scratch erwidert. »Darüber habe ich gar nicht nachgedacht. Ich fand nur die Idee mit dem Nikolaus-Kisten-Turm vor deiner Tür cool. Aber wenn du magst, dann kann ich ab jetzt jeden Tag vorbeikommen und dir beim Aufessen helfen.«

»Okay«, habe ich gesagt.

»Super!«, hat Scratch sich gefreut. »Ich komme gleich rüber! Ich habe sowieso gerade einen Riesenhunger!«

Ich wusste genau, dass er nur übertrieben fröhlich getan hat, denn in Wirklichkeit hat er sich Sorgen um mich gemacht, weil ich schon wieder angefangen hatte, zu wenig zu essen, und weil er Ende November eine Packung Rasierklingen in meinem Badezimmerschrank entdeckt hatte.

Natürlich wusste ich nicht, wie die dahin gekommen war.

Natürlich hatte ich überhaupt keine Ahnung.

Und natürlich hat Scratch sie mitgenommen.

Und mir kein Wort geglaubt.

Am Nachmittag hat Landon mich angerufen und gefragt, ob ich nicht endlich mal wieder zu Besuch kommen wolle oder Lust hätte, mit ihm in irgendeine Ausstellung mit schiefen Bilderrahmen zu gehen. Ich habe ein bisschen herumgedruckst und Zimtsterne auf meinem Couchtisch hin und her geschoben.

»Nö, ich bin unglaublich beschäftigt«, habe ich schließlich gesagt.

Dabei war ich gerade der faulste Mensch auf der Welt. Abgesehen von täglich ein paar Wortverknüpfungen zu erschaffen, habe ich nämlich rein gar nichts getan. Die nächste Tour ging erst im Februar los, und bis dahin hatten wir zwar ein paar einzelne Konzerte, zu denen ich mitfahren würde, aber dort hatte ich nichts weiter zu tun, als Backstage herumzulungern und mit Scratch und den Jungs die Zeit zu genießen. Ich hatte keinen Druck, Texte zu schreiben, denn davon waren mehr als genug vorrätig, und für meine Textverwaltung im Ausland hatte ich mittlerweile einen Agenten, der sich um alles kümmerte. Also konnte ich einfach in meiner Wohnung herumliegen, bis ich Kopfschmerzen vom Nichtstun bekam, oder auf dem Balkon herumtigern, als ob der weit genug oben wäre, um mir im Fall aller Fälle sämtliche Knochen zu brechen. Aber der dritte Stock ist noch lange keine Garantie. Und eigentlich hatte ich auch überhaupt keinen Grund, zurück in meine Selbstmordsucht zu verfallen. Aber irgendwie scheint es ein ungeschriebenes Gesetz zu geben, dass jeder Ex-Geistesgestörte für immer ein Bereitschafts-Psychopath bleiben muss. Denn auch wenn die offensichtlichen Symptome zeitweise geheilt werden können, ein Restschaden, der von einer Sekunde zur nächsten zu einem Neuauslöser werden kann, bleibt für immer. Das wollte ich Landon nicht auf die Nase binden, ich wollte ihm viel lieber die Augen verbinden, damit er es nicht sehen kann, wenn ich mal wieder mit einem verbundenen Arm durch die Gegend laufe. Aber Landon hat meiner

Stimme angehört, dass ich lüge, und deshalb hat er gesagt: »Cherry, ich warne dich! Fang ja nicht wieder mit irgendeinem Blödsinn an! Du hast in deinem Leben schon genug Lügen von dir gegeben – so langsam solltest du erwachsen genug für deine Wahrheit sein. Und die ist nicht so schuldig und hässlich, wie du immer denkst. Denn deine Mutter ist nicht wegen dir aus dem Fenster gesprungen, und es gibt auch kein Gesetz auf der Welt, das besagt, dass du ihr hinterherspringen must.«

»Ich habe nicht vor, mich umzubringen«, habe ich gesagt.

Und dabei sehnsüchtig aus dem Fenster gestarrt.

Die Luft sah unentschlossen aus.

Es war Winter, aber Schnee hatte es noch keinen gegeben. Ein paar Frostgitter haben mir die klare Sicht versperrt, und eine Ansammlung von unsichtbaren Eiskristallen hat den störrischen Wind umlagert.

»Du darfst dich nicht verletzen, Cherry!«, hat Landon nachdrücklich gesagt. »Du bist schon verletzt genug – du musst endlich aufhören, in deinen Wunden herumzustochern, sonst verheilen sie nie!«

»Ja, ja«, habe ich erwidert.

Landon hat sich zweimal geräuspert.

»Sag nicht *ja, ja* zu mir«, hat er dann gesagt.

»Ja. Ja, ich passe auf mich auf«, habe ich daraufhin gelogen.

Dann habe ich schleunigst aufgelegt.

Und das Gegenteil getan.

Achtzehn Tage später war Weihnachten. Es hat in Strömen geregnet, und der Himmel sah aus wie mit ewig langem Lametta bestückt, und weil es noch dazu schweinekalt war, hatte sich der Boden in ein einziges Eisfeld verwandelt. Die Sandstreuer hatten längst kapituliert, und seit ungefähr drei Tagen war kein Mensch mehr freiwillig vor die Haustür gegangen.

Ich war die Einzige, die jeden Tag die eisigen Klippen der Sandgrube entlangbalanciert ist, und ich war auch die Einzige, die an Heiligabend zitternd auf der quietschenden Schaukel eines verlassenen Spielplatzes saß. Meine Zähne haben so sehr geklappert, dass ich locker den rauschenden Wind übertönt habe. Das lag wahrscheinlich daran, dass ich meinen kürzesten schwarzen Rock und mein durchsichtigstes schwarzes Oberteil angezogen hatte. Meine Haut war schneegansweiß und mein Herz tintenklecksschwarz. Ich hatte mich mit der freundlichen Unterstützung einer Überdosis Schminke in einen anderen Menschen verwandelt und war zuerst stundenlang ziellos durch das weihnachtliche Unwetter gezogen, bis ich schließlich zu müde zum Laufen geworden bin und mich auf den Spielplatz in der Nähe vom Teufelsberg zurückgezogen habe, weil ich nicht nach Hause gehen wollte.

Kein anderer Mensch.

War weit und breit zu sehen.

Und wenn da doch irgendwer gewesen wäre, dann hätte er bei meinem Anblick wahrscheinlich schleunigst die Flucht ergriffen – denn ich hatte mir dunkelblaue Strähnchen in meine düsteren Haare gefärbt und anstatt eine Haarbürste zu benutzen, einfach ein paar Knoten per Hand herausgerissen. Ich sah beschissen aus: kreidebleich, unterernährt, übermüdet; ich wäre die perfekte Besetzung für einen Horrorfilm gewesen. Aber scheiß auf die Möglichkeitsform.

Denn wenn die irgendeinen weiterführenden Bestand hätte, dann wäre meine Mutter vielleicht, ganz vielleicht noch am Leben.

Nachdem ich zwei Stunden lang auf der Schaukel hin und her gependelt war und die knochigen kahlen Äste der umliegenden Bäume betrachtet hatte, stand auf einmal Landon vor mir. Ich war so vertieft in meine Endzeitgedanken gewesen, dass ich ihn überhaupt nicht auf mich zukommen gesehen hatte. Er war klatschnass, von Kopf bis Fuß, genau wie ich, und der Ausdruck auf seinem Gesicht war nicht gerade das, was man als erfreut bezeichnen könnte.

»Ich such dich schon überall«, hat er gesagt.

»Wie schön für dich«, habe ich pampig geantwortet. »Falls du mich jetzt zu dir und Sophia zu einer Weihnachtsfamilienparty einladen willst – vergiss es! Ich fühle mich sehr wohl hier im Regen.«

Landon hat mich einen Augenblick lang finster angesehen.

»Cherry«, hat er schließlich laut gesagt. »Du kommst jetzt sofort von dieser Schaukel runter! Sophia ist über die Feiertage in München bei ihren Eltern, und da ich dich in den letzten Wochen nicht erreicht habe, bin ich heute bei Scratch vorbeigefahren. Der war so nett, mir die Tür aufzumachen – im Gegensatz zu dir, und dann hat er gesagt, du seist in letzter Zeit etwas merkwürdig und würdest dich anziehen wie eine Vampirnutte. Darunter konnte ich mir absolut nichts vorstellen, aber jetzt sehe ich, was er gemeint hat.«

»Ach, fick dich, Landon!«, habe ich erwidert. »Ich kann mich anziehen, wie ich will. Es ist mir vollkommen egal, was du denkst und wieso du überhaupt denkst! Und was interessiert es dich, wie ich mich verhalte? Geh nach Hause und setz dich neben deinen scheiß Weihnachtsbaum, hier kannst du eh nichts mehr ausrichten!«

Die Luft ist stehen geblieben. Mitten im Windvollzug. Und Landon hat mich ungläubig angestarrt.

»Ups«, habe ich zickig ergänzt. »Habe ich das tatsächlich laut gesagt?«

Diese Ansage hätte ich mir wirklich sparen können, denn es ist nicht sehr klug, Selbstmord per Wortgefecht zu begehen, und man sollte sich auch nicht verausgaben, wenn man nichts zu geben hat.

Aber hinterher ist man immer klüger.

Als vor dem Denken.

Landon hat mich von der Schaukel gerissen. Und anschließend hat er mich so wütend über den vereisten Boden des Spielplatzes gezerrt, dass mir zum ersten Mal in meinem Leben geschwindigkeitsschwindlig und zeitrauschübel geworden ist. Das Klettergerüst ist an mir vorbeigezogen, dann das Drehdings, der Buddelberg, die Raupenwippe und ganz zum Schluss auch noch das Trampolin mit den roten Seitenpfählen.

Alles zusammen sah aus wie ein merkwürdiger Farbklecks.

Mitten in einem Schwarzweißfilm.

»Ich erinnere mich daran, dass wir schon einmal ein ähnliches Gespräch geführt haben!«, hat Landon währenddessen geschimpft. »Das war rein zufällig auch an Heiligabend. Der einzige Unterschied ist, dass du damals sechs Jahre jünger warst und etwas mehr anhattest.«

Ich habe gehustet.
Kurz darauf war der Spielplatz weg.
So schnell lag er hinter uns. Im Abseits.
»Cherry!«, hat Landon weiter geschimpft. »Was zum Teufel sind das für blaue Strähnchen auf deinem Kopf? Ist das jetzt modern? So wie vierzig Kilo wiegen? Und kannst du mir vielleicht mal erklären, was du in den letzten Wochen getrieben hast!? Wozu habe ich mich eigentlich darum bemüht, dass du regelmäßig etwas isst, wenn du sämtliche guten Vorsätze von einer Sekunde zur nächsten über Bord wirfst und innerhalb von einem Monat zu einem Skelett mutierst!?«
Ich habe stumm die Bäume beobachtet.
Keiner hat sich bewegt.
»Cherry!«, hat Landon geschimpft. »Ich rede mit dir!«
Das war mir schon klar.

But I was deaf.
I was deaf-nitely unable.
To hear.

Landon hat es irgendwie geschafft, mich den matschigen Weg in Richtung Hauptstraße entlangzuzerren und nebenbei so heftig an mir herumzuschütteln, dass ich das Gefühl hatte, ein mit Speed und Kokain beladener Lastwagen hätte mich dreimal hintereinander überfahren.
»Das kann so nicht weitergehen!«, hat Landon geschimpft. »Du wirst dir von jetzt an Kleidungsstücke mit weniger Ausschnitt und mehr Stoff anziehen! Du wirst dir dieses verdammte schwarze Zeug aus deinem Gesicht wischen! Du wirst wieder anfangen, etwas zu

essen! Und du wirst auch nicht mehr haltlos von einem Tag in den nächsten fallen, als wäre Sinnlosigkeit dein zweiter Vorname! Du hast viel zu viel Talent und Verstand, um dich derart gehenzulassen!«

»Landon«, habe ich gesagt, weil mir so langsam wirklich übel von dem ganzen Herumgeschüttel geworden ist. »Landon, ich …«

»Unterbrich mich nicht, wenn ich mit dir rede!«, hat Landon dazwischengebrüllt und mich einfach weitergezerrt und noch heftiger hin und her gerüttelt.

Ich wusste nicht, inwiefern man jemanden unterbrechen kann, der gerade eine Rede beendet hatte, aber ich habe mich nicht getraut zu widersprechen. Stattdessen habe ich brav genickt. Doch dann musste ich leider unpassenderweise grinsen, weil mir die ganze Situation so verquer vorkam, dass ich sie schon wieder lustig fand. So, als ob man zum Tode verurteilt wird, obwohl man eh eine unheilbare Krankheit hat. Aber zu grinsen war wahrscheinlich das Dämlichste, was ich in diesem Moment hätte tun können; denn Landon ist daraufhin so abrupt stehen geblieben, dass ich volle Kanne gegen seine Brust geknallt bin, weil er ja immer noch dabei war, mich hinter sich herzuschleifen, und ich krampfhaft darum bemüht war, Schritt zu halten.

»Autsch!«, habe ich gesagt.

Aber das hat Landon komplett ignoriert.

»HAST DU GERADE GEGRINST?!«, hat er gebrüllt. »Findest du das etwa lustig? Meinst du, es macht mir Spaß, an Weihnachten durch halb Berlin zu rennen und nach dir zu suchen? Scheiße, Cherry, du bist kein kleines Kind mehr! Wann fängst du endlich an, Verantwortung für dich und dein Leben zu übernehmen?!«

Ich wusste nicht, was ich darauf erwidern sollte.

Ich hatte es doch versucht.

Immer wieder.

Aber wenn man erst einmal ergriffen wurde, von der Sucht zu sterben, wenn man erst einmal damit angefangen hat, das Leben zu verraten, dann ist jeder Herzschlag nichts weiter als ein abtrünniger Seelensplitter.

Die unerkannte Verfassung verwandelt sich in eine Sandburg.

Und jedes Gefühl ist die einbrechende Flut.

Ich habe versucht, mich davonzublinzeln, aber Landon hat mich angesehen, als könnte er wieder einmal meine Gedanken durchschauen. Er hat so aufmerksam in meinen müden Augen gelesen, als wäre ich dort.

Dort.

Direkt vor ihm.

So nah, dass wir uns berühren könnten, wenn wir es nur aufrichtig genug versuchen würden. Und natürlich wusste ich, dass Landon alles für mich versuchen würde. Er hatte es versprochen. Er hatte versprochen, auf mich aufzupassen, falls ich das selbst nicht mehr könnte.

Und ich es konnte es nicht.

Nicht in dieser Zeit.

Ich habe mich viel zu sehr dafür gehasst, was ich meiner Mutter angetan hatte. Ich habe mich gehasst, weil ich es hätte besser machen können. Und ich habe mich gehasst, weil ich schon als Kind gewusst hatte, dass meine Mutter nur wegen mir bei meinem Vater geblieben ist. Er hatte ihr damit gedroht, dass er jeden Richter und jeden Anwalt auf der Welt bestechen würde, um das alleinige Sorgerecht für mich zu bekommen.

Obwohl er mich gar nicht haben wollte. Aber er wollte *sie* haben. Denn ganz egal, wie rabenschwarz und tot sein vertrocknetes kleines Herz war, diese eine Frau hatte ihn mehr berührt als alle anderen Menschen auf der Welt zusammen. Und er wollte sie nicht verlieren, unter keinen Umständen, auch wenn sie sich letztendlich nur noch im Weg herumstanden. Ich hatte dabei zugehört, wie sie sich gestritten haben. Ich hatte mitbekommen, wie er sie angeschrien hat. Und ich weiß noch genau, wie er gebrüllt hatte: »Ich liebe dich! Verstehst du das nicht!? Ich liebe dich immer noch! Und ich kann diesen ganzen Scheiß hier auch nicht leiden! Aber das ist jetzt mein Leben! Das ist der Beruf, den ich besser beherrsche als alles andere!«

Und meine Mutter hatte geflüstert: »Aber du wolltest doch nie herrschen. Hast du das wirklich vergessen? Erinnerst du dich nicht mehr an all die Dinge, die dir früher wichtig waren? Damals, als wir uns kennengelernt haben. Du warst so ein wundervoller Mensch, und du hast mir so viel von dir anvertraut. Du hast mir alles erzählt, von deiner Familie und von all den schrecklichen Sachen, die sie zu dir gesagt und die sie dir angetan haben, nur weil du nicht so sein konntest, wie sie dich gerne haben wollten. Weißt du nicht mehr, was du einmal zu mir gesagt hast? *Ganz egal, was dir in deinem Leben passiert und wie tief du auch fällst, du darfst niemals vergessen, wer du bist.* Aber genau das hast du getan, Thomas. Dabei bedeutet die Tatsache, das du den Verlag übernommen hast, noch lange nicht, dass du ab jetzt auch dieser herzlose und skrupellose Mensch sein musst, zu dem dein Vater dich erziehen wollte. Du bist doch so viel mehr als das hier.«

Da ist mein Vater ausgerastet und hatte einen Stuhl, zwei Teller und eine Tasse gegen die Wand geworfen. Und meine Mutter. Sie ist damals trotzdem bei ihm geblieben, obwohl sie es nicht mehr geschafft hat, ihn zu erreichen. Sie ist bei ihm geblieben, weil sie bei mir bleiben wollte. Sie hat ihn ertragen. Sie hat versucht, jeden seiner boshaften Sätze zu widerlegen.
Nur für mich.
Aber ich hatte nichts Besseres zu tun, als mich in ein Ungetüm zu verwandeln. Ich war so sehr damit beschäftigt, den Worten meines Vaters zu lauschen und meinen Wert an seiner Stimme zu messen, dass ich keine Zeit hatte, meiner Mutter zuzuhören oder ihre Schönheit zu begreifen.
Ich habe mir Unwert zusprechen lassen.
Anstelle von Liebe und Behutsamkeit.
Ja, ich war schuld daran, dass sie gestorben ist. Ohne mich hätte sie sich scheiden lassen, und dann hätte sie einen Mann gefunden, der gut zu ihr ist, so, wie sie es verdient hätte. Und vielleicht hätte sie dann auch ein anderes Kind bekommen; ein Kind, das gut zu ihr ist. So, wie sie es verdient hätte.

What if I had a chance to make a difference?
Would I change the present or would I lose the past?
Would I whisper the truth?
Or would I die for a perfect lie?
What if. What if. What if I could?

Schon wieder die Möglichkeitsform. Als ob die vergangene Zeit formbar genug wäre, um sie auch noch im Nachhinein allen möglichen Handlungsspielräumen anzupassen. Als ob ein einziger Gedankengang in die Vergangenheit alle begangenen Wege ändern könnte.

»Cherry«, hat Landon gesagt, und im ersten Moment war seine Stimme am anderen Ende vom Waldweg, aber dann ist sie näher gekommen, so nah, dass ich sie verstehen konnte. »Cherry, so kann es nicht weitergehen. Du benimmst dich unmöglich; wenn du so weitermachst, dann wirst du nicht mehr lange hier sein! Und glaub ja nicht, dass das Leben schön ist, wenn man es verliert. Sieh mich an, verdammt noch mal! Ich rede mit dir!«

Da habe ich aufgesehen, aus unsicheren Augen, und der Winter war so kalt, dass ich ihn nicht mehr spüren konnte. Aber ich wollte ihn nicht als Schneeleiche verlassen, und ich wollte auch nicht für immer so weiterexistieren.

»Landon«, habe ich schließlich geflüstert, und zum ersten Mal seit Wochen war ich kein aufmüpfiges Mädchen, das sich selbst noch mehr verabscheute als das Leben. Zum ersten Mal seit Monaten wollte ich wieder zurück nach Hause kommen.

Nach Hause – dem Ort, an dem es okay ist, man selbst zu sein.

Auch wenn das nicht immer leicht und schön ist.

»Landon«, habe ich ein zweites Mal gesagt.

Und dann habe ich ganz vorsichtig begonnen, mich aus seinem Griff zu lösen. Er hat mich losgelassen, weil er wusste, dass ich nicht wegrennen wollte. Und nachdem ich ein paar Minuten lang regungslos vor ihm gestanden hatte, habe ich schließlich das Make-up von meinen Armen gewischt.

Damit er sehen konnte, was ich getan hatte.

Damit die schrecklichen Lügen endlich ein Ende finden konnten.

Landon hat eine Hand ausgestreckt und nach meinem Arm gegriffen. Der Schmerz in seinen Augen war größer als der in mir. Und ich habe mich geschämt für meine Schwäche. Für diesen andauernden Fehler in mir.

Ich wollte etwas sagen, das ich weiß. Aber ich wusste nichts. Jedenfalls nichts, was von Bedeutung gewesen wäre. Und nichts, was mich freigesprochen hätte. Also war ich einfach still. Und Landon auch.

Das Schweigen hat sich ausgebreitet.

Der Winter hat angefangen zu brennen.

Und mir war schneeflockenkalt.

Bis auf die Knochen.

Eine lange Zeit haben Landon und ich einfach nur in der Weihnachtsstille gestanden und uns angesehen. Aber irgendwann hat Landon seine Jacke ausgezogen und um meine Schultern gelegt, damit ich nicht als erfrorene Vampirnutte enden muss. Und während ich mich noch gefragt habe, wie man es wohl anstellen könnte, eine Seele wie meine wieder einzufangen, hat Landon schließlich angefangen zu sprechen.

»Cherry, ich habe dich gewarnt«, hat er gesagt. »Ich habe dir mehr als einmal erklärt, dass wir ein ernsthaftes Problem miteinander kriegen, wenn du nicht endlich damit aufhörst, dich selbst zu verletzen. Und ich habe das nicht einfach nur so dahingesagt. Ich kann zwar sehr gut verstehen, dass ein Mädchen wie du auf die Idee kommt, Schmerzen zu benutzen, um sich selbst wachzurütteln, aber das ist noch lange kein Grund, diese Idee in die Tat umzusetzen und dann auch noch zu sagen: *Ist doch egal, ich fühle eh nichts.* Ich habe dich gewarnt, ich habe dir gesagt, dass es Konsequenzen haben wird, wenn du mit deinem Leben spielst. Erinnerst du dich daran?«

Ich habe genickt. Dann habe ich den mit Eis und Schneematsch bedeckten Waldboden betrachtet, er war weiß und grau und schwarz und rutschig.

Aber ich wusste: Er führt irgendwo hin.

Also habe ich ein zweites Mal genickt.

»Okay«, hat Landon gesagt. »Dann komm, lass uns nach Hause gehen.«

Er hat mir eine Hand hingehalten.

Und ich habe sie angenommen.

So wie damals.

24

Irgendwo zwischen den Jahren liegt ein Wort gefangen, in einem Zwiespalt aus Urgestein und unbestätigten Gebieten. Dort ist es felsenfasertief und nebelschwadengrau. Dort schlafen Schneehasen und Eisgiraffen im entfremdeten Tal. Dort liegen Nachtgespenster neben den stacheligen Sträuchern der immerwährenden Dämmerung. Dort wacht das Morgengrauen über die letzten Polarlichter und das zerknickte Gras.
Dort im Geschehen.
Erfriert die Zeit.

Weihnachten ist ein Fest, das man alleine feiern sollte. In düster flackerndem Kerzenschein, mit melancholischer Musik, untermauert von gnadenlosen Texten und einschlagenden Beats. Das Telefon muss unbedingt ausgestöpselt werden, damit nicht doch noch jemand dazu kommt, »Frohe Weihnachten!« oder Ähnliches in die Abgeschiedenheit zu posaunen. Ich bin mir sicher: Einsame Weihnachten sind die Zukunft. Die heutige Durchschnittsfamilie ist sowieso mindestens zweimal geschieden, dreifach enterbt und froh, wenn alle Beteiligten möglichst weit verstreut über die gesamte Erdkugel leben.

Außerdem weiß mittlerweile jedes Kind, dass man Lichterketten sowohl zum Aufhängen als auch zum Erhängen benutzen kann. Jeder Teenager weiß, dass man sich mit Nadeln stechen oder abschießen kann. Ja, es ist kein Geheimnis, dass Menschen gerne sterben, obwohl sie anschließend auch gerne bei der Trauerfeier dabei wären, um sich beim Leichenschmaus über das kurzweilige Leben auszulassen.

Früher war der Tod traurig und tragisch.

Heute macht man daraus Fernsehserien, autobiographische Abschiedsromane, kollektive Friedhofbesäufnisse, parlamentarische Testamentsanfechtungen und blutige Xbox-Spiele.

Das waren die Gedankengänge, durch die ich gestolpert bin, während Landon und ich die letzten Meter zu seiner Wohnung zurücklegten. Irgendwo zwischen zwei Straßenlaternen bin ich schließlich so nervös geworden, dass ich angefangen habe, eine Atemstörung zu entwickeln, und schließlich immer langsamer und langsamer geworden bin, bis ich kaum noch vorwärtskam. Landon hat so getan, als würde er das nicht merken, stattdessen hat er einfach meine Hand etwas fester in seine geschlossen, damit ich nicht doch noch auf die Idee komme zu flüchten.

Und natürlich wollte ich nichts lieber als davonlaufen.

Ich war besessen von den Vorzügen meiner Dummheit, ich kannte tausend Gründe, um weiterhin alles falsch zu machen, und ich war viel zu wortgewandt, um mich mit klaren und eindeutigen Sätzen ausdrücken zu können. Mein Leben lang hatte ich mich aus jeder Situation wieder herausgeredet, wirklich aus jeder.

Außerdem wusste ich: Rasierklingen sind handlich.
Sie nehmen nicht viel Platz weg.
Und sie passen in jeden Arm.
Ja, ich gebe es zu, ich hatte mich längst daran gewöhnt zu sterben. Obwohl ich im Grunde genommen nichts dagegen hätte, für eine gewisse Zeit unsterblich zu sein.
Aber so sind wir alle.
Bis zum Tod rechnen wir mit dem Leben.
Und ich hatte fest daran geglaubt, dass ich für immer so weitermachen könnte, ohne dass irgendwer es schaffen würde, mich zu erreichen. Aber nun hatte ich Landon meine Arme gezeigt, und hätte ich das nicht getan, dann hätte er es sowieso irgendwann herausgefunden.
Es war nichts Neues.
Wir kannten beide die Regeln der Zeit.
Und die Halbwertszeit meiner zerfallenden Atome.
Doch diesmal war ich eindeutig zu weit gegangen, meine Arme sahen aus, als wäre ich Mitglied der mörderisch begabten Happy Tree Friends. Und Landon würde es garantiert nicht dabei belassen, mit mir zu schimpfen oder meine Wohnung nach Rasierklingen zu filzen. Er hatte es lange genug auf die sanfte Art versucht, und ich war meisterhaft darin gewesen, seine Vorträge nach spätestens zwei Wochen wieder zu vergessen. Ich wollte mir also lieber nicht vorstellen, was ich mir diesmal eingebrockt hatte, und weil ich so langsam um mein verhasstes Leben zu fürchten begann, habe ich auf einmal angefangen zu weinen und versucht, meinen zauberhaften Charme für Selbsterhaltungszwecke einzusetzen.
»Das war das letzte Mal!«, habe ich schluchzend be-

teuert. »Ehrlich, Landon. Ab jetzt benehme ich mich wieder wie ein zurechnungsfähiger Mensch. Ich schlitze mir nie wieder die Arme auf! Versprochen! Ich wollte das wirklich nicht. Es ist einfach so passiert, okay? Bitte, Landon, können wir nicht einfach darüber reden?«

Aber Landon hat seinen Kopf geschüttelt.

»Ich habe schon genug geredet«, hat er gesagt. »Ich habe die letzten sechs Jahre lang auf dich eingeredet. Und ich habe dich mehr als einmal gewarnt, aber du kannst es ja einfach nicht lassen, und eine neue Therapie anfangen willst du auch nicht. Also versuch jetzt bloß nicht, dich aus dieser Situation wieder rauszureden, denn es ist mir egal, wie viele Worte du kennst und wie viele weltbewegende Songtexte du in zehn Minuten verfassen kannst! Ich erwarte von dir, dass du dein Gehirn bewegst, und zwar in die richtige Richtung!«

Da habe ich angefangen, so heftig zu weinen, dass ich Schluckauf bekommen habe, aber Landon hat nur gesagt: »Und versuch es jetzt bloß nicht auf die Mitleidstour, Cherry! Diesmal diskutiere ich nicht mit dir, diesmal greife ich zu anderen Maßnahmen. Und ich garantiere dir, dass du in der nächsten Woche nicht mehr sitzen kannst, ohne darüber nachzudenken, dass es weh tut, wenn man sich die Arme aufschlitzt.«

Das hat meinem angeknacksten Hirn den Rest gegeben.

»Ich will aber nicht«, habe ich angefangen, doch Landon hat mich unterbrochen: »Sei einfach still, Cherry! Das hättest du dir überlegen können, *bevor* du eine Rasierklinge in deinen Arm stichst. Und wenn du mir nachher nicht sämtliche Klingen freiwillig aushändigst, dann stelle ich deine ganze Wohnung auf den Kopf –

darauf kannst du dich verlassen. Und jetzt solltest du wirklich aufhören, nach Ausreden zu suchen, und anfangen zu begreifen, dass es so nicht weitergeht!«

Dann hat Landon nichts mehr gesagt.

Und ich habe vor Schreck wieder aufgehört zu weinen.

Im Treppenhaus wäre ich beinahe an den Stufen gescheitert. Wer hätte gedacht, dass sich ein Aufstieg so erniedrigend anfühlen kann. Es war ein seltsames Gefühl, auf der einen Seite wollte ich, dass Landon es sich noch einmal anders überlegt und mich einfach abziehen lässt, damit ich weiterhin mein Unheil anrichten kann, aber auf der anderen Seite war ich erleichtert, dass es endlich vorbei war und mein Selbstmordfreiraum plötzlich eingeschränkt vor mir lag. Durch Grenzen, die mir jemand anderer gesetzt hatte, nicht ich, mit meinen schiefen und wackligen Abrisswänden.

Ein paar Minuten später, die mir wie ein überfüllter Tag mit unruhigen Stunden vorgekommen waren, hat Landon mich schließlich in seine Wohnung geschoben und weiter bis ins Wohnzimmer. Meine Beine haben sich so wacklig angefühlt, als wäre ich gerade einen Marathon quer durch Berlin und wieder zurück gelaufen. Ich habe mich nicht einmal getraut, Landon zu fragen, ob wir uns vielleicht auf lebenslangen Hausarrest oder Müllsammeln im Park einigen könnten – solche Angst hatte ich davor, dass Landon mir weh tun würde. Normalerweise war ich nämlich die Einzige, die mir Schmerzen zugefügt hat, und das Praktische an diesen Schmerzen war, dass ich sie nicht fühlen konnte. All die Rasierklingenversuche habe ich immer nur mit eiskalter Abgeschiedenheit und Isolation verbunden – niemals mit Schmerzen. Und weil Landon das ganz genau wusste, war er wahrscheinlich zu dem Schluss gekommen, dass ich es vielleicht endlich lassen würde, wenn er mich damit konfrontieren würde, dass es weh tut, sich selbst zu zerstückeln.

Aber das wollte ich lieber nicht ausprobieren. Ich wollte mein Rasierklingenparadies und den abgestumpften Wunderschmerz nicht verlieren. Und unter keinen Umständen wollte ich bestraft werden.

Also habe ich mich losgerissen und bin zurück in Richtung Wohnungstür gerast, aber Landon hat mich nach vier Schritten eingeholt und festgehalten.

»Was soll das werden?«, hat er gefragt.

»Ich gehe nach Hause«, habe ich erklärt. »Du hast mir gar nichts zu sagen!«

»Fängst du jetzt schon wieder damit an?«, hat Landon stirnrunzelnd gefragt. »Vor zwanzig Minuten warst du noch halbwegs einsichtig. Und vor zehn Minuten hast du mir versprochen, nicht mehr abzuhauen und dich von Rasierklingen fernzuhalten.«

»Das war gelogen!«, habe ich gesagt. »Ich werde mich bis an mein Lebensende in Streifen schneiden – ich fühle doch eh nichts!«

Noch in dem Moment.

In dem ich die letzte Silbe herausposaunt habe.

Ist mir aufgefallen, dass das mit Abstand der hirnrissigste Satz war, den ich in dieser Situation hätte sagen können.

Aber die Situation war ja eh schon komplett kaputt. Also, so gesehen war es wahrscheinlich scheißegal. Landon hat mich genau eine Sekunde lang angestarrt, mit diesem Blick, mit dem kein Mensch angeguckt werden will, und während ich mir nervös auf meine Unterlippe gebissen habe, hat Landon mich auch schon an meinem Oberarm gepackt und zurück ins Wohnzimmer geschleift.

»Lass mich los, Landon«, habe ich protestiert. »Au, du tust mir weh.«

»Ach, ich dachte, du hättest keine Gefühle!«, hat Landon trocken erwidert und mich einfach weitergezerrt.

Also habe ich versucht, mich an der Wand festzuhalten und dann am Türrahmen und schließlich am Wohnzimmertisch und an der Luft dazwischen.

»Du brichst mir meinen Arm!«, habe ich gejammert.

Obwohl das komplett übertrieben war.

»Um deinen Arm brauchst du dir keine Sorgen zu machen«, hat Landon erwidert und ist zielstrebig auf das Sofa zugesteuert. »Aber glaub ja nicht, dass ich dich diesmal wieder mit einer Moralpredigt davonkommen lasse! Ich habe es auf die nette Art versucht, ich habe mich darum bemüht, in den letzten Wochen und Monaten auf dich einzugehen, mit dir umzugehen und dich davon abzuhalten, dein Leben zu verschwenden und deinen Körper zu verwüsten – aber du hast mich einfach ignoriert. Und anstatt dass du wenigstens versuchst, dich zusammenzureißen, wird es immer schlimmer! Hast du eigentlich überhaupt keinen Respekt mehr vor irgendetwas?«

»Doch«, habe ich geheult und weitergezappelt. »Doch, das habe ich. Lass mich los, Landon! Ich will nach Hause! Bitte!«

»Vergiss es!«, hat Landon geschimpft. »Du gehst nirgendwo hin!«

»Landon …«, habe ich weitergejammert und so verzweifelt an meinem Arm gezogen, dass ich ihn mir wahrscheinlich selbst ausgerissen hätte, wenn Landon nicht schon beim Sofa angekommen wäre, sich darauf niedergelassen hätte und mich kurzerhand über seine Knie gezogen hätte.

Mein Gehirn ist zum Fenster gerast. Und rausgesprungen. Mitten durch die geschlossene Scheibe. Es gab ein lautes Geräusch.

Und dann war ich sauer auf das Sofa.

Auf das verdammte Sofa.

Ich habe mich gefragt, warum es nicht woanders steht und warum es überhaupt irgendwo stehen muss. Dann habe ich mich gefragt, warum es weiß ist, denn weiße Sofas werden doch ständig schmutzig. Und außerdem war es viel zu groß und sperrig.

Der Raum hat sich eng angefühlt und luftdicht.

Irgendwann ist mein gedankenüberspülter Verstand wieder aufgetaucht.

Und ich habe schnell versucht aufzustehen, was natürlich nur dazu geführt hat, dass Landon eine Hand auf meinen Rücken gepresst und mich wieder zurück über seinen Schoß geschoben hat, während ich meinen Kopf in einem der Sofakissen vergraben habe und plötzlich nicht mehr atmen konnte.

Meine Stimme war weg.

Abschiedslos.

Ich schätze, es gibt Umstände, die hauen einen einfach um, mitten aus dem Stand, ohne Umschweife direkt auf den Boden der Realität. Und ich denke, es gibt Fehler, die man ganz bestimmt nie wieder begeht, wenn man nicht mehr darum herumkommt, die Konsequenzen zu begreifen.

Und die Konsequenz von einer Rasierklinge, die man sich eiskalt in die Haut rammt und dann in langen Bahnen durch die ungreifbare Zeit zieht, die Konsequenzen von dieser Gewalt sind Schmerzen. Auch wenn man sie nicht wahrnimmt.

Das wusste ich nicht.

Nicht vor diesem Abend.

Ich kannte nur andere Formen von Gewalt, mein Vater hatte manchmal im Streit meine Mutter quer durch die Wohnung geschleudert, und wenn ich gerade im Weg stand, dann bin ich auch geflogen. Er hat mich nie geschlagen. Er hat mich nur geschubst und weggeschleudert. Aber es hat trotzdem so sehr weh getan, als hätte er mir jeden einzelnen Knochen zweimal gebrochen. Ja. Ich kannte mich aus mit Schmerzen. Ich hatte genug davon erlebt, um zu wissen, dass ich sie mühelos ausblenden kann. Schon als Kind war ich einzigartig darin gewesen, nicht zu fühlen, wie meine Seele zersplittert.

Es war mir egal.

So wie alles auf dieser Welt.

Bis zu diesem Augenblick, in dem ich nicht mehr umhingekommen bin, mich selbst zu begreifen. Ich hatte Angst und war einsam, ich war lebensmüde und todesmütig, ich hatte Magenschmerzen vor Hunger und Kopfschmerzen vor Gedankenlosigkeit, ich war eine tickende Selbstmordzeitbombe.

Ich war alles auf einmal.

Und gleichzeitig nichts und niemand.

Ich wollte nicht geschlagen werden. Vor allem nicht als Strafe dafür, dass ich mich selbst verletzt hatte. Ich wollte meinen Körper nicht wahrnehmen. Ich wollte mir weiterhin egal sein können. Und ich wusste genau, dass ich das von hier an nicht mehr können würde, Landon war mir zu nah. Ich habe gespürt, was für schreckliche Sorgen er sich meinetwegen jeden Tag machen musste, wie enttäuscht er von meinem Verhalten war und wie weiträumig die Hilflosigkeit zwischen uns lag.

»Es tut mir leid«, habe ich geflüstert.

Obwohl ich wusste, dass diese Buchstabenfügung eigentlich gar nicht zu meinem Wortschatzabkommen gehört und dass ich sie immer nur dann benutze, wenn ich mich in Ruhe davonschleichen will, über die Grenzen der Wahrheit hinweg. Aber Landon hat mir sowieso nicht mehr geglaubt.

»Du driftest davon, Cherry«, hat er erwidert. »Du verschwindest in deiner Isolation und benutzt Schmerzen, um dich noch weiter zu entfremden und dir zu beweisen, dass du nichts fühlst und dass dir alles egal ist. Aber das ist falsch und gefährlich. Und ich werde nicht zulassen, dass du weiterhin mit deinem Leben spielst. Ich will dich nie wieder in Ohnmacht fallen sehen, nur weil du schon wieder nicht genug gegessen hast! Ich will nie wieder eine Rasierklinge in deiner Wohnung finden! Mir ist absolut bewusst, dass du alt genug bist, um selbst auf dich aufzupassen, und ich habe nicht vor, dir irgendwelche Vorschriften zu machen, aber solange du dich derart verantwortungslos verhältst und nichts mit dir anzufangen weißt, werde ich dir sagen, was du machen darfst und was nicht – und Selbstverletzung und Verhungern gehören ganz offensichtlich zu den Dingen, die du ab heute unterlassen wirst. Außerdem erwarte ich von dir, dass du dir mehr als drei Gramm Stoff anziehst, bevor du auf die Straße gehst!«

So klein.
Hatte ich mich schon lange nicht mehr gefühlt.
Und weil ich mich nicht gleich noch kleiner fühlen wollte, habe ich es erneut mit Weinen versucht. Ich dachte, Landon würde vielleicht Mitleid bekommen und mich wieder aufstehen lassen. Aber natürlich hat er sich nicht erweichen lassen, vielleicht hätte ich eine Chance gehabt, wenn ich im Vorfeld meine große Klappe gehalten und nicht all diese dummen Sachen gesagt hätte.
Sie waren sowieso gelogen.
Denn alle Menschen möchten leben. Auch wenn es nicht leicht ist. Auch wenn wir auf einem Fensterbrett stehen, die Arme ausbreiten und die letzten Sekunden zählen. Selbst wenn wir sagen: »Ich hasse das Leben!« Und auch dann noch, wenn wir behaupten, wir wüssten genau, wie der freie Fall sich anfühlt und dass wir die Entscheidung dazu freiwillig gefällt hätten.
Denn jeder Todessüchtige will seinen Lebenswillen zurück.
Und jeder Todeswillige ist eigentlich süchtig nach dem Leben.
Es ist ganz einfach: Menschen sind.
Keine Lemminge.

Eine halbe Stunde später war ich irgendwo zwischen meinem Verstand, der näheren Umgebung, dem Weihnachtslicht und dem Ausblick aus dem umrahmten Fenster, aus dem meine Mutter gesprungen war.
»Cherry«, hat Landon gesagt. »Cherry, es ist okay, es ist vorbei.«
Aber ich war viel zu sehr mit Weinen beschäftigt, um

noch irgendetwas mitzubekommen. Die Schmerzen in meinem Kopf waren so glasklar, dass ich die tiefen Konturen der Narben entlangtasten konnte. Außerdem würde ich nie wieder sitzen können, da war ich mir todsicher. Doch ich hatte keine Zeit, darüber nachzudenken, denn in meinem Kopf sind die Erinnerungswände eingestürzt, und ich habe meine Mutter vor mir stehen gesehen. Lächelnd.

Sie hat immer gelächelt, auch wenn sie eigentlich weinen wollte. Sie war die stärkste Frau auf der Welt.

Bis sie aufgegeben hat.

Eigentlich wollte ich immer so werden wie sie, ich wollte ihr Herz haben und ihre Seele und ihren schönen Verstand. Ich wollte die Dinge sehen, die sie auch gesehen hat, ich wollte die Fragen stellen, deren Antwort sie kannte, und ich wollte das Leben begreifen, so wie sie es erkannt hat.

Stattdessen habe ich mich wie mein Vater verhalten.

Stattdessen war ich das absolute Gegenteil.

Von meiner Mutter.

Mein Schluchzen ist nahtlos in panisches Hyperventilieren übergegangen, denn so lautstark hatten mich meine Gefühle noch nie angeschrien. Die Handlungsstränge meiner Fehlverknüpfung haben sich um meinen Hals geschlungen, und es war kaum auszuhalten, wie viele verdammte Farben es auf dieser Welt gibt.

»Cherry«, hat Landon beruhigend gesagt. »Cherry, du musst atmen.«

Er hat über meinen Rücken gestrichen und durch meine Gedanken. Ich habe verzweifelt genickt. Atmen. Ich wusste, wie das geht. Aber trotzdem bin ich an der

Umsetzung gescheitert und war kurz vorm Ersticken. Doch da hat Landon meinen Kopf aus den Sofakissen gewühlt und mich anschließend auf seinen Schoß gesetzt, als wäre ich klein und unschuldig. Dabei war ich schuld an allem.

An dem Tod meiner Mutter.

An all meinen Narben.

An jedem Schmerz.

Und an diesem hässlichen Weihnachtsdesaster.

»Es tut mir leid«, habe ich ein zweites Mal geflüstert.

Und dieses Mal habe ich es ernst gemeint. Ich habe es zu Landon gesagt und zu meiner Mutter. Ich habe es zu mir gesagt und zu meinem kaputten Gewissen. Ich habe die Buchstaben einzeln berührt, mit meiner Zungenspitze, mit meinen Lippen – mit meiner sonst so blinden Nachsicht.

Und da habe ich verstanden: Gefühle sind lautlose Gestalten.

Aber sie haben eine schweigende Stimmgewalt.

Die jede schalldichte Wand durchdringt.

»Landon«, habe ich gewispert. »Landon, bitte glaub mir, es tut mir wirklich leid.«

Und diesmal.

Diesmal. Hat er mir geglaubt.

Er musste es mir nicht einmal sagen, denn ich habe es gespürt an der Art, wie er mir über den Kopf gestrichen und wie er mich gehalten hat.

Mich. Das haltlose Mädchen.

Das untragbare Selbstmordgeschöpf.

Und da habe ich meine Arme um Landons Hals geschlungen und mich an ihm festgeklammert, damit er ja nicht auf die Idee kommt, mich zu schnell wieder loszulassen. Doch das hatte er gar nicht vor. Er hat mich so lange gehalten, bis ich wieder atmen konnte und alle Tränen getrocknet waren. Und als ich mich dann endlich beruhigt hatte, hat Landon mir von all den Dingen erzählt, die ich kann, von all den Sachen, die ich nicht falsch mache. Er hat mir von meinen Schönheiten erzählt und von der Achtsamkeit, die ich in mir trage. Er hat gesagt: »Kein Schmerz auf der Welt kann dir deine Menschlichkeit nehmen. Weder der, der dir angetan wurde, noch der, mit dem du selbst versuchst, dich zu begreifen. Also, hör endlich auf, die Grausamkeit zu bestätigen. Du bist nicht kalt und tot, deine Gefühle gehören immer noch dir, du musst nur aufs Neue lernen, wie du mit ihnen umgehen kannst.«

Ich habe genickt. Und da hat Landon ganz zart über mein gerötetes Gesicht gestrichen, und dann hat er mich hochgehoben und zurück auf meine eigenen Füße gestellt.

Der Boden war hart und holprig. Aber ich wusste.
Ich würde wieder lernen, auf ihm zu gehen.

Und die Weihnachtstage? Sie waren letztendlich doch noch ganz okay, auch wenn ich die Nächte auf dem Bauch schlafen musste und beim Essen ständig unruhig auf meinem Stuhl hin und her gerutscht bin, bis Landon mich schließlich gnädig auf einen Stapel Kissen umgepflanzt hat.

Am zweiten Weihnachtsfeiertag ist Sophia schwer beladen mit Geschenken zurück nach Hause gekommen, und Landon hat zur Begrüßung gesagt: »Cherry wohnt für ein paar Tage bei uns, ist das okay für dich?«

Da hat Sophia ihren Koffer und die bunten Geschenktüten abgestellt, ihre langen Haare aus ihrem hübschen Gesicht gestrichen und Landon einen Kuss gegeben. Anschließend ist sie zu mir gekommen, sie hat mich fest in ihre Arme geschlossen, und dann hat sie mit ihrer weichen Stimme geflüstert: »Du kannst so lange bleiben, wie du möchtest, Cherry. Ich bin froh, dass du da bist, und ich bin froh, dass es dich gibt, ohne dich hätte ich Landon schließlich nie kennengelernt. Und falls du dich an deine Worte erinnerst: Dieser Typ da drüben ist der großherzigste Mensch auf der Welt. Und genau dieser Typ hat dich übrigens schrecklich vermisst, an jedem Tag, seit du hier ausgezogen bist.«

Und so kam es, dass ich bis Mitte Januar bei Landon und Sophia gewohnt habe. Mein altes Zimmer war zwar mittlerweile zur Hälfte mit Sophias Biologiebüchern vollgestopft, aber abgesehen davon hatte sich dort nichts geändert. Die Wände waren immer noch mit Worten beklebt, das Fensterbrett war mit Sprüchen bekritzelt, genau wie die Tischplatte, der Stuhl und der Spiegelrahmen. Und sogar meine ausgeblichene Kuscheltiergiraffe lag noch immer im Bettkasten, wo ich sie zurückgelassen hatte, weil ich damals fand, dass ich zu alt für Stofftiere war. Aber ich habe sie für die Dauer meines Aufenthaltes großzügig zurück unter meine Bettdecke gelassen, und als ich schließlich wieder so weit war, in meine eigene Wohnung zu ziehen, da hat Landon mich samt Giraffe bis zu meiner Haustür spaziert.

»Wirst du klarkommen?«, hat er gefragt, genau wie beim ersten Mal.

»Ja«, habe ich erwidert, genau wie beim ersten Mal.

»Und falls nicht?«, hat Landon nachgehakt.

»Dann rufe ich dich an, *bevor* ich falle«, habe ich geantwortet.

»Versprochen?«, hat Landon gefragt.

»Versprochen!«, habe ich gesagt.

Und dieses Versprechen habe ich gehalten.

25

Was für ein Glück zu erkennen: diese darbietende Sprache.
Ein Wort um der Worte willen Geist.
Demütig im Reichtum, mutig im Reich der Stille.
Und dort im Aufprall. So tiefgründig.
Und hochverworfen.
Im Abgang dann ein Gedanke, nicht leicht zu verstehen, aber standhaft entgegen den Zweiflern; unberührt der Fehler Schmach, des Gewissens Haltung ertragend.
Und schließlich fern dem Ende hin. Bekenntnis.
Lautlos im Tod, verwegen im Wortlaut.
Leise im Nachhall. Unbestätigt.
Fortwährend.

Manchmal treffe ich meinen Vater im Supermarkt. Keine Ahnung, was er da macht, wahrscheinlich kauft er sich nur seine Wirtschaftszeitungen und Magazine, die haben eine riesige Auswahl. Und ich weiß auch nicht, wie wir es alle paar Monate hinkriegen, uns ausgerechnet dort über den Weg zu laufen, schließlich ist jeder Tag lang genug, um sich hundertmal zu verfehlen, aber irgendwie kommt es doch immer wieder vor, dass wir uns zwischen all den Lebensmitteln begegnen.

Ja. Lebensmittel.
Dem Schicksal des Lebens.
Sind wahrscheinlich alle Mittel recht.

Und ich stehe gerne dort, in dem großen Laden, vor dem Keksregal, und starre die bunten Packungen mit den Monster-Crunch-Cookies an. Meine Mutter hat sie gerne gegessen, diese klebrigen, schokoladenüberfluteten Riesenkekse.

Ich habe nie wieder einen davon probiert.
Nie wieder.
Nachdem sie gestorben ist.

Und manchmal, wenn ich nachdenklich den Supermarkt betrete, an den Tütensuppen und Tiefkühlhühnern vorbeisteuere und kurz darauf in den Gang mit den Keksen abbiege, manchmal steht mein Vater dort, an genau der gleichen Stelle, an der auch ich immer stehe und mit dem größten Klumpen an imaginärer Keksmasse in meinem ausgetrockneten Hals an meine Mutter denke.

Wir haben in all den Jahren kein Wort mehr miteinander gewechselt. Die letzte Konversation, die wir hatten, war die, nachdem er mich mit seinem Lexus über den Haufen gefahren hatte. Damals, an meinem letzten Schultag, der in einer Songwriterkarriere geendet hatte, obwohl ich von meinem ersten Lebensjahr an auf Wortempörung und Buchstabenimmunität getrimmt worden war.

Ich erinnere mich so genau an all diese stummen Kindertage.

Und sogar in meinen Alpträumen war mein Vater immer abseits aller Worte. Im Jenseits der Sprache. Eiskalt schweigend, dem Übel der Satzwahl widersprechend.

Und das Einzige, was mein Vater in diesen Träumen immer getan hat, war am Fenster zu stehen und Kirschkerne hinaus in die dunkle Nacht zu spucken.

Kirschkerne. Was für eine Ironie.

The deepest part of a Cherry is too hard to swallow.
So just leave the rest. And take the next.

Es war der Todestag meiner Mutter, als ich wieder einmal vor dem Regal mit den Monster-Crunch-Cookies stand und Stoßgebete in den Himmel sandte, damit meine Mutter mir all die schrecklichen Sätze, die Wutausbrüche und die Untragbarkeit verzeiht.

Ich habe den Monster-Crunch-Cookies Aufschwung geschworen. Und Lebensbereitschaft.

Bis hin zum letzten Atemzug.

Ich habe gesagt: »Ich weiß, es ist zu spät, mit dem Tod kann man nicht verhandeln, und wenn man Mitverursacher eines Lebensverfalls ist, dann muss man lernen, sich selbst zu verzeihen, weil keiner mehr da ist, an dem man den Schaden wiedergutmachen könnte. Und ich weiß auch, dass ich mir all diese furchtbaren Dinge nur deshalb angetan habe, weil ich mir nicht vergeben kann. Keine Ahnung, ob ich das mit der Vergebung noch hinkriege, aber ich denke, es wird besser. Denn ich bin nicht allein mit dem dämlichen Schmerz, da sind immer zwei oder drei Menschen um mich herum, die darauf achten, dass ich mich nicht allzu weit darin verliere.«

Keine Ahnung, ob Monster-Crunch-Cookies Gefühle verwalten können.

Ich nehme an, sie tun es nicht.

Aber Scratch unterhält sich schließlich auch mit seinem kuhgefleckten Zachareus und bezeichnet das dann als höhere Form der Philosophie. Also kann ich mich genauso gut mit einem Keks austauschen; der hoppelt wenigstens nicht davon und begeht anschließend Freundschaftsverrat für eine Möhre und ein halbes Salatblatt.

Die Welt ist sowieso ein merkwürdiger Ort.

Nirgendwo sonst gibt es so viele Kirchen und derart viele Unheilige.

Die Zeit dreht ab. Und an.

Ein paar Runden zu viel oder zu wenig.

Und sollte ich jemals Kinder haben, dann enden meine Gutenachtgeschichten wahrscheinlich mit den Worten: »Ja, die Dinosaurier sind damals alle ausgestorben, weil Noah zu blöd war, ein ausreichend großes Schiff zu bauen und weil er alle anderen Tiere lieber hatte. Und der tote Fuchs heute auf der Fahrbahn, nein, nein, der ist nicht tot. Der liegt da nur, weil ihn das Rauschen der vorbeifahrenden Autos an das weite, weite Meer erinnert. Und weil er nicht einschlafen kann, ohne das leise Tuckern der riesigen Dampfer. Keine Angst. Morgen früh, wenn die erste Morgenröte die Dunkelheit durchbricht, wird er wieder aufstehen und zurück in den wartenden Wald spazieren, bis hin zu der jenseitigen Lichtung der schattenlosen Bäume.«

Ja. So ist das mit den Geschichten.

Sie passen sich an.

Das moderne Rotkäppchen würde eher mit dem Wolf durchbrennen, als sich um die langweilige Großmutter zu kümmern; Rapunzel würde niemals ihr perfekt gelocktes Haar aus dem Fenster werfen, nur um irgendeinen dahergelaufenen Typen daran hochklettern zu lassen; Schneewittchen würde ein Zwergenbordell eröffnen und von den Einnahmen einen Auftragskiller bezahlen, der ihre Stiefmutter umlegt, während Dornröschen mit Sicherheit den wagemutigen Prinzen wegen Hausfriedensbruchs und sexueller Nötigung anzeigen würde.

So viel zu den Märchen der unverfrorenen Gegenwart. Und ich muss sagen: Zum Glück schreibe ich keine Bücher. Denn wahrscheinlich würde man an jedem meiner verqueren Sätze erkennen, dass ich die Geschichten nur verzapfe, damit ich mich nicht mit mir und meinem eigenen Schaden auseinandersetzen muss. Scratch nennt diese Abwesenheit der Gedanken übrigens »Pimp my brain« oder »Suck my thoughts«. Ich habe ihm einen Song darüber geschrieben, der ist mittlerweile auf Platz eins der deutschen, britischen und amerikanischen Airplay Charts.

Ja, es läuft gut mit dem Soundtrack der gegenwärtigen Zeit.

Und manchmal, wenn ich das Radio einschalte, höre ich irgendeine Zeile, die Scratch und ich zusammen geschrieben haben, während wir gemeinsam auf seinem Sofa herumgelungert und Zachareus bei seinen Hüpfspielen quer durch das Wohnzimmer beobachtet haben.

Ob Scratch seine Mutter wohl genauso sehr vermisst wie ich meine?

Oder ist es etwas anderes, wenn man noch die Chance hat, miteinander zu sprechen.

Auch wenn man sich nichts zu sagen hat.

Ich würde jedenfalls alles geben.

Für eine letzte Umarmung.

Ich würde mich so gerne entschuldigen.

Für jeden missglückten Tag.

Und an diesem Abend, genau dreizehn Jahre nachdem meine Mutter gesprungen war, stand ich so verloren und so verzweifelt vor dem verdammten Keksregal, als wäre ich kurz vorm Verhungern. Und das war ich auch. Aber da ich mich dank Landon wieder auf dem Weg der Besserung befand, würde ich meine Knochen schon irgendwie zurück unter eine annehmbare Hautschicht befördern können.

Daran glaubte ich. Felsenfest.

Irgendwo in der Ferne hat das Meer gerauscht.

Das kommt ziemlich selten vor in Berlin. Also vergesst das Märchen von dem Fuchs, die meisten Autos fahren zu schnell oder zu langsam, als dass man in Illusionsversuchung geraten könnte. Aber meine Mutter hat den Ozean geliebt, und wir haben jeden Sommer zusammen am Atlantik gesessen und die Wellen gezählt, vom Horizont bis zum Strand und einmal rund um alle Schiffe herum.

Ich habe meine Augen geschlossen.

Die Kekse waren sofort weg.

Dafür hat ein rieselnder Sandfluss in meiner Erinnerung gekitzelt, und ich habe mich gefragt, ob Sandkörner wohl Sehnsucht nach dem Rest von sich haben und wie es sich anfühlt, ein großer starker Stein zu sein, der immer kleiner und kleiner wird, bis die Wellen und der Wind ihn mit Leichtigkeit an Land spülen können und ihn dort zurücklassen, zwischen unendlich vielen seiner Art.

Die Bilder haben sich überblendet.

Jahreszeiten sind aneinander vorbeigehuscht wie Wassertänzer um Seerosenblätter herum, oder wie Waldmäuse über stoppelige Weizenfelder. Ich war irgendwo dazwischen; ich war der erste Herbststurm und ein abgeknickter Ast in der darauf folgenden Stille. Ich war der erste Frühling nach drei Jahren Winter.

Und ich war der letzte Schneefall im blütenbedeckten Garten. Dort. Zwischen den verwischten Gezeitenübergängen.

Irgendwann. Habe ich meine Augen wieder aufgeklappt und unsicher das künstliche Licht der Gegenwart erkannt. Die Monster-Crunch-Cookies haben mich zurück in die preisschildverzettelte Realität geholt, und auf einmal, wie aus dem Nichts heraus, stand mein wortloser Vater neben mir.
Er war einfach da.
Als ob er genau dort hingehören würde.
Neben mich und meine Erinnerungen.
Ich war wie erstarrt, aber aus meinen berechnenden Augenwinkeln habe ich das Gesicht meines Vaters angeschielt, es war eine bewegungslose Maske. Aber das war nichts Neues. Ich hatte ihn eigentlich immer so gesehen. Nur durch die Augen meiner Mutter hatte ich manchmal ein anderes Bild von ihm im Kopf – eine verschwommene Aussicht, nach der ich mich gesehnt habe.
So sehr, dass ich es niemals zugegeben hätte.
Ich wollte mich umdrehen und weggehen. Ich wollte keine Sekunde länger neben meinem Vater stehen. Aber dann, auf einmal, mitten durch meine fluchtartigen Gedanken, habe ich es begriffen: Ich war genau wie er.
Verletzt. Unfähig.
Und schuldig.
Mein Vater hat sich zwar nicht mit roten Linien durch den Tag gebracht, und auf Fensterbrettern und Balkonbrüstungen herumgeturnt ist er auch nicht, aber er hat

jeden verletzt und von sich gestoßen, der ihn hätte berühren können. Und da wusste ich plötzlich, wenn ich nicht gut auf mich aufpasse, dann werde ich eines Tages genauso einsam wie er.

Und das war das Letzte, was ich wollte.

Also habe ich meine Hand ausgestreckt und eine Packung Monster-Crunch-Cookies in meinen Einkaufswagen geworfen. Und dann noch eine. Und noch eine. Und noch eine. Bis keine einzige mehr übrig war. Mein Vater hat mich stumm angestarrt. Einen Moment lang sah es aus, als wollte er mir irgendwas sagen. Und ganz egal, was es gewesen wäre, ich hätte ihm zugehört.

Ich hätte ihm wahrscheinlich sogar verziehen.

Denn ich kenne diese Schuld.

Aber mein Vater hat sich nicht getraut, mit mir zu sprechen. Er hat sich einfach umgedreht und ist davongelaufen, in Richtung Obstabteilung zu den Kiwis und Mangos und Aprikosen und Bananen. Da habe ich mir auf die Lippe gebissen und die Monster-Crunch-Cookie-Packungen in meinem Einkaufswagen gezählt.

Es waren genau neun Stück.

Neun Jahre. Mit meiner Mutter.

Mehr gab es nicht.

Später an der Kasse habe ich meinen Vater wiedergetroffen. Er stand direkt vor mir und hat zwei Kilo Kirschen auf das Band gelegt. Sonst nichts. Ich habe währenddessen meinen Familienvorrat an Monster-Crunch-Cookies, zwei Joghurts, zwei Flaschen Wasser, eine Packung Käse und drei Äpfel dahinter aufgetürmt und schließlich das Trenndingsbumsteil zwischen unsere Sachen geworfen.

Und dann ist etwas Merkwürdiges passiert.

Mein Vater hat das Trenndingsbumsteil wieder zur Seite gelegt. Er hat mich dabei nicht angesehen. Und ich habe ihn auch nicht angesehen. Wir haben einfach beide auf das schwarze Rollband geblickt, während die Verkäuferin sich wahrscheinlich gefragt hat, was für bekloppte Gestalten frei durch die Gegend laufen. Aber sie hat nichts gesagt, sondern einfach alle Lebensmittel durchgepiepst und anschließend die Endsumme verkündet. Dann hat sie neugierig zwischen meinem Vater und mir hin und her geblickt und nebenbei »zweite Kasse bitte« in ihr Mikrofon gequäkt.

Mein Vater hat bezahlt.

Aber ich denke, wir haben beide bezahlt.

Mit unserem Gewissen.

Denn egal, was einem angetan wurde, egal, wie schrecklich die Geschehnisse sind, denen man ausgesetzt war – man hat niemals das Recht, seine Angst und seine Verletztheit in Wut umzuwandeln, die man anschließend an Unschuldigen auslässt.

Dafür bezahlt man.

Ein Leben lang.

Auch wenn man es nicht böse gemeint hat; denn es gibt Handlungsstränge, in die man sich niemals verwickeln lassen darf, und es gibt Gedankengänge, die man mit seinem Herzverstand überdenken muss, bevor man sie auslebt.

Sonst sterben andere.

Oder man selbst.

Und es ist keine Entschuldigung zu sagen: »Das wollte ich nicht.«

Denn es gibt zu viele Dinge, die wir nicht wollen. Und

wenn wir uns nicht für das einsetzen, was wir wirklich wollen, und für das, was wir als wichtig empfinden, dann sind wir nicht besser als die, die gar nichts wollen und aus Prinzip das Falsche tun.

Es ist niemals okay.

Auf einem Fehler herumzukauen.

Bis man sich an den herben Geschmack gewöhnt hat.

Und ihn schweigend heruntergeschluckt.

Mein Vater hat meine Kekse und seine Kirschen zu den anderen Lebensmitteln in meinen Einkaufswagen gepackt. Dann hat er sich darangemacht, den Wagen zum Ausgang zu schieben, und ich bin ihm auf wackeligen Beinen gefolgt.

»Soll ich dich nach Hause fahren?«, hat er schließlich gefragt, als wir den Supermarkt verlassen und die Abenddämmerung erreicht haben.

Das war der erste Satz.

Nach all den langen Jahren.

Der erste Satz.

Nach vorne.

»Ich bin auch mit dem Auto da«, habe ich erwidert.

Und dann wollte ich plötzlich ganz dringend sterben. Auf der Stelle. Irgendetwas in mir hat so sehr gezittert, dass ich unvorbereitet zusammengezuckt bin. Und auf einmal habe ich mich zwischen Grabsteinen und Leichensäcken umhertanzen gesehen. Ich bin über Friedhofspfade gestürmt und habe mich hinter einer namenlosen Statue versteckt. Da waren Spiegelbilder der Zeit. Und Scherben von mir. Und die Lichter, im Park der Sternenwanderer, sie haben gefunkelt und gefunkelt. Der Tag ist zur Nacht geworden und wieder zum Tag.

Und zwischendrin war nichts.
Als undefinierbarer Raum.
Aber ich bin trotzdem nicht durchgedreht; dieses eine Mal bin ich nicht in die nächstbeste Rasierklingenhandlung gerannt, um Unheil zu verrichten. Denn ich habe gelernt, dass man mit etwas Geduld auch Momente wie diese übersteht.
Mit etwas Geduld hört man auf zu warten.
Und fängt an zu leben.

»Du hast einen Führerschein?«, hat mein Vater gefragt.
»Seit zwei Jahren«, habe ich schulterzuckend erwidert.
»Oh«, hat mein Vater gesagt und auch mit den Schultern gezuckt.
»Ja«, habe ich zugestimmt. »Oh.«
Dann war es still zwischen uns, für eine ganze halbe Minute lang. Ich habe das Ticken in der Luft gehört. Es kam von dem Geräusch, das Herzklappen verursachen, wenn sie Angst vor einer Differenzialdiagnose mit dem Endergebnis einer Aortenklappeninsuffizienz haben.
»Und?«, wollte mein Vater schließlich wissen.
Ich habe ihn fragend angesehen.
»Fährst du gerne?«, hat er hinzugefügt.
Ich habe genickt.
»Deine Mutter«, hat mein Vater daraufhin leise gesagt, »sie ist auch gerne Auto gefahren. Jedes Mal, wenn sie die Nase voll von mir hatte, ist sie in ihr Auto gestiegen und so lange durch die Stadt gefahren, bis es ihr wieder erträglich schien zurückzukommen. Und sie ist immer zurückgekommen. Obwohl sie es nicht wollte. Aber ich habe sie nicht gehen lassen, und damit habe ich sie ganz offensichtlich für immer vertrieben.«

»Meine Mutter«, habe ich gesagt.

Und um ein Haar hätte ich angefangen zu weinen; denn ich hatte längst vergessen, wie es sich anfühlt, diese Worte zu benutzen, als wären sie noch in meinem Sprachschatz.

Als wäre *sie* noch da.

»Deine Mutter«, hat mein Vater gesagt.

Und seine Stimme war genauso kaputt wie meine.

»Hast du sie geliebt?«, wollte ich wissen.

»Natürlich«, hat mein Vater erwidert.

Natürlich.

Und mich?

Wollte ich fragen.

Aber dafür war es zu früh. Ich hätte keine Antwort verkraftet, weder die richtige noch die falsche. Denn meinen Vater als Mensch zu sehen, war für den Anfang schlimm genug. Aber ich schätze, so funktioniert die Welt: Erst wenn wir unsere Augen aufmachen und kapieren, dass nicht alles so ist, wie wir es uns ausmalen, um leichter klarzukommen, mit all den hässlichen Konturen, erst dann fangen wir an, unsere Geschichten zu begreifen.

Mein Vater schien das zu wissen.

Und ich wusste es auch.

Ob wir es hinkriegen würden, war eine andere Frage; eigentlich war zu viel Schreckliches passiert, eigentlich hatten wir beide zu viele schlimme Sachen gesagt. Und auch wenn er damit angefangen hatte und ich damals noch ein Kind war – ich hatte mich darauf eingelassen. Ich hatte die Wahl, richtig zu handeln.

Von Anfang an.

Meine Mutter hat mir diese Möglichkeit geboten. Mehr als einmal.

Aber ich habe sie abgelehnt.

Jedes Mal.

»Cherry«, hat mein Vater irgendwann gesagt.

Ich habe zu ihm aufgesehen, denn er ist größer als ich. Aber abgesehen davon, waren wir auf gleicher Augenhöhe.

So tief.

Wie man nur sein kann.

»Ja?«, habe ich gefragt.

»Kriege ich eine Packung von diesen Monster-Crunch-Cookies ab?«, hat mein Vater leise gefragt, und dann hat er hinzugefügt: »Bitte.«

Da habe ich wortlos in den Einkaufswagen gegriffen und ihm zwei von den Kekspackungen in die Hand gedrückt.

»Danke«, hat er gesagt.

Und dann hat er, für die Dauer einer winzigen Millisekunde, meinen rechten Oberarm berührt. Der Schmerz war tosend und blind, aber ich war leise und voller Umsicht.

Mein Vater hat unsicher gelächelt. Als würden wir uns kennen. Und da ist mir bewusst geworden, dass ich ihn zum ersten Mal in meinem ganzen verdammten Leben lächeln gesehen habe.

Zum ersten Mal.

Kann man sich das vorstellen?

Nein. Es tut zu sehr weh.

»Pass auf dich auf«, hat mein Vater zum Abschied gesagt.

Dann hat er sich umgedreht und ist davongelaufen, über den riesigen Parkplatz in Richtung Sonnenuntergang, den Ort, an dem die bestechendsten Farben auf die lauernde Dunkelheit treffen.

»Dad«, habe ich ihm hinterhergerufen. »Vergiss nicht, deine Kirschen mit nach Hause zu nehmen.«

Und im Englischen wäre das ein wunderschönes Ende für meine Geschichte gewesen.

Dad, don't forget to take your Cherrys home.

Denn meine Mutter hieß auch Cherry.

Genau wie ich.

Mein Vater ist stehen geblieben und hat sich noch einmal zu mir umgewandt.

»Die sind für dich«, hat er gesagt. »Ich weiß, du magst sie gerne. Und Kirschen sind übrigens kein Fallobst, da hat deine Mutter vollkommen recht gehabt. Kirschbäume sind Rosengewächse ohne Dornen.«

Wir haben uns angesehen.

Über die Distanz hinweg.

Und wir wussten beide: Mit Dornen kenne ich mich aus.

Ich habe mich oft genug geschnitten.

26

Um dich herum verharrt die Zeit. Siehst du? Sie steht nicht still. Aber sie rennt auch nicht mehr vor dir davon. Also. Was denkst du, willst du ihr nachlaufen?
Vielleicht holst du sie ein. Vielleicht holst du sie zurück. Und vielleicht begreifst du dann endlich: Wir müssen nicht alles auf dieser Welt verstehen, es reicht aus, es zu versuchen. Wir müssen nicht alles können, wir müssen nicht alles und jeden berechnen, und wir müssen auch nicht mit jedem konkurrieren um das, was sowieso schon uns allen gehört.
Denn worum geht es im Dasein?
Um das Leben. Nichts weiter.
Und das gehört niemals nur einem Menschen allein. Und egal, wie krampfhaft wir uns an jede einzelne Sekunde klammern – am Ende verlieren wir sie doch.
Aber keine Angst. Es ist kein großer Verlust.
Wenn die Zeit, die wir hatten, eine gute war.
Also, was ist eine gute Zeit? Was ist Schönheit? Was ist Glück?
Alles das. Was wir anerkennen.
Anderen. Und uns selbst.

Es war Spätsommer. Um genau zu sein, war es schon Herbst, aber alle in Berlin haben so getan, als würde dieser ewig lange Märchensommer niemals zu Ende gehen. Und irgendwie habe ich mich ihnen angeschlossen, den lachenden Mädchen am See, den tobenden Kindern im Park, den Sprudelwasser trinkenden Frauen in ihren hübschen Abendkleidern und den hüpfenden Hasen am Waldrand.

Aber an diesem Tag saß ich mit Scratch in unserem Insider Trash Café an einem der knallroten Tische auf den wackligen Stühlen. Wir waren beide braun gebrannt, obwohl wir den größten Teil des Sommers im Schatten gelegen und von dort aus den Ausblick auf unsere Artgenossen in kreative Sounds und Songtexte umgewandelt hatten.

»Weißt du noch«, hat Scratch gesagt und auf den Tisch gedeutet, an dem ich vor einigen Jahren nach meinem Schulabschluss gesessen hatte. »Weißt du noch, wie krass ich dich damals klargemacht habe?«

»Du hast *mich* klargemacht?«, habe ich lachend gefragt. »Ich habe *dich* wortüberrumpelt, und dann habe ich dir einen Korb gegeben!«

»Ach«, hat Scratch abwinkend gesagt. »Das hast du nur gemacht, weil ihr Mädchen auf Romantik und so 'ne Komplikationen steht. Manchmal glaube ich, ihr habt allesamt 'nen Schuss in der Birne! Ständig wollt ihr erobert werden – als wärt ihr so ein befuckter Quidditch-Schnatz.«

»Du hast Harry Potter gelesen?«, habe ich überrascht gefragt.

»Yep!«, hat Scratch erwidert. »Letztes Jahr im Tourbus. Zwischen fünf Konzerten.«

»Dann hast du aber ganz schön schnell gelesen«, habe ich gesagt.

»Nö«, hat Scratch kaugummikauend erwidert. »Wir hatten eine Woche Pause zwischen dem dritten und vierten Konzert.«

»Das ist trotzdem ziemlich schnell für sieben dicke Bücher«, habe ich entgegnet.

»Quatsch keinen Scheiß!«, hat Scratch daraufhin grinsend gesagt und mir einen Kuss gegeben. »Du liest doch dreimal so schnell und kannst am Ende auch noch die Hälfte von jedem Buch auswendig.«

»Ja, aber ich bin ja auch ein Mädchen«, habe ich gesagt.

»Und was soll das jetzt heißen?«, wollte Scratch stirnrunzelnd wissen.

»Na, uns gehört die Welt!«, habe ich entgegnet.

»Woher hast du denn den Schwachsinn?«, wollte Scratch wissen.

»Aus dem Radio«, habe ich erklärt.

»Ach, so, Beyoncé«, hat Scratch gemeint. »*Who run the world?*«

»*Girls!*«, habe ich erwidert.

Da hat Scratch grinsend seinen Kopf geschüttelt.

»Von mir aus«, hat er gemeint. »Solange du die Welt rennst und nicht vor der Welt wegrennst, ist mir das egal. Und außerdem kannst du mich ja teilhaben lassen an deinen Eroberungen.«

»Na, klar«, habe ich gesagt. »Die Herleitung der Worte gehört mir; aber die Heerleitung kannst du gerne übernehmen.«

»Nee, lass mal stecken«, hat Scratch gemeint. »Ich übernehme lieber die Beats und die Akkorde. Zwei

Wordaholics wie wir müssen an der Wortfront bleiben – sollen die anderen sich doch um die Weltherrschaft reißen. Wir machen den Sound dazu und dirigieren den Buchstabenaufmarsch. Einverstanden?«

Scratch hat mir eine Hand hingehalten.
Genau wie damals, vor etwas mehr als vier Jahren.
Und diesmal habe ich eingeschlagen.
Ohne zu zögern.

Zwei Sekunden später ist die Tür zum Café aufgeflogen, und ein bildhübsches schwarzes Mädchen mit hüftlangen Rastalocken, knallengen Jeans und bauchfreiem Top ist hereinspaziert und hat sich direkt neben uns an den Tisch gesetzt.

»*You are such a motherfucking idiot!*«, hat sie in ihr Handy gegiftet. »*NO you brainless jerk! I don't give a shit about your opinion! Listen to me, first: You will not eat my pussy today! Second: You will not eat my pussy tomorrow. Third: I will not rap about you licking my pussy. And fourth: You are fired! It won't take a second to replace you and your goddamn language! There are thousands of songwriters, who would die to give me some GOOD lyrics, without a sexual offence in every fucking sentence! I want a story about a broken girl. I want a piece of mind-killing literature! And I don't give a fuck if there aren't any rhymes in the text, as long as there is a glimpse of context. Damn it! I am the fucking best rap queen on earth, I don't need a stupid rhyme to push my flow on the floor. So, get lost, you jackass, get punk'd, dismissed or date my mom! Whatever, just don't call me again! NEVER AGAIN! And be sure: I don't need ya sick vocabulary to move my hips and bring my chicks, so make your gang bang downtown.«*

Mit diesen Worten hat die Rapqueen aufgelegt und einen Blueberry Cheesecake und einen *fucking coffee with some extra white milk for the extra black girl* bestellt. Die Kellnerin hat etwas verwirrt geguckt, aber Scratch und ich haben uns voller Vorfreude angegrinst.

Eine Sekunde lang.

Zwei. Drei. Und immer weiter.

Es wurden die schönsten Minuten meines bisherigen Daseins. Denn ich war dort zwischen den Worten. Ich war einsatzbereit. Ich war buchstabenresistent.

Und ich war bei Scratch.

Ja. Wir wussten beide.

Ich würde bleiben.

Die Zeit war geschriebene Sache. Es würde keine zehn Minuten dauern, den ersten literarischen Raptext meines Lebens zu verfassen. Und es würde ein Neuanfang sein. Im altbewährten Raum.

Back to the basic beats of life.

»Bist du bereit?«, hat Scratch mich augenzwinkernd gefragt, genau wie damals.

»Na klar!«, habe ich erwidert, genau wie damals.

Also hat Scratch sich zurückgelehnt und quer über den Tisch gerufen: »*Hey! Yo, Missy, what's ya name?*«

»*Fuck off!*«, hat die Rapqueen erwidert. »*Don't cha have an own name?*«

»*Actually I do*«, hat Scratch lässig geantwortet. »*And by the way: I really like it.*«

»*So, what's ya name?*«, hat die Rapqueen augenrollend gefragt. »*Most stupid guy in the world?*«

»*Nope*«, hat Scratch erwidert. »*It's Scratch.*«

»*Holy shit!*«, hat die Rapqueen daraufhin beeindruckt gesagt. »*The man of the year – hey, yo, Forced Detours rocks! I am Latitia. And who the fuck is that sexy girl you are with?*«

»*I am Cherry*«, habe ich gesagt und freundlich, wie ich bin, hinzugefügt: »*Nice to meet you.*«

»*God damn, you are sweet like cotton candy*«, hat Latitia grinsend gesagt. »*Are you a virgin?*«

»*No*«, habe ich erwidert. »*And you?*«

»*Definitely not*«, hat Latitia gesagt, dann hat sie sich wieder an Scratch gewandt und gesagt: »*Boy, you are fucking lucky, normally guys like you are just surrounded by overdressed *gurls* and brainless paperdolls. But your damn hot Cherrybunny looks definitely not like a holla-back chick.*«

»*Yeah, I am with the hottest girl in town*«, hat Scratch grinsend erwidert. »*And by the way – she also is the best songwriter you can imagine.*«

»*No way*«, hat Latitia gesagt. »*That's the girl, writing your lyrics?*«

»*Yep!*«, hat Scratch stolz erwidert. »*That's my girl! Wanna have a taste?*«

»*Go ahead!*«, hat Latitia gemeint. »*I don't believe a word until I get one!*«

»*Okay*«, habe ich gesagt. »*Just give me a beat, I bet I'll beat your expectations.*«

Latitia hat gegrinst und sofort ein paar Zeilen gerappt. Ich habe ihren Rhythmus mit meinem Wortschatz verknüpft.

Und dann.

Dann habe ich losgelegt.

*There's no doubt, you will black out,
when I start making lyrics.
And if you send your g-star friend,
to offend my writing hand,
then I won't be the one who's bent,
cause he's the one who's impotent.
So fuck ya track, my words are back,
this place is not for selling crack.
And if you start a fight with me,
then I will write you down by three.
See – the underground is not about
your loud and proud denial.
The sound and foundation of yours, is limited to zero.*

*That's right: an oh for you, a wow for me,
my words are coming here for free.
But take a closer look at me, and tell me now,
what can you see?
And if you'd be, one day like me, would ya risk
cutting your wrists for me?*

*Yeah, did you hear, my lyrics bear
an unofficial playground.
So fuck ya sound – move on! Next round!
Just gimme me the beat, I'll give ya the heat
To make that crowd go bouncing.*

»*Wow! That's my new songwriter!*«, hat Latitia gerufen. »*Girl! Ya have to sign in with me! And don't cha ever stop writing! That's awesome. Especially for a white German chick.*«

»*Okay*«, habe ich erwidert. »*I'll write for you, but*

can I start with some stuff without rhymes? Like you said on the phone?«

»*That's a deal!*«, hat Latitia gesagt. »*Just write me some short stories or thoughts or whatever, and I'll check out the rap fitting parts!*«

»Yep!«, hat Scratch sich gefreut. »Siehst du, Cherry, jetzt fängst du doch noch an, deine Geschichten aufzuschreiben. Und wer weiß, vielleicht wird irgendwann sogar ein Buch daraus – deine Mutter hätte sich bestimmt gefreut. Außerdem gibt es in England oder Amerika bestimmt ein paar Verlage, die dein Vater noch nicht aufgekauft hat. Also los, schnapp dir etwas zum Schreiben! Aber halte dich an welthaltige Prosa und lass dich niemals auf ein schnelles Wort ein, das verflüchtigt sich mit einem Satz.«

Ich habe Scratch nachdenklich angesehen.

Denn ich wusste nicht, wie man die Welt hält. Und wie viel Literatur ein Satz beinhalten muss, um welthaltig zu sein, wusste ich auch nicht. Also habe ich geschwiegen; der Worterhaltung zum Trotz. Aber Scratch kannte mein Innehalten und den Inhalt dieser fragwürdigen Sätze längst auswendig.

Und deshalb hat er einfach nur leise wissend gelächelt. Und dann hat er gesagt: »Ach, Cherry. Worauf wartest du noch? Auf das Leben? Das ist doch überall hier. Siehst du: Da vorne, da hinten – es gibt keinen Ort, den es noch nicht umfangen hat. Und kannst du es hören, dieses vertraute Geräusch? Ja, nein, ein bisschen, vielleicht? Ich verrate dir ein Geheimnis: Das ist dein Bleistift, der über das wartende Papier kratzt. Das bist du, Cherry! Im Klangbild dieser Zeit. *That's the sound of life!*«

And I really do. Like that sound.
The whisper of thoughts. The scratching noise of uncovered feelings.
The outstanding parts. The incoming voices.
And the words I have to admit.
What I've done wrong.
And what I can.
Do better.

Letztes Kapitel

Und da ist sie wieder, diese Stimme, die du nicht kennst, obwohl sie dir gehört. Aber diesmal nennt sie dich beim Namen, also brauchst du dich nicht mehr zu verstecken. Diese Worte gehören dir. Genau wie jedes Schweigen, zu dem du dich bekennst.
Und diesmal.
Verstehst du. Warum.
Und weshalb und wie lange schon.
Denn ganz zum Schluss. Wenn du zurückblickst.
Wie lautet dieser eine Absatz, der von uns allen spricht?

Wer entscheidet, warum wir atmen und wofür wir die Luft anhalten? Wer bringt uns dazu, aufrecht und mit festem Blick, jenseits der breiten Masse zu laufen? Wer trägt unser Gewissen durch die Zeit? Wer entscheidet, woran wir glauben, und was uns bewegt? Wer begrenzt unsere Fehler, verzeichnet unsere Erfahrungen, versteht unseren Schmerz? Wer erzählt unsere Geschichte, mit genau diesen Worten, die wir geschrieben haben? Und wer verspricht uns das Glück, das längst uns gehört?

Das sind wir.
Wir tragen all das in uns.

*Life is not about killing yourself.
Life is not to self-destruct your being.
Life is a place you should choose to live.
Cause if you don't. You will never be.
Not here and nowhere else.*

Danksagung

Hans-Peter Übleis – in deinen buchstabenüberlagerten Räumen ist ein wortloser Platz, in dem sich die Zeit verliert. Es ist schön an diesem Ort. Kein Rauschen durchbricht die ebenmäßige Stille, kein Satz beginnt vor dem Morgen, jeder Abend schläft tief bis in die Nacht hinein und weiter der Dämmerung entgegen. Und dort, in der nahe liegenden Ferne, sitzt eine kleine Giraffe unter einem Maulbeerbaum und klebt einundzwanzig Pflaster auf ein kaputtes Zebra, damit die hässlichen Streifen schneller verheilen.

Das Zebra weint ein bisschen.

Und die Giraffe auch.

Aber dann kommt der Frühling, und da sind die Streifen des Zebras endlich verheilt, und auf einmal sieht man, dass das Zebra gar kein Zebra ist, sondern einfach nur ein kleiner Mensch mit einem großen und falschen Verhaltensmuster. Und die Giraffe? Sie ist eigentlich ein Hoch Poetisches Überwesen, das mit der Zeit einen langen Hals bekommen hat, weil es auf der Suche nach der Weitsicht über sich selbst hinausgewachsen ist.

Aber hier. An diesem Ort.

Sind die beiden Freunde geworden.

Trotz der Höhenunterschiede.

Harry Olechnowitz – weißt du noch, damals, im Spätsommer, als ich zum ersten Mal in dein Büro gestolpert bin und nicht wusste, ob ich bleiben darf, zwischen den riesigen Manuskriptbergen und den ordentlich aufgestapelten Worten, damals … wie lange ist das nun schon her?

Ein ganzes Leben. Einmal dem Tod entwischt.

Und dann noch einmal.

Bis heute. Immer wieder.

So viel Glück und so viel Zeit.

Claus Carlsberg – eines Tages wird sich die gesamte Welt in einen Topf Farbe verwandeln, und der Erste, der dann mit seinem Pinsel und einer Leinwand angerannt kommt, bist mit Sicherheit du. Bis dahin wirst du dich wahrscheinlich mehr mit der *Bild* auseinandersetzen als mit den richtigen Bildern.

Aber da du gerne ein Medienmonkey bist und weißt, wie man sich nicht von einer Schlagzeile breitschlagen lässt, wirst du okay sein.

Ilka Heinemann – als ich das zweite Mal in München war, hast du mich einmal quer durch den Verlag geschleppt und mir versprochen, dass kein einziger Gang eurer Satzgestaltung lang genug ist, um darin verlorenzugehen. Ich wusste damals nicht, ob du sehen kannst, wie unsichtbar ich bin, aber heute weiß ich, dass du mich mit all meinen vernarbten Umrissen erkennst.

Und ich weiß auch: Du hast mir geglaubt.

Und an mich geglaubt.

Von Anfang an. Mit jedem Wort.

Christina Schneider – erinnerst du dich, an meine erste Lesung in Rostock? Hinter mir sind auf einmal die Bücher von den Wänden gefallen, und wir haben zugesehen, wie meine Worte eingeschlagen sind.

Es war totenstill im Nachhall. So viel Angst, so viel Schmerz, so viele Fragen.

Und so viel Mut.

Den du mir gegeben hast.

Josef Gall – im Umbruch der gesetzten Worte bekennt ein jeder Satz Stellung zu sich selbst und zu jedem Buchstaben, den er trägt.

So wie du.

In Gedenken.

Last but not liest: Droemer. Euch gilt der letzte Satz dieser Danksagung und der erste meiner Verfassung.

Ich werde nie vergessen, wie achtsam ihr meine zersplitterten Worte durch die Zeit getragen habt und wie ihr mich aufgefangen habt.

Damals.

In diesem ewigen Winter.